二次元ドリームノベルズ
燦然可憐
エクセルシフォン
Shiny-cutie Excelchiffon
闇に堕ちるW変身ヒロイン
小説 上田ながの 挿絵 空維深夜 原作 ミルフィーユ

登場人物紹介

Characters

◆御木原菜月（みきはらなつき）／エクセルシフォン

何事にも積極性があり、考えるよりも体が先に動く快活な少女。

◆如月深冬（きさらぎみふゆ）／エクセルショコラ

おとなしい性格で引っ込み思案気味だが、思慮深く勉強もできる少女。

◆レヴィエラ

尊大で自信家、加虐嗜好なエルゴネア帝国の女将軍。

第1話

「うわぁあああ！」

「た、助けてぇええ！」

街中に響き渡るのは人々の悲鳴と――

「はぁああ！　男は殺せ！　女は犯せぇえ！」

「グオオオオ！　ワオオオオオッ!!」

エルゴネア帝国戦闘員達の無慈悲な声と、解き放たれた魔犬達の咆哮(ほうこう)だった。

ビルは破壊され、街のあちこちから炎が上がっている。道々に男性達が倒れ、そこかしこで女性達が悪の尖兵達によって犯されていた。

「酷(ひど)い……酷すぎる」

そんな有様に、腰まで届く茶色がかった長い髪を風に揺らす少女――御木原菜月(みきはらなつき)はギュッと強く拳(こぶし)を握り締めた。

「あんなの……許せない」

菜月の隣に立つ、黒い髪の少女――如月深冬(きさらぎみふゆ)も奥歯を噛(か)み締める。

「ん？　おい、あそこに女がいるぞ！」

二人に戦闘員が気付いた。

「あの格好……学生か？　ふふ、なかなか楽しめそうな女達だなぁ」

ねっとりと絡みつくような視線が二人へと向けられる。見られるだけで身体が舐(な)め回されるような錯覚を抱いてしまうほどにおぞましい目つきだ。いや、おぞましさだけではない。怖さだって感じ、菜月は反射的に身体をブルッと震わせてしまった。

それは深冬も同じだ。普段はおっとりとした顔に、恐怖の色が浮かぶ。

今すぐここから逃げ出したい――どうしてもそんなことを考えてしまう。

しかし、二人は逃げなかった。

一度互いに顔を見合わせると、ギュッと手を握り合う。

「怖いよね……みふゆちゃん」

「うん……凄く怖い。でも、だけどね、なっちゃん……街の人が酷い目に遭うことの方がもっと怖い」

「同感……だから……」

見つめ合いつつ、頷き合うと、手を繋いだまま、空いた手を天に向かって突き上げた。

「必ず助けよう……そしてあいつらを」

「うん……やっつける！」

強く心に誓う。必ず街の人達を救う——と。

それと共に——

「『エクセル——チェンジッ!!』」

二人は〝変身〟の言葉を口にした。

カアアアアアッ!!

強烈な光が二人に降り注ぐ。天から伸びる光の柱——その輝きに二人の小柄な身体が呑み込まれた。

身に着けていた学校の制服が、光の中で溶けるように消えていく。菜月の白い肌、少し控え目な乳房、キュッと引き締まった腰、ツンッと張りがあるヒップが剝き出しとなった。小さめだけれど上向きがかった胸や、滑らかな曲線を描く括れは、まるでモデルのようにも見えるくらい美しい。

深冬の胸や、丸みを帯びたヒップも曝け出される。乳房は菜月のものよりも一回り以上は大きいかもしれない。そのためか、引き締まった菜月の身体に比べると、全体的に少し柔らかそうな、女性らしい身体つきである。

そうした産まれたままの姿を光の中で晒す。だが、それは一瞬だ。すぐに二人の瑞々しい肌に光の粒子が貼りつく。その粒子が、二人を包む衣装へと変化した。

二人の身体を包み込むのは白を基調とした衣装。鉄甲を思わせるグローブが二人の腕にキラリと輝く。胸元には大きなリボンがワンポイントとして飾りつけられた。

リボンの色は菜月がピンクで、深冬は青だ。

そのリボンから同色の輝きが放たれる。反応するように菜月の茶色い髪が美しい桃色に、深冬の黒髪が艶やかな青色へと変化した。

変身が遂げられる。

それに合わせて光の柱が消滅した。

「な、なんだっ⁉」

突如発生した予想外の事態に、戦闘員達が戸惑う。

そんな彼らの前に、二人の戦士が降臨した。

「世の闇に燦然と輝く可憐な星！　エクセルシフォン！」

菜月――いや、エクセルシフォンが、

「世の闇を凜然と斬り裂く眩い光！　エクセルショコラ――ですっ‼」

深冬――違う、エクセルショコラが、手を繋ぎつつ、二人揃って空いた手を、戦闘員達に向かって突き出した。

「エクセルシフォンに、エクセルショコラ……そうか、お前達が我らのこれまでの作戦を邪魔してきた……」

戦闘員達が警戒態勢を取る。

「そうです。エルゴネア帝国の好きにはさせません！」

ギュッとより強くシフォンの手を握りながら、ショコラが凛とした言葉を響かせた。

「これ以上街の人達は傷つけさせない！　わたし達が絶対に貴方達をやっつけてやるんだからっ！」

シフォンもショコラの手を握り返しながら、戦闘員達を強い目で睨みつけた。

(正直いえばまだ怖い)

相手は自分達よりも身体が大きな男達である。鋭く唸る魔犬だっている。恐怖を覚えないわけがなかった。

しかし、目の前にいる戦闘員や魔犬達よりも怖いものがある。それは――

(みんなが傷つくこと)

だから、守らなければならない。戦わなければならない。

(戦うのはまだ怖い。でも、だけど、大丈夫。だって、だってわたしには……)

「ショコラがいるから」

「シフォンがいるから」

二人同時に呟いた。

「え？　あ、ふふ……」

「あはは」

どうやら同じようなことを考えていたらしい。こんな状況だというのに顔を見合わせて笑ってしまう。少し心が軽くなった気がした。

「なにを笑ってる！」

戦闘員達が殺気立つ。

微笑を浮かべたまま、二人揃ってそんな彼らを見た。

「じゃあ、行くよ……ショコラ」

「うん！　街のみんなを助けようね」

もう一度、互いの手を強く握り合った。

同時に手を離し、二人揃って戦闘員達に向かって走り出した。

「おおおおっ！」

それに対し、敵も声を上げ、突っ込んできた。数十人の戦闘員達と、十数匹の魔犬達が一斉に自分達へと向かってくる。かなり怖い事態だ。しかし、二人は怯まない。

ギュウウウッとショコラが強く拳を握り締めた。

「はぁあああ！　スピニングブロウッ‼」

ショコラの右拳が青いオーラに包み込まれる。それをフックのように撃ち放つ。

「ガアアアアッ！」

「ワオオオオッ‼」

数匹の魔犬と、十数人の戦闘員達がただその一撃で吹っ飛んでいく。

(わたしだって！)

ショコラには負けていられない。

「フォトン――」

エナジーを自分の右足に集束させていく。ボッと音がしそうなほどの勢いで右足が紅く輝いた。

「ストライクッ‼」

そのエナジーをキックという形で放つ。

ドガアアアアッ!!

「ぐがぁあああああああああっ！」

まるで弾丸のような蹴りだった。ただの一撃でショコラの時と同様に無数の戦闘員達が吹き飛んでいく。

「凄いっ！」

それを見ていた街の人達が歓声を上げた。同時に、表情に浮かんでいた絶望が消えていく。代わりに彼らが浮かべたのは希望の色だった。それにシフォンは少しだけホッとする。だが、安心している時間はない。

「みんな、今のうちに！」

「逃げてくださいっ!!　はぁあああ！」

ピンクのシフォンと青のショコラ――シフォンが躍動するたびにスカートが舞い、下着が覗く。動きに合わせて、大きな乳房が揺れ動いた。人前でそうした姿を晒してしまっているという自覚はあるし、恥ずかしさもある。

それでも、戦いを止めはしない。みんなを心の底から救いたいと思っているから……。

戦闘員や魔犬を蹴散らしながら、人々を避難誘導する。

「あ、ありがとう。本当にありがとう！」

「貴女達のお陰で助かった……一生忘れない」

口々に感謝の言葉を二人へと向けながら、人々は逃げていった。

感謝されたくて戦ってるわけじゃない。ただ、それでも、ありがとうと言ってもらえるのは嬉しい。みんなが向けてくれる想いが自分の力になっていくのを感じる。

「あの人達がもう二度と酷い目に遭わないように！」

「うんっ！」

必ず勝つ――シフォンはピンクの髪を揺らしながら、青い閃光(せんこう)のように戦場を駆けるショコラと目を合わせて頷き合うと、改めてギュッと手と手を握り合った。

「倒す！　そして犯すぅうう！」

「ワオオオオオッ」

戦闘員と魔犬が、手を繋ぎ、足を止めた二人に一斉に飛びかかってくる。

二人はその光景を静かな表情で見つめつつ、揃って変身をした時のように右手を天に向かって掲げた。それと共に強大なエナジーで全身を満たし――

「スターライト――エクスキューションッ!!」

それを解き放った。

眩い閃光が二人を中心に円状に広がっていく。

「なっ！　なぁあああああっ!!」

「ワオッ！　ワオオオオオオッ!!」

輝きを避けることなどできはしない。強烈な輝きに呑み込まれた戦闘員や魔犬達は断末魔のような声を漏らしながら、光の中で消滅した。

「やった……」

「勝った」

はぁはぁと肩で息をしつつ、顔を合わせて微笑み合う。

「今回も……守ることができた……」

二人がシフォンやショコラに変身ができるようになったのは僅か一ヶ月前のことだ。

あの日、学校からの帰り道、不思議な気配を感じてそちらに向かってみると、そこには宙に浮く不思議な光があった。

その光が語りかけてきたのだ。この世界が異世界に存在するエルゴネア帝国に狙われている。だから、二人にこの世界を守るために戦って欲しい――と。

ハッキリいってとんでもないお願いだった。

世界が危ないから守ってくれ――ただの学生でしかない自分達が、そんなことを頼まれるなんて想像すらしていないことだった。夢でも見ているのではないのかとさえ思えるほどに、非現実的な事態だった。

しかし、光の存在は現実だった。

それを証明するように本当にエルゴネア帝国が現れたのだ。

街が破壊された。多くの人々が傷つけられた。

本当に酷すぎる光景だった。恐ろしさを感じずにはいられないほどに……。

けれど、それ以上にわき上がってきたのは――

（こんなの絶対に許せない）

という感情だった。

いや、それだけではない。同時に守りたい。誰にも傷ついて欲しくないという想いも膨れ上がった。

そうした想いに菜月と深冬は逆らわなかった。想いのままに二人はエクセルシフォン、エクセルショコラに変身をしたのである。

以来、ずっと戦い続けてきた。何度も何度も……。

戦闘経験は一ヶ月の間でかなり積んだと思う。

ただ、それでもやはり怖いものは怖い。

自分が負けることが……。それ以上に誰かが傷つくことが……。

だからこそ、守れたことが本当に嬉しい。

けれど、その喜びに浸っていられる時間はなかった。

「これは……流石ねぇ」

安堵の一時を引き裂くような妖艶な響き……。


女の声だ。

「だ、誰っ⁉」

ショコラから視線を外し、シフォンは思わずそちらへと顔を向ける。するとそこには、数人の戦闘員を引き連れた一人の女の姿があった。

大きな胸や腰回り、それに太股が剥き出しとなった露出度の高い服を身に着けた、紫色の髪をした女だ。いや、ただの女ではない。それを証明するように、女の耳はまるでファンタジー小説に出てくるエルフのように尖っており、頭からは二本の角が生えていた。

「貴女は……レヴィエラ！」

この女のことは知っている。エルゴネア帝国の幹部レヴィエラだ。戦闘員や怪人を率いて、これまで何度も街を襲ってきた女である。

「やっぱり今回も貴女が……」

「まぁね♪」

ショコラの言葉にあっさりとレヴィエラは頷いた。

「私達が生きていくには上質なエナジーを得る必要があるのに、その大事な行為をこうも毎度毎度邪魔をされると、流石にちょっと腹が立ってくるわ。だ・か・ら……」

パチンッとレヴィエラが指を鳴らした。

「あっぐ……あがぁあ！　ぐがぁあああああっ!!」

途端に戦闘員の一人が頭を抱えて苦しみ出した。

「な、なに？　なにをしたの？」

「すぐにわかるわよ」

質問に対し、レヴィエラは楽しそうに笑う。

するとその笑みに反応するかのように、苦しんでいた戦闘員の身体が変化を始めた。ボゴッボゴッと内側から肉が盛り上がっていく。それに合わせて、身長一八〇センチほどに見えた身体が、膨張を始めた。高さ三メートルほどはありそうな巨体へと変化する。それと共に肌の色も浅黒いものに変わっていった。顔の形も人のソレから別のもの——まるで牛を思わせるようなモノへと変化していく。


「これ……怪人……」

そうだ。ただの戦闘員ではない。男はミノタウロスを思わせる巨大な怪人へと変化を遂げた。

「ゴオオオオオオッ!!」

怪人が咆哮を響かせる。その凄まじさに大気さえも震えた。

「くっ」

強烈な瘴気まで溢れ出す。それが肌に触れると、ピリピリと身体が震えるような感覚が走った。

(化け物……)

まさに怪物としか言い様がない威容だ。恐怖感が膨れ上がってくる。ここから逃げ出したい——そんなことだって考えてしまう。僅か一ヶ月前までは普通の女子学生だったのだから当たり前だ。怖がらない方がおかしい。

けれど——

「ショコラ」

「わかってる……シフォンっ」

もう一度二人は手を握り合った。

(逃げるわけにはいかない。わたし達が逃げたら、もっと苦しむ人が出ちゃうから。だから絶対に逃げたりなんかしない。大丈夫。怖いけど大丈夫。だって、ショコラが一緒にいてくれるから！)

「二人なら——負けないっ！」

「うんっ！」

頷き合うと、繋いだ手を離し、怪人と対峙した。

「やる気は満々といった感じね。でも、今回はこれまでのようにはいかないわよ。このデビルミノタウロスには、私の魔力をたっぷりと込めてあるんだから……。ふふ、今回こそ、貴女達は終わりよ」

「それは……どうでしょうっ!!」

先手必勝——ダンッとショコラが地面を蹴り、一気に怪人との距離を詰めた。

「ゴアアアッ！」

怪人が腕を振り上げる。

それに対しショコラは——ブルンッと丸み帯びた、大きく、柔らかそうな乳房を揺らしつつ、怪人の横を通り抜けた。

「——ッッ!?」

自分に真っ直ぐ突っ込んでくるだろうと考えていたのか、怪人は驚いたように目を見開き、自分の背後へと移動したショコラを見る。

「隙だらけだよっ！」

これが作戦だった。

打ち合わせなんかしていない。けれど、わかる。ずっと一緒に戦ってきたから——だけじゃない。シフォンとショコラは子供の頃からの幼馴染みなのだ。だからこそ、理解できる。大切な親友がなにを考えているのかということくらい！

「はぁあああ！」

自分へと背を向けた怪人との距離をシフォンは一気に詰める。スカートがふわりと舞って、引き締まった太股が覗き見えてしまうが、躊躇（ためら）うことなく怪人の懐（ふところ）に飛び込むと――

「シフォン――インフェルノッ!!」

強大な力を込めた必殺技を撃ち放った。

腕から足から、エナジーを解放する。怪人を殴り、蹴る。普通の人間では絶対に出すことができない速度での連続攻撃だった。

「がぐあっ！　ごぐうううっ！」

不意打ちを避けることなどできない。怪人はそのすべてをその醜い身体で受け、苦痛の悲鳴を響かせた。

（このまま一気に終わらせるっ!!）

攻撃の暇なんか与えるつもりはない。

「はぁあああああ！」

ドガッ！　ガギッ!!　ドガアアアアアッ!!

鉤突き、肘打ち、両手突き、手刀、中段膝蹴り――次々と技を繋げていく。この攻撃から逃れる術（すべ）はなく――

「ゴガアアアアアッ!!」

打撃と共に強大なエナジーを流し込まれた怪人は絶叫すると、あっさりと光の粒子となって消滅した。光が周囲に漂う。

「はぁあああ……わたし達の勝ちだよ」

光に包まれながら、レヴィエラに対し、シフォンは勝利の笑みを浮かべた。

だが、それに対しレヴィエラは――

「想定通りね」

余裕の態度でそう呟いた。

「――え？」

予想外の態度に困惑してしまう。

すると次の刹那（せつな）――

「あっ！　うぁああ！　くぁあああああ！」

周囲に漂っていた光がいきなり黒い輝きを放ったかと思うと、シフォンの身体を包み込んできた。いや、ただ包んでくるだけではない。身体の中に黒い光が流れ込んでくる。

「うっく……こ、これは……あうううっ」

途端にシフォンの全身から力が抜けていった。立っていることすらできなくなってしまい、思わずその場に膝をつく。

「し、シフォンっ!!」

そんな状況に、ショコラが慌てて駆け寄ってこようとした。

だが――

「ゴアアアアアッ!!」

ショコラの背後で、再び咆哮が響いた。

「え、う、嘘っ！」

慌ててショコラが振り返る。そこに立っていた咆哮の主は、怪人だった。先程シフォンが倒したのと同じミノタウロス型の巨大怪人だ。

「あぐううう！」

それがショコラに抱きつく。

まさかの事態に反応することができず、ショコラはあっさりと怪人によって捕らえられてしまった。

「しょ、ショコラっ！　これは……どういうっ」

「んふふ、簡単なことよ」

戸惑うシフォンの言葉に答えたのはレヴィエラだった。

「最初の怪人は囮（おとり）。わざと倒されることで貴女から力を奪ういわばトラップ怪人というわけ。本命は……ショコラだったかしら？　今、貴女の相棒を捕まえてるあっちだったというわけよ」

余裕の笑みを浮かべながら、レヴィエラは実に楽しそうに説明してきた。その上で――

「さぁ、デビルミノタウロス――エクセルショコラを犯しなさい。そして、その娘（こ）が持っている上質なエナジーを奪い取るのよ」

などという命令を下した。

「犯すって――だ、ダメ！　そんなの絶対ダメっ!!」

シフォンもショコラも彼氏なんかいない。まだ誰とも付き合ったことなんかない。男子といるよりも、二人でいる時の方がずっと楽しいせいか、あまり恋人を作るということに興味を持てなかったのだ。それでも、恋人同士がすることは知っている。

「犯す」という言葉の意味だって、すぐに理解することができた。

(助けないと……ショコラを……みふゆちゃんをっ!!)

すぐに立ち上がろうとする。

「あっぐ……ダメ……力が……くうう……」

しかし、思った以上に全身は弛緩してしまっており、まともに動くことなんかできなかった。

「シフォンッ！　くっ！　このっ！　放してっ!!　放してくださいっ!!」

苦しそうに呻くシフォンの姿に、自分の方がピンチな状況だというのにショコラは心配そうな表情を浮かべ、怪人にギュウウッと背後から抱き締められた状態で藻掻いた。

「その状態で仲間の心配か……ふふ、麗しき友情というヤツね。でも、そんなものはくだらないわ。それを教えてあげる。友情なんか忘れられるくらいの快感を与えてやりなさい」

足掻くショコラを嘲笑いつつ、艶やかな声でレヴィエラはミノタウロス怪人に命じた。

「ゴガアアアアアアッ!!」

ショコラを抱き締めた状態で怪人は咆哮を響かせる。

それと共に、ビョンッと跳ね上がるような勢いで、ソレ——怪人の勃起したペニスが剥き出しとなった。

「——なっ!?」

「嘘っ!!」

それを見た瞬間、シフォンとショコラは同時に目を見開き、驚きで固まってしまう。

理由は単純だ。露わになったペニスが、想像していたよりもずっと大きかったからである。

大きくカリ首が開いた赤黒い亀頭部。幾筋もの血管が浮かび上がる肉茎部。ゆっくりねっとりと蠢く陰嚢部

――すべてが巨大だった。長さ五〇センチ以上はあるだろうか？　太さはショコラの胴回りと同じくらいはあるように見える。まるで丸太のような肉棒だった。

ヒクッヒクッと呼吸するようにゆっくりと蠢いている。ペニスの先端部からは、まだなにもしていないというのに、半透明の汁がグッチョリと溢れ出していた。ムワッとした噎せ返りそうなほど濃厚な牡の匂いが周囲に漂う。嗅ぐだけで頭がクラクラしてしまうような香りだ。

（あれが……あんなものが？　あれがショコラに？　無理……絶対無理だよ。あんなの挿入れられたら……ショコラが……みふゆちゃんがっ！）

壊れてしまう。もしかしたら死んでしまうかもしれない。考えるだけで恐ろしさで身が震えてしまう。

「だ、ダメ……ダメだよっ！　やめて……それはやめてっ！　ショコラに酷いことをしないでっ!!」

「んふふふ」

身動きが取れない状況でできることは、ただ懇願することだけだ。しかし、なにを訴えてもレヴィエラは聞き入れることなどなく、パチンッと指を鳴らした。

「ゴオオオオッ!!」

反応するように再びミノタウロスが唸り声を響かせる。同時に巨大な手でショコラのスカートを捲り上げると、容赦なくショーツを破り捨てた。

「あっ！　や、いやぁあああああっ！」

ショコラの陰毛の薄い秘部が露わになる。女として最も大切で恥ずかしい部分をこんな場所で剥き出しにされるという状況に、ショコラは街中に聞こえるかのような悲鳴を響かせた。

耳にしているだけで心が引き裂かれそうになるような痛々しい声である。

だが、怪人はまるで気になどしない。それどころか悲鳴にさえも興奮しているのか、ただでさえ大きな肉棒をより巨大に肥大化させる。そして一切躊躇することなく、ショコラの秘部に今にも破裂してしまうのではないかと思うほどにパンパンになった亀頭（きとう）を、グチュリッと密着させた。

「あ、熱いっ！」

肉棒の熱気が伝わったのか、ビクンッとショコラは肢体（したい）を震わせる。

「うふふ、その熱いものがこれから貴女の膣中（なか）に挿入（はい）るのよ」

「これが……む、無理。無理です！　こんなの挿入（はい）るわけない！　こんなの挿入（い）れられたら死んじゃいます！　だからやめっ――」

なんとか拘束から逃れようと藻掻きつつ、ショコラは行為の中断を求めた。だが、レヴィエラや怪人に慈悲などない。言葉の途中であろうが容赦することなく――どっじゅ！　ずぶっじゅ！　ずじゅぶうううううっ！

「あっぎ！　んぎぃいいいいいいっ‼」

腰が突き上げられ、大きすぎる巨棒がまだなんの準備もできていないショコラの膣口（ちつこう）を容赦なく犯した。

「あぎぁあああああああ！」

抱き上げられた状態で背後から犯されるショコラの肉穴が、メリメリと容赦なく拡張されていく。今にも身体が引き裂かれてしまうのではないかとさえ思えるほどだ。

大きく両脚が蟹股に開かれ、下腹部がボコッと膨れ上がった。ヒクッヒクッと身体が痙攣（けいれん）しているように震える。

全身からは汗が溢れ出した。余程苦しいのか、ショコラの眦（まなじり）には涙さえ浮かぶ。口からは当然のように痛々しい悲鳴が響いた。

「ショコラ……ショコラぁああ！」

大切な、何よりも、誰よりも大切な幼馴染みが、親友が酷い目に遭っている。こんなの酷すぎる。見ていられない。助けなければならない――と、頭では思うのだけれど、やはり身体はまともに動いてはくれない。

「まだよ。もっと奥まで。根元までしっかりと挿入（い）れて、身体のすべてを犯してあげなさい」

そんなシフォンに見せつけるように、レヴィエラは更なる陵辱を命じた。

「ゴアアアアアッ!!」

ミノタウロスはその命に逆らいなどしない。より大きな咆哮を上げる。

「だ、め……ぐううう！　これ以上は……む、無理……む、り……ですぅう！　だ、から……もうぅううう！」

どっじゅ！　ずごっじゅ！　ずじゅううっ！

「ふぎぃいいいいいっ!!」

なにを訴えても、やはり届きはしない。ショコラの意思になど一切斟酌することなく、更に奥まで肉槍を突き込んだ。

ブヂッ！　ブヂブヂブヂブヂィイイイイイッ！

「あぐぁあああ！　あっあっ！　あぎいい！　はっい、はいってる！　おっく！　わ、わった、しの……奥……奥にま、で……はいって、ぎで……ますぅうう！　はぐぁあああああっ！」

ボゴオッと内側からお腹が破られてしまうのではないかとさえ思ってしまうほど、ショコラの下腹が肉棒の形に膨れ上がった。それと共に結合部からは血が溢れ出す。

「挿入ってる！　挿入っちゃってる！　わ、たし……んんん！　挿入れられちゃって……るぅうう！　こんな……こんなのってぇええ！」

ショコラの純潔が奪われてしまった証だ。

「死ぬ……痛い……こっれ、痛くて……死ぬ！　わだぢ、死にますぅう！」

「死ぬ？　ふふ、大丈夫よ。人間の身体って意外と丈夫だから。それに、貴女はただの人間じゃない。そうでしょ……エクセルショコラ♪」

パチンッとレヴィエラがウィンクをした。

「ゴオオオオッ！」

それと同時にもう一度怪人は鳴いたかと思うと、ただ挿入れるだけでは満足できないとでも言うように、容赦なく腕で掴んだショコラの身体を上下に揺さぶり始めた。

ずっじゅ！　ずどっじゅ！　ずどじゅぅうう!!　どっじゅ！　どっじゅどっじゅどっじゅどっじゅどっじゅ——どじゅぅう！

「あっぎ！　んぎィいい！　うっごき……おぉおおお！　うっごき、はじ、め、まし、たぁあ！　はぐぅう！　こんな……むっり！　こわ……はぐうう！　壊れる！　わ、た……しが壊れる！　こわさ、れ、て……しまい……ま、すぅうう！　あうっ！　あうっ！　あうぅううううっ!!」

まるでオナホールのようにショコラは扱われる。身体の揺さぶりに合わせて、膣壁が擦り上げられ、繰り返し膣奥が叩かれた。そのたびにボッコボッコと下腹が幾度も膨れ上がる。

「しっぬ！　じぬっ！　じんじゃうぅううう！」

何度となく苦しげな悲鳴が漏れた。聞いているだけでシフォンの心まで打ち砕かれてしまいそうな痛々しい声だ。

そんな悲鳴を上げつつ、縋るような視線をシフォンへと向けてくる。普段しっかりしているショコラとは思えないほどに弱々しい表情だ。見ているだけでシフォンの心まで痛くなってくる。

「もう、やめて……やめてよっ！　お願いだからそれ以上、ショコラに酷いことをしないでよぉ」

力が入らない。動けない。助けられない——そんな状態のシフォンにできることは、懇願することだけだった。

だが、これまでと同じだ。なにを口にしたところで、怪人は止まらない。レヴィエラの笑みだってより深まっていく。

「勘違いしないで。これは酷いことなんかじゃないわ。言ったでしょ？　友情なんかより凄い快感を教えてあげるって……。これはね、とっても気持ちがいいことなのよ」

「そんなの嘘だ！　嘘っ！　だって、ショコラはあんなにも苦しんでる!!」

「……それは確かにね。でも、苦しいのは最初だけ。快感はここから始まるの。デビルミノタウロス……わかってるわね？」

「ゴアアアアアッ!!」

レヴィエラの言葉に頷くように、改めて怪人は吠えた。

それと共にショコラの身体を下方向へと振る――つまり、肉棒を更に膣奥へと突き入れた。

「ふぎぃいいいいいいいぃっ!!」

これまで以上に下腹部がボゴオッと膨れ上がる。今にも瞳孔が開きそうなくらいに、ショコラの目が見開かれた。

「こっれ、はいっで……んんん！　はいっで、りゅううう！　おっく！　わだぢの一番おぐっ！　し、子宮にまれ……お、大きいのがはいっで、ぎで……りゅううう！　おっおっ！　ふぉおおおおっ！」

子宮まで犯される。女の一番大切な内臓まで……。

「どう？　気持ちいい？」

苦しげだということは誰の目にだって明らかだった。

しかし、レヴィエラは気にせず、否定されるだろう質問を向けた。

「そ、んなわけ……こんなの……ふうう！　き、もぢ……いいわ、けが……はぁああ！　ただ、んぐうう！　た、だ、いたくて……辛い……だ、け……ですぅううううっ！」

想定した通りショコラは首を横に振り、快感を否定した。

「あら、そう？　でも、本当に？」

だというのに、レヴィエラはそのような言葉を口にする。

「わ、私は嘘をついてな……んか――」

と、重ねて否定しようとしたところで、ショコラは言葉を止めた。

「……ショコラ？」

一体どうしたのだろうかとシフォンは首を傾げる。

それに対する答えは――

「嘘……な、なんで？　こっれ、どう……してぇぇえ⁉」

などという声だった。

ショコラは驚いたような表情を浮かべつつ、自分の膨れ上がった下腹部を見る。

「あああ、こんなの……死ぬ！　わ、たち……んひいい！　子宮までお、犯されて……お腹、破れそうで……死んじゃいそうな、のに……んひいい！　は、じめてなの、にぃいいい！　あっあっあっ……んぁあああ！」

ビクンッビクンッと身体を震わせる。そんなショコラが漏らす悲鳴の質が、なんだか変わったようにシフォンには感じられた。

先程まではただ苦しんでいるだけにしか聞こえなかったのだけれど、今は違う。少し甘味を帯びた響きや、熱感も含まれているような気がしたのだ。眼もまるでうっとりとしているかのように細まる。肌もどことなく上気しているように見えた。溢れ出す汗の量も増えていっている。

「ほら、気持ちいい♪」

レヴィエラが心の底から嬉しそうな笑みを浮かべる。

「ちっが！　違う！　違う違う違う……んん！　ちっが、い……ま、すぅううっ！」

駄々をこねる子供みたいにブンブンと首を必死に左右に振りながら、ショコラは否定を繰り返す。レヴィエラに向けてだけではない。自分自身にも言い聞かせているかのような言葉だった。

「嘘なんかついても無駄よ」

ペロッとレヴィエラが舌舐めずりをする。

すると怪人が「オオオオオ！」とまた吠えた。同時にドジュンッと更に腰を突き出し、より奥にまで肉棒を突き込んだ。

「ほひぃいいいいっ！」

強烈な突き込みに、マヌケと言っても過言ではないような悲鳴をショコラは漏らす。まるで電気でも流されたような

かのように肢体を震わせると共に、背筋を反らした。それと同時に――

ブジョオオオオオオッ！

結合部からは愛液がまるで失禁でもしているかのような勢いで噴出する。

「あっあっ……はぁあああああ」

見開かれた瞳、開いたままの口、伸びた舌――牝としか言えないような表情だ。こんな顔、幼い頃からずっと一緒に育ってきたシフォンだって見たことがない。見ているだけでなんだか身体が熱くなってしまうような表情だった。

「ほら、イッた♪」

クスクスとレヴィエラが笑う。

「あ、ち……ちが……わた、ひは……イッてなんか……こ、こんな、はふぅう……ふうっふうっ……んふぅうう……こんなことで、イッたりなんて、するわ、けが……ない……ですぅうう……」

対するショコラはぐったりしつつ、否定する。

「こん、なの……ただ苦しいだけ……。内臓が……潰されそう……。死んじゃいそう……。こ、んなに辛いのに……はぁはぁはぁ……気持ち、よくなんて、な、るわけ――」

どじゅうう！

「ほひぃいいいいいっ！」

言葉の途中だろうが、怪人はなんの容赦もしない。再び肉槍を突き込む。いや、今度は一突きだけでは終わらない。

どじゅっぽ！　ずっじゅぽ！　どっじゅうう！　どっじゅどっじゅどっじゅどっじゅ――どじゅううう！

「あっひ！　んひぁああ！　あっあっあっあっ！　あぉおおおっ‼」

またしてもショコラの身体を性玩具でも扱うかのように振り始めた。小柄な身体は人形みたいに簡単に揺さぶられる。

「んっひ！　はひぁああ！　あっあっあっあっ……あぉおおおっ！　だっめ！　これ、だっめ！　とっま、止まって！　どまってぇええ！」

「止まって？　嘘をついてはダメよ。本当はもっともっと滅茶苦茶にして欲しいんでしょ？　もっと快感を刻んで欲しいんでしょ？」

「ちっが！　ちが、ふぅううう！」

　ショコラは否定を繰り返す。

　けれど――

「あぁあ……なんで、こんな……辛いのに！　んひいい！　いっや、な、のにぃい！　あっあっあっ！　どうして、私……これ、あそこを……おま、んこを……子宮をグチャグチャにさ、れる……とぉおお！　はひいい！　どうじでぇえ!?」

　抽挿に合わせて結合部から溢れ出す愛液量が増していく。白い肌も桃色に染まり、汗に塗れていった。ムワッとした甘ったるい匂いも周囲に広がり、シフォンの鼻腔をくすぐってくる。

　瞳もなんだかトロンと蕩け、漏れ出る声の中に含まれる熱感も増しているように聞こえた。

（感じてる……ショコラ……感じてるの？）

　そう考えざるを得ない姿である。

　思わず呆然と見つめてしまった。

「あ……だ、ダメ……見ないで……シフォン……見ないでぇえ！」

　その視線にショコラが気付く。

　羞恥に塗れた表情を浮かべながら、必死な様子で見ないでくれと訴えてきた。

（ダメ……こんなの見ちゃ……）

　ショコラの願いは聞き入れたい。

　しかし、どうしてだろうか？　抽挿に合わせて喘ぎ、肉悦に身悶えるショコラから、シフォンは視線を外すことができなかった。ただ見つめ続けてしまう。

「やだ……こんなの……いや……ですぅう！　ダメ！

だっめ、ダメ……耐える……た、え、ないとぉおお！

はふうう！　ふっぐ……んぐぅう！　んっんっんっ……

んふぅううっ！」

視線を感じているからだろうか？　ショコラは抽挿に合わせて肢体を震わせつつも、必死に唇を閉じ、嬌声を抑え込もうとする。

「我慢なんて身体に悪いわよ。素直に感じればいいの」

「ち、がうっ！　わた、しは……本当に我慢なんてぇえ！」

「そんな嘘をつく必要なんかないのよ。だって、貴女が感じてしまうのは当然のことなんですからね」

レヴィエラは妖艶に微笑みつつ、囁くようにショコラに告げた。

「と、とう……ぜん？　それって……どう、いう……くふぅうう」

「そのままの意味よ。貴女を犯しているデビルミノタウロスの体液には、女を発情させる媚薬効果が含まれているのよ」

「び……やく……効果？」

「そう。だからね、感じてしまうのは当然のことなの。つまり、我慢なんてする必要ないの。だって、発情してしまうのは、感じてしまうのは、仕方がないことなんですからね」

「しか……たがない……」

噛み締めるようにショコラは呟く。

刹那――

どじゅううう！　どっじゅぼ！　ずじゅぼっ！　どじゅっどじゅっ！　どっじゅぅううううっ！

「はひぃいいいいっ!!　ふっひ！　んひぃいいいっ!!」

怪人による抽挿がより激しいモノに変わった。

「あおおお！　ズンズンっ！　なっか、わたひの膣中……ズンズンつか、れて……かき混ぜら、れ……てるぅうう！　はひぃいい！　すっごい！　これ、すごひ！　すごひぃいいいっ！」

「なにが凄いの？　どう感じてるの？　ほら、教えなさい。感じてしまうのは仕方がないことなんだから、隠すことなく、なにをどう感じてしまっているのかを教えるのよ」

悶えるショコラにレヴィエラが熱感が籠もった視線を向ける。

対するショコラは――

「あた、頭の中！　あひんん！　わ、たひの……あそこ……おまんこのな、か……だけじゃなくて、頭の……んひんん！　あ、たまの……中まで、か、き……混ぜられて、る……気がするぅうう！」

「なにでかき混ぜられてるの？」

「おっち、んひいい！　おちんちん！　おちんちんんんんんっ!!」

陵辱が激しすぎるせいでまともに思考できなくなっているのか、どこまでも素直にショコラはレヴィエラの問いかけに答えた。

「そう、おちんちんで頭の中をかき混ぜられてるみたいなのね。んふふ、それが気持ちいい？　それで感じてしまっているの？　貴女の相棒が……シフォンが見ているのに、感じちゃってるの？」

「そ、れは……それはぁああ！」

「言ったでしょ？　仕方がないことなの。当然のことなの。感じてしまうのは貴女のせいではないのよ。だから、答えなさい。素直に。そして、教えてあげるのよ……貴女の相棒に、どれだけ自分が気持ちよくなっているのかを――ね♪」

「あ、あ……あぁあああ！」

まだ抵抗するような素振りをショコラは見せる。だが、それはほんの僅かな時間のことだけだった。

やがて――

「かん……じてます！　わ、たひ……感じてます！　はひいい！　か、んじてますぅうう！　シフォン、私……感じちゃってるのぉお！　初めてなのに、内臓……潰されそうなのに、しぎゅう……グチャグチャにさ、れ、てるのにぃいい！　凄く、しゅっごく、気持ちよく……なっちゃって……るのぉお！　ごめん、ごめんね……こんなことで気持ちよくなっちゃって……ごめんねぇえ　え！」

ショコラは性感を肯定した。シフォンに対して感じていると繰り返し、口にする。

「ああ……ショコラ……」

「はひぃいいい！　ダメなのに……感じた、く……なんか、な、ひのにぃい！　どうしようも……な、いんですぅう！　凄すぎるんですぅ！　す、ごすぎて……このままじゃ……わたひ……わたひぃいい！」

感じているという言葉を証明するように、押し開かれた肉穴がギュッギュッと収縮しているのがわかった。まるで巨棒を歓迎するように締めつけているのが傍から見ていてもわかる蠢きだ。いや、ただ締めつけるだけではない。抽挿に合わせてショコラの方からも腰を振ってい

るようにさえ見えた。

「イキそう？　イッちゃいそうなの？」

「は……はひっ！　はひぃいいいっ！」

重ねられるレヴィエラからの問いかけに、ショコラは何度も首を縦に振った。

仕方がないから。これは当然のことだから——そんな感情が伝わってくる。

「初めて……それも、こ、んな……無理矢理さ、されてるのに……こんなのいっや……はぐうう！　嫌なのに！お腹破れちゃいそうな、のにぃい！　わたひ、イキそうに……いっちゃ、い、そうになって……ましゅぅう！」

流されるようにショコラは絶頂を口にした。

「そう……ふふ、よく素直に言えたわね。だったら、デビルミノタウロス……イカせてあげなさい。最高の快感を刻んであげるのよ」

「ゴオオオオオオッ！」

ずどじゅうう！　どっじゅぼ！　どじゅぼっ！　ずっ

じゅぽぉおお！

　怪人は命令にどこまでも忠実に従う。抽挿をより大きく、激しいモノに変え、本当にショコラの内臓を潰さんばかりに肉棒を幾度も突き入れた。

「あっぐ！　ふぎっ！　んぎぃいい！　はっげ、はげじい！　さっきま、で、より……すっごい！　こっろされる！　おちんちんで殺されるぅうう！　でも、でも、でもぉおお！　そ、れが……いい！　それがすっごく……いい！　気持ち……いいで、すぅうう!!　よくて……よすぎて……もう、もぉおおお！」

　嬌声がより大きなものになる。絶頂に向かってショコラが高まっているのがよくわかる啼（な）き声だった。

「だ、ダメ……ショコラ……ダメ！　ダメぇええ！」

　助けなければならない。絶対に……。

（なんで、どうして動けないのぉおおっ！）

　しかし、全身から力は抜けてしまっているままだ。

「ごめん……無理なのシフォン……我慢なんて、できないのぉおお！　ほんっ！　あふぅう！　ほんとに、ごめんね……シフォンンン！　あっは、んはぁあ！　あっぁっあっ！　はぁあああ！」

　それでも必死に立ち上がらなければならない。こんなショコラは見ていられないから……。

　けれど、そんなシフォンの目の前で――

「オオオオオオッ！」

　どじゅううう！

「ほひぃいいいいいっ!!」

　下腹を肉槍が貫通するのではないかと思うほど深くにまでペニスが突き立てられた。

　同時に射精が始まる。

　どっびゅ！　ぶびゅばっ！　どっびゅ！　どっびゅどっびゅどっびゅどっびゅ――どっびゅるるるるるぅ！

「あおおお！　でって、でってる！　これ、膣中（なか）に……わたひの膣中（なか）！　子宮にドクドクあつ、いのが出てますぅうう！　染み込んでく、る……私に……わた、ひにぃいい！　あああ、いい！　気持ちいいのが……大きくなって……こっれ、これ……あああ！　イッく！　イクイクイク――いっぎゅぅううう♥　あっは、んはぁああああ！」

ボゴオッとまるで妊娠でもしているかのように下腹が膨れ上がるほど、凄まじい量の精液が流し込まれた。注がれる牡汁に後押しされるようにショコラは絶頂に至る。

全身を壊れた玩具みたいに打ち震わせながら――

「ふひぃいいい！　止まらない！　気持ちい、ひの……とまら、なひぃいいい！　あっあっあっあっ……んぁあああああ♥」

ただひたすら絶頂感に身悶えるのだった。

やがて――

「はっひ……ふひぇえええ……」

ショコラはぐったりと全身から力を抜く。全身は紅潮していた。身体中汗塗れで、甘ったるい発情臭を周囲に漂わせている。ぐったりと蕩けた表情は、こんな状況だというのに、なんだか幸せそうにも見せてしまうものだった。怪人と繋がり合ったまま、そんな顔を晒したショコラの意識は、半分以上飛んでしまっているようにシフォンには見えた。

「はぁ……はぁ……はぁ……」

何度も肩で息をする。

「酷すぎる。こんなの……酷すぎるよ……」

自然とシフォンの目からは涙が零れ落ちた。

「酷すぎる？　なにを言ってるの？　こんなのまだ序の口よ」

だが、そんなシフォンに向けられたレヴィエラの声は、一瞬頭の中が真っ白になってしまうほどに残酷なものだった。

「序の口……なにを言って……？」

言葉の意味を問う。

すると、レヴィエラからの答えが返ってくる前に――

「ゴガアアアアアッ！」

怪人が吠えた。

それと共に、再び抽挿が始まる。

どじゅっぽ！　ずじゅぼ！　どじゅぼぉおお！

「はっひ！　んひぁあああ！　あっあっあっ！　あへぁあああ！」

当然のようにショコラの口からはまたしても嬌声が漏れ出た。

「まった！　あおぉお！　また動き出した！　まった、わたひの膣中……ぐっちゃ、ぐちゃにぃい！　だっめ、まだ！　まだイッて……いってりゅから……らめぇえ！」

休む間もなくの蹂躙に、ショコラがまた悲鳴を上げる。

「や、やめさせて！　もうやめさせてよ！　一度して満足したでしょ‼」

ショコラのあんな姿、もう見たくなんかない。

「それは無理。だって、一度くらいで満足なんかしないから……。何度も何度も何度も……ひたすらあの子のまんこに、子宮に射精をし続けるの。ふふ、絶対に妊娠しちゃうくらい大量のザーメンをね♪」

「――なっ」

レヴィエラの言葉に絶句せざるを得ない。

「だ、ダメ！　それはダメ！　そんなの許さない！　そんなこと絶対にっ‼」

ショコラが怪人の子供を妊娠させられるなんて、悪夢以外のなにものでもない。絶対に許すわけにはいかなかった。

鋭い目でレヴィエラを睨む。それと共になんとかエナジーを掻き集め、立ち上がろうとした。しかし、全身が弛緩するような感覚はまだ残っている。まともに力を発揮できない。

だが、それでも――

「わた、しは……ショコラを……助けるんだっ‼」

親友を、幼馴染みを、大事な相棒を絶対に救う――そんな想いで立ち上がる。

「へぇ……凄いわね」

　レヴィエラが驚いた様子で目を見開いた。けれど、それは一瞬のことであり、すぐに楽しげな笑みを浮かべる。

「そんなにあの子を救いたいの？　あんなに嬉しそうなのに……」

「はっひ！　んひぃいいいいっ！　あああ、いいいっ！　こっれ、よすぎるぅ！」

　レヴィエラの言葉通り、実際ショコラは陵辱に対して歓喜しているようにしか見えなかった。

　だが、それでも――

「当たり前だよ」

　真っ直ぐレヴィエラを見据え、躊躇うことなく頷いた。

「……なるほど。だったら、私も鬼じゃないわ。貴女にあの子を救う機会を与えてあげる」

「――え？」

　予想外の言葉だった。思わずぽかんと口を開けてしまう。そうしたシフォンの反応にレヴィエラは更に嬉しそうな表情を浮かべつつ、目配（めくば）せをした。

　すると残っていた二人の帝国戦闘員が近づいてきた。左右からシフォンを挟み込むような位置に立つ。

　当然警戒態勢を取る。ただし、膝立ち状態だ。まともに戦闘をすることはできそうにない。

「こ、この人達と戦えってこと？」

　それでも、戦わねばならないのなら、戦うしかない。ショコラのために……。

「違うわよ。今、戦ったところで貴女に勝ち目はないでしょ？　結果が見えてる勝負なんて面白くないわ。だからね、貴女には別のことをしてもらうわ」

「別の……こと？」

　疑問を抱いた瞬間、戦闘員達は躊躇なくズボンを脱ぎ捨てた。それにより、既にガチガチに勃起した肉棒が露わになった。

「なっ！　ど、どういうつもり⁉」

　膨れ上がった赤黒い亀頭。大きく開いたカリ首。ドクンドクンと脈動する肉茎――ショコラを犯す怪人ほどの大きさはないけれど、長さ二〇センチ近くはある。思わず怯んでしまうような威容だ。

「簡単なことよ。そのちんぽに奉仕をしなさい。貴女の口で……。ちんぽを咥えてジュポジュポ扱くの。そして、射精させることができれば……デビルミノタウロスを止めてあげる。どう？」

「どうって……そんな約束……」

「そうね。私が守るかどうかなんて貴女にはわからない。もしかしたら嘘かもしれない。でも、本当の可能性だってある。さぁ、どうする？」

　レヴィエラはどこまでも楽しそうだ。

（こんなの絶対に嘘だよ……）

　レヴィエラがショコラを解放することにメリットなんかないのだ。けれど、もしかしたら本当という可能性も確かにある。

（今のわたしにはレヴィエラをやっつけることも、怪人を倒すこともできない。だから……）

　本当にか細い、糸のような希望だったとしても、縋るしかない。

　ギリッと一度だけ奥歯を噛むと、僅かだが警戒態勢を解いた。

　すると戦闘員達がズイッと距離を詰めてくる。シフォンの丁度目の前に、二本のペニスが突きつけられた。

　ムワッとした牡の匂いが鼻腔を突いてくる。嗅ぐだけで思わず咽せてしまいそうになるほど濃厚で強烈な牡臭だ。ゾワアアッと背筋が粟立ってしまう。できることならばこんなもの見たくはない。可能ならばここから逃げ出したいとさえ思った。

　しかし、逃げるわけにはいかない。

　チラッと視線をショコラへと向ける。

「ほぉおおおっ！　あったる！　一番奥！　子宮の奥にまで……おちんちんが当たって、ますぅうう！　ふひぃいい！　やっだ！　こんなの、や……なのに……感じる！　きもぢよぐ……なっぢゃい、ま……ずぅうう！

あっ♥　あっ♥　あはぁああああ♥」

顔をぐしゃぐしゃに蕩かせながら喘いでいる。発情した牝としか言えないような姿があまりに痛々しい。あんなショコラは見ていられない。早く助けなければならない。だから——

「こ、こうすれば……いいんだよね？」

戸惑い、躊躇いつつも、ゆっくりと目の前の肉棒二本に唇を寄せていった。

「ふっちゅ……んちゅっ」

亀頭部にキスをする。

途端にペニスがビクンッと跳ねるように震えた。そうした反応に一瞬驚いてしまう。とはいえ、動揺している時間はない。早く終わらせなければショコラの苦しみが伸びることになってしまうから……。

「んっちゅ、ちゅっちゅっ……ふちゅう」

だから、キスを繰り返した。何度もペニスに唇を押しつける。

（確か……こんな感じだよね？）

勃起したペニスをこんな風にすぐ目の前で見るのは初めてのことだ。しかし、口で奉仕をするとはどういうことなのかという知識くらいは持っていた。

これまでエクセルシフォンとして戦い続けてきた中で、怪人や戦闘員に犯される女性達を何人も見てきた。そのせいか、エッチなことに興味を持ってしまい、ネットで色々調べてしまったりしたのだ。ダメ、いけない——と、思いつつも、年頃女子のエッチなことへの興味を抑え込むことはできなかったのである。

その結果得た知識を総動員して、二本のペニスに交互にキスをした。

するとそれが気持ちよかったのか、ただでさえ大きかった肉棒が更に肥大化していく。ムワアッという牡の匂いも、どんどん濃厚なものに変わっていった。嗅ぐだけでこちらの身体まで熱くなってしまうような香りである。

「ふうっふうっ……んふうう……」

自然とシフォンの吐息も荒いものに変わっていった。

「思ったよりいい感じね。でも、ただキスをしているだけではだ〜め♪　私は咥えろと命令したはずよね？」

「い、言われなくても……」

一度レヴィエラを睨んだ上で、視線をペニスへと戻した。

（これを咥える？）

こんな臭いものを……。

考えるだけで吐き気さえこみ上げてくる。

（やだ。こんなの咥えるなんて絶対に……ヤダよ……。でも、だけど……）

「はぁああ！　止まらない！　きもぢいいの……止まらないで、すぅう！　やっだ！　こ、んなの……嫌……なのにぃい！　あっは、んはぁああ♥」

ショコラの喘ぎが耳に届く。

（助ける……ショコラを……みふゆちゃんを！　だから……）

嫌悪感を抑え込むと「んあっ」と口を開き、肉棒を咥え込んでいった。

「んっも！　もぶっ！　もっもっ……んぶううっ」

（こっれ、大きい……大きすぎるよぉ）

口の中いっぱいに肉棒の熱気と、塩気と苦味を含んだ味が広がる。途端におぞましさもどうしようもないほどに膨れ上がった。同時に苦しみも覚える。シフォンの小さな口に対し、肉棒はあまりに大きかったからだ。アゴが外れてしまうのではないかとさえ思ってしまう。できることならばすぐにでも吐き出してしまいたかった。

けれど、それはできない。行為は続けなければならない。

（えっと……ここからは確か……）

嫌悪感やおぞましさに震えながらも、知識を必死に思い出す。

（こんな……感じのはず……）

「んっじゅぼ……ふじゅぼっ！　んじゅぼぉおおっ！」

　ぎこちない動きではあるけれど、頭を振り、口唇や口腔を使って肉棒を扱き始めた。

「おおお！　いいぞぉっ！」

　途端に戦闘員は心地よさそうな呻きを漏らした。上目遣いでその反応を確認する。どうやら自分の行為は間違っていないらしいということがわかり、少しだけホッとした。

　だが、安堵できたのは一瞬のことでしかない。当たり前だ。こんなことしたくなどないのだから……。

（早く終わらせる……すぐに……）

　ただそれだけを考え――

「ふっじゅ！　んじゅっぽ！　じゅぼっじゅぼっ……ンッジュルル！　ふじゅるるるるるっるぅ」

　口腔全体で肉棒を扱きつつ、時には頬を窄めてペニスを啜った。

「おい、こっちにもいるんだぞ！」

　一人にばかり集中していると、もう一人の戦闘員が不満を告げてきた。

「わ、わかってりゅ……んっ……ぷはぁああ……はぁっはぁはぁっ……」

　咥えていた肉棒を一度放した。ペニスと唇の間に唾液や先走り汁の糸が何本も伸びる。肉棒は唾液でグチャグチャである。自分がこんな風にしたのだと考えると、自然と涙さえ零れてしまいそうになった。

　しかし、必死に抑え込む。敵の前で泣くことなんかできない。

（待ってて、みふゆちゃん……）

　ただショコラのことだけを考え――

「あっむ！　むもっ！　おっも！　むもぉおおっ！」

　もう一人の男の肉棒を咥え込んだ。

　再び口の中に肉棒の熱や匂い、味が広がる。そのすべてが本当におぞましい。ただただ不快なだけ――のはずだった。

だが、そこで変化が起きる。

「んっ！　んんんっ！　んっひ！　んひんんっ！」

（な、なに？　これ、なにぃいいいいっ!?）

唐突に甘く痺れるような刺激が身体に流れ込んできた。

「んふう！　ふっふっ……くふんんんっ」

（どういうこと？　これ……気持ち……いいっ）

明らかに愉悦を伴った感覚に、肉棒を咥えたまま肢体をヒクヒクと震わせることとなってしまう。鼻から漏れる吐息の中にも熱感が籠もり始めた。

「ふふ、繋がったようね」

そんなシフォンを見て、レヴィエラが笑った。

「にゃに……この味……はふぅぅう！　なま、なんか……おおお！　生々しいあ、じが……広がるぅうう！　ほひぃいい！」

同時にショコラがそんな言葉を口にする。

「ちゅな……がった？」

レヴィエラの言葉も、ショコラの反応も、意味がわからない。肉棒を咥え込んだまま、レヴィエラに尋ねる。

「そのままの意味よ。エクセルシフォン……貴女とあそこで犯されてるショコラ、二人の感覚を繋げたの。つまり、ショコラが感じてる快感を、貴女もそのまま味わうことができるようになった――というわけね」

「――ッ!!」

「ふふ、どう？　気持ちいいでしょ？」

「しょ、しょんな……ことっ」

反射的に否定の言葉を口にする。

しかし――

「ふっひ！　んひんんっ！　んっんっ……むふんんんっ!!」

（なに……これ、本当に……あっあっ……なんか、凄く……気持ち……いい！　お腹……お腹が破裂しそうなほどにくる、しいのに……。でも、それが、苦しさが……気持ちよ、さに……変わってる気がする。お腹ズンズンされてるみたいなかん、かくが……凄く……気持ち……

いいっ）

　否定の言葉とは裏腹にシフォンの肉体は、ショコラを犯す怪人のピストンに連動するかのように、間違いなく快感としか言えない刺激を覚えてしまっていた。

「ただちんぽを咥えるだけじゃつまらないでしょ？　どうせなら気持ちいい方がいいと思ったの。私からの慈悲というヤツね」

　クスクスとレヴィエラは嬉しそうに笑う。

「そ、そんな……ものっ！」

　必死に性感を抑え込み、レヴィエラを睨んだ。

　敵の好きなようになんかなりたくないし、なってはいけないから。

「恐い目ねぇ。でも、そんな目で私を睨んでいる暇なんてあるのかしら？　ほら、早く射精させないと、ショコラに対する陵辱は終わらないわよ。終わらせないと、貴女の相棒……本当に孕まされちゃうわよ」

（それは……ダメっ！）

　なんとしてでもショコラを助けなければならない。

　意識を咥えた肉棒へと戻す。今はレヴィエラを睨んでいる場合じゃない。

「んっじゅ……ちゅっずる……。んじゅっず……じゅずっぽ！　ぽっじゅぽ！　じゅっぽじゅっぽ……んじゅぽぉおおっ！」

　口淫を再開する。

　喉奥まで肉槍を咥え込み、早く射精してと訴えるように激しく啜り上げた。

（やだ……。こんなことしたくないよ。で、も……だけど、みふゆちゃんのためだから。今は、い、まは……）

「んっは……あっあっ……んひぁああ！」

　口淫の途中であっても容赦なく快感が流れ込んでくる。全身から力が抜け、救わなければという思考さえも蕩けてしまいそうなほどの肉悦だった。それでも、口奉仕に意識を向け続ける。

（射精させる……終わらせる……。みふゆちゃん……み

ふゆちゃん……みふゆちゃんっ……んふううっ）

ただ大切な幼馴染みのことだけを考えることでなんとか自分を支えながら、ジュッポジュッポという下品としか言えない音色を響かせ、空いた手ではもう一本のペニスを手が汁塗れになるのもお構いなしに激しく扱き続けた。

そのお陰か、二本の肉棒はどんどん肥大化し、より熱く火照り始めた。ビクビクという痙攣も始める。

すると、その変化にまるで連動するかのように——

「ゴオオオオオオオッ!!」

怪人は再び吠えたかと思うと、更にショコラに対するグラインドを大きなものに変え、より深くにまで肉槍を突き込み始めた。

どじゅっぽ！　ずじゅっぽ！　どっじゅぽ！　どっじゅどっじゅどっじゅどっじゅ——どじゅううう！

「はっひ！　くひぃいいい！　ふっかい！　こっれ、これまでい、じょうに……奥……ま、で、おちんちんがきって、おひぃいいい！　きって、ま、すぅう！　それに、なんか、味……生臭(なまぐさ)くて、気持ち悪くて、くっさい……あ、味が、口の中に広がって……それも、なんか……おおお！　感じてるだけで、もっと、もっと身体が熱くなって、気持ち、いひのが、大きくなるぅうう！　すっごい！　これ、こんなの……すごす、ぎ、るぅうう！　はっへ、ぁへぁ！　んひぇえええ！」

ショコラの嬌声が大きなものに変わった。

（んんん！　こっれ、流れ込んでくる！　わた、しの身体にも……みふゆちゃんが感じてる……気持ちよさが……どんどん入って、く、るぅうう！）

ショコラの性感がシフォンにも刻み込まれる。

「いっき！　これ、イキそう！　わ、たひ……また……イッちゃいそ、う……で、すぅううう！」

（ホントだ……これ、わたしも……みふゆちゃん……わ、たしも、イキそう……イッちゃいそうになって、るぅうう！　ダメ！　そんなの絶対だ、め……なのにぃいいい！

凄いの！　凄すぎて、我慢、できないよぉ！）

抑え難いほどの絶頂感まで膨れ上がってきた。

この心地よさにただただ流されたい――そんなことさえも考えてしまう。けれど、そうした感情を必死に抑え込み、肉棒への奉仕を続ける。一本の肉棒を咥えるだけではない。時には交互に「じゅぼっじゅぼっ」と咥え込み、時には「んれっろ……ちゅぶれろっ！　れろっれろっ……んれろぉおお！」と舌をくねらせ、二本同時に舐め回したりもした。

そのお陰だろうか？

「くうう！　そろそろ……出る！　射精るぞっ！」

「いいぞ！　最高だぁあ！」

戦闘員達が限界を訴えるような悲鳴を漏らす。

肉棒も最初に突きつけられた時より一回り以上大きくなっていた。亀頭などは今にも破裂しそうなほどにパンパンだ。

「いひよ……らひて……遠慮なんかしないで、たくひゃん……だひてぇ！　んっじゅる！　じゅずるるる！　んじゅるるるぅ！」

射精されたらもっと気持ちよくなれるかもしれない――そんなことを考えてしまう。

（出して……ドクドク……射精してぇ……）

心の中でも精液を求めてしまう。そうした心の赴くままに、射精を促すように、ペニスを吸い、根元から肉先までをグッチュグッチュという淫靡な摩擦音が響くほどの勢いで繰り返し擦り続けた。

「「おおおお！」」

その激しさに戦闘員二人が同時に吠える。

「んじゅっぽぉおお！」

それと共にジュポンッと咥えていたペニスを放した。

目の前に二本の亀頭が並ぶ。

そして――

どびゅっばぁああ！　ぶっびゅ！　どびゅっどびゅっどびゅっどびゅっ――どっびゅるるるるるぅ！

「あぶばっ！　んっぶ！　あびゅううううっ!!」

射精が始まった。

顔面に凄まじい量の白濁液がぶちまけられる。まるで精液のシャワーでも浴びているかのようだ。顔全体がパックでもされているかのように牡汁塗れに変えられていく。

（熱い……これ、あ、ついぃいい！）

顔が火傷（やけど）してしまうのではないかとさえ思うような熱気だった。

だが、伝わってくる感覚はそれだけではない。

「グオオオオオオオオッ!!」

戦闘員達の射精にシンクロするかのように怪人は吠えると――

どびゅっぱ！　ぶっびゅ！　どびゅううううっ！

「おひぃいいいい♥　きった！　これ、キタッ！　なっかに……また、わたひの膣中（なか）に……ドクドク、ドピュドピュしゃせいきたぁあああ♥」

ショコラの子宮に再び射精を開始した。

「んぉおおお！　でって！　出てる！　すっごい！　こっれ、精液どんどん流れ込んで、きでりゅうう！　すっごい！　しゅごしゅぎ、ま……すぅうう！　しゅごすぎて、イッく！　我慢、でき、なひ！　わったひ、いぐっ！　いぐいぐいぐ――いっぐのぉ！　おっ♥　おっ♥　んぉおおおおっ♥♥♥」

途端にショコラが条件反射のように絶頂した。

目を見開き、口を開け、舌を伸ばす絶頂顔としか言えない無様（ぶざま）な表情を曝け出しながら、肉棒の脈動に合わせるように肢体をひたすら痙攣させる。漏らす嬌声はまるで獣の啼き声のようにさえ聞こえてしまうものだった。

（これ、くる！　わたしにも……みふゆちゃんの……あっあっ！　くる！　流れ込んで……くるぅうう！）

その快感がシフォンにも流れ込んでくる。

「あぶうう！　い、いひっ！　こっれ、気持ち……あぅうう！　きも、ちが……よしゅぎって！　いっぐ！　いぐいぐっ！　わ、だひも……これ、我慢できなくて……イッくッ！　イッく！　うぶぅうう！　いっぐ、のぉお お！」

抗（あらが）うことなどできない。まるで津波のような絶頂感にシフォンの全身が呑み込まれた。

「あっあっあっ……はぁあああぁ♥」

顔にかけられる精液の量に比例するかのように愉悦が大きくなっているように感じる。

顔だけじゃない。全身まで汁塗れに変えられながら

――


「い、い……これ……いひぃいい♥　だっめ、こんなことで、感じるなんてぜったひ、だっめ、なのにぃいい！　いいのが！　気持ちいいのが、きちゃ、う！　凄いの……とめ、られなひぃお！　あっあっ……はぁあああぁ♥」

「ああ……止まらない、で……すぅうう！　気持ち、いいのが、と、ま、らなひぃい！　あおおお！　イクの……とめら、れなくて……イッて……イッて、イキ、な、がら……いぐぅ♥♥♥」

二人揃ってただひたすら絶頂し続けた。

「あっへ、はへぁあああ……へっ♥　へっ♥　へぇええ え♥」

やがて身体中から力が抜けていく。強烈な倦怠感に全身が包み込まれてしまっていた。意識さえも飛びそうだ。

だが、ギリギリのところで耐える。

ぐったりとしながらも、精液塗れになりながらも、シフォンはレヴィエラを睨みつけた。

「これで……いいんだ、よね？」

搾り出すように、そう口にする。

「へぇ、これは驚いた」

それに対し、レヴィエラは感心したような表情を浮かべた。

「まだエナジーを吸えないわね。それだけの目に遭ったのに、まだ心が折れていないのね。ちょっと予想外だっ

たわ」

シフォンにはよく意味がわからない言葉をレヴィエラは口にする。だが、言葉の意味なんてどうでもいい。今、大事なのは――

「約束を……守って！　みふ――ショコラを解放してっ!!」

ショコラだ。

「……そうね。約束だし守らないと」

(やった、これで……)

大切な親友を、相棒を、幼馴染みを救うことが……。

「な～んて、言うとでも思った？」

「――え？」

レヴィエラの笑顔に、頭の中が真っ白になった。

「それ、どういう……」

「どうって……。私が約束を守る意味なんてないでしょ。なんでわざわざこの絶対的優位な状況を捨てないといけないわけ？」


「……嘘？　嘘をついたって……こと？」

「ふふ、約束なんてものはね、破るためにあるのよ」

どこまでも残酷な言葉だった。

「でも、絶望する必要はないわ。だって、さっきみたいな気持ちよさをもっともっと沢山味わうことができるんだから……。そう、もっと刻んであげる。快感を求めること以外なにも考えられないほどの性感を……。抵抗力すべてを快楽でドロドロにして……貴女達のエナジーを一滴残らず吸い尽くしてあげるわ♪」

どこまでもレヴィエラは嬉しそうで楽しそうだ。

それに反比例するように、シフォンの心には絶望感が広がっていく。

だが、その刹那――

(ダメ……私はどうなってもいい……。私はいいから……でも、だけど……シフォンは……なっちゃんは……助ける！　助けないとっ!!)

声が、想いが聞こえてきた。

ショコラのものだ。

（なっちゃん……なっちゃんだけは絶対に……）

　未だショコラの秘部には肉槍が突き立てられている。犯されてしまっている。最低で最悪な状況だ。だというのに、どこまでも強く、シフォンを想ってくれている。

　それが痛いほどに伝わってきた。

（そうか……これ……）

　多分レヴィエラが感覚を繋いだからだろう。だから伝わってくる。

（みふゆちゃん……わたしを想ってくれてる。あんな目に遭ってもまだ……。だったら……だったらわたしだって……）

　絶望なんかしていられない。

（助ける。絶対にみふゆちゃんを……助けるんだっ!!　みふゆちゃん！　みふゆちゃん……みふゆちゃんっ!!）

　ショコラを救いたい――ただそれだけを願った。

（なっちゃん）

（みふゆちゃん）

　二人の想いがシンクロする。

　刹那――

　カアアアアアアアアッ!!

　凄まじい輝きが二人の身体を中心に放たれた。

「な、これはっ！」

「ゴオオオオッ!!」

　怪人と戦闘員、そしてレヴィエラが戸惑いの声を上げる。

　それと同時に、強大な力をシフォンとショコラは同時に解放した。

「グガアアアア！」

「おあぁあああ！」

　怪人と戦闘員達を吹っ飛ばすほどの衝撃波を撃ち放つ。

「わたし達は……」

「絶対に負けません!!」

　二人の身体が解放される。

身体にまとわりついていた精液はすべて浄化されていた。衣装も綺麗な状態に戻っている。膨れ上がっていたショコラの下腹も元通りだ。

「まさか、あの状態から……」

流石のレヴィエラも驚きの表情を浮かべる。

だが、それは一瞬のことでしかない。

「デビルミノタウロスッ!!」

すぐに怪人に命じる。

「ゴアアアアアッ!!」

吹っ飛ばされた衝撃で戦闘員達は最早ピクリと動かなくなっていた。だが、怪人は違う。レヴィエラの命に従ってすぐに起き上がると、大気が震えるほどの咆哮を響かせながら、凄まじい勢いで二人に向かって突進してきた。

「ショコラ!」

そんな怪人を真っ直ぐ見据えながら、ショコラに手を差し出す。

「うんっ……シフォンっ!!」

その手をギュッとショコラが握ってくれた。互いの存在を、体温を確かめるように強く強く握り合う。

その上で——

「「スターライト——エクスキューションッ!!」」

二人の力を一つに重ね、必殺の一撃を解き放った。

強大な光が怪人を包み込み——

「オオオオオオオ!!」

その巨体を一瞬で消滅させた。

「まさか……こんな……」

レヴィエラが立ち尽くす。

「……想定外だわ。まさか、これほどまでの力を持っていたなんてね。やるじゃない貴女達……。ますます欲しくなったわ。貴女達のエナジーが」

しかし、すぐに彼女は口元に笑みを浮かべた。

「わたし達は負けない！」

「貴女を倒します！　そして、エルゴネア帝国の野望を打ち砕きます‼」

　レヴィエラに対し二人で構える。

「……ふふ、そんな貴女達を今日以上にグチャグチャにしてあげる。その時が本当に楽しみだわ。貴女達も……首を洗って待っていなさいね♪」

　対するレヴィエラは静かに微笑んだかと思うと、まるで溶け消えるようにこの場から姿を消すのだった。

　街中にはシフォンとショコラの二人だけが残される。

　二人はしばらく手を握り合ったまま、ただただレヴィエラが消えた地点を睨み続けた。

　だが、やがて——

「なっちゃん……」

「みふゆちゃん……」

　二人は顔を合わせると、互いの身体をギュッと抱き締め——

「うああぁ……うあぁぁあああぁ」

「あああ……あああああああ」

　涙を流した。

　二人でただただ泣き合った。酷い目に遭わされてしまった。本当に酷い目に……。

　でも、だけど——

「私は戦うよ……まだ戦う……」

　泣きながらもショコラはそう呟いた。

「だって、私達が戦うのをやめたら、今日の私みたいな目に誰かが遭うことになる。そんなの絶対ダメ。だから、私は戦う。絶対に……負けない」

「うん。わたしも同じ。絶対に……みんなを、この世界を……そしてみふゆちゃんを守ってみせるから」

「なっちゃん……」

「みふゆちゃん……」

　想いを伝え合った上で、互いの身体を抱き締める手にもっと力を込めると、もう一度二人は涙を流し、思いっきり泣くのだった……。

第2話

「――というわけで、ここは……」

先生の説明と、カツカツという黒板への板書音が教室中に響き渡る。菜月は開いた窓から吹き入れる風で茶色がかった髪を揺らしつつ、そんな音色をボーッとしながら聞いていた。

前回のエルゴネア帝国との戦いから既に十日が過ぎている。そう、あれからもう一週間以上が経っているのだ。

しかし、あの日刻まれてしまった傷はまったく癒えてはいない。

普通の日常生活を送っている時でも、思い出してしまうのだ。

あの日の陵辱を……。

酷く胸が痛んだ。自分がとても汚れた存在に変えられてしまったような気がして、吐き気さえこみ上げてくる。

時折、無性に泣きたくなってしまう。けれど、涙だけは必死に抑え込んだ。

（わたしが泣くわけにはいかない。だって、みふゆちゃんはわたしなんかより、もっと、ずっと……）

チラッと斜め前の席に座る深冬の背中を見る。

菜月と同じく学校指定の制服を身に着けている。背中側からでもわかるほどに、胸元は大きい。小さくはないけれど、大きいとは言い切れない菜月の胸とは随分違うと言っていいだろう。

違うのはそうした身体つきだけではない。ほとんど授業が頭に入っていない菜月とは異なり、深冬はしっかり先生の説明を聞き、ノートを取っている様子だった。板書に合わせて黒髪が舞う。背中だけ見れば普段通りだ。

だが、深冬は菜月よりも、もっと酷い目に遭っている。

あの日、深冬は怪人によって初めてを奪われたのだ。

昔、深冬とした会話を思い出す。

『いつかその……わたし達も男子とエッチなこと……しちゃったりするのかな？』

『ええ!? ダメだよなっちゃん！ そんなこと言っちゃ!! 私達には早いよ！』

『それはそうかもだけど……みふゆちゃんだって興味あるでしょ？』

『それはその……ま、まぁ……うん……』

『だよね～。その時、どんな男子とすることになるのかな？』

『そんなの想像つかないよ。でも、きっと……大好きだって思える人とするんだろうね』

『大好きか～。あんまり想像つかない。大好きな男子とかいないし。今、わたしが大好きなのはみふゆちゃんだしね』

『ふふ、それは……私も♪』

ケラケラと二人で笑い合った。

大好きな人と――なにげない言葉だったと思う。だけど、アレは間違いなく深冬の本心だったはずだ。

しかし、深冬はその初めてを……。

一見すると深冬は普段のままだ。しかし、そのせいで余計に痛々しく見えてしまう、本当は心が引き裂かれそうなほど辛いはずなのに……。

それがわかるからこそ、菜月はこの十日間、必死に涙を堪えてきた。深冬が耐えているのに、自分ばかりが苦しみを表に出すわけにはいかない。

（こんな思い……それもこれも全部エルゴネア帝国が……。絶対、絶対に許さないんだか――ら!?）

思考の途中で、強い力を感じた。

思わず、ガタンッと椅子が倒れるほどの勢いで立ち上がり、窓の外へと視線を向けてしまう。

「御木原？」

先生が戸惑うような表情を浮かべていた。クラスメート達も同様だ。

「あ、そ……その……あの……」

（しまった……）

目立つことをしてしまった。こういう場合、どう言い訳をすればいいだろうか？　ひたすら混乱してしまう。

「……具合が悪いみたいです」

そんな彼女を、深冬がフォローするように、先生に言った。

「え？　ああ、そうなのか？　大丈夫か？」

「えっと……それはその……」

咄嗟のことで、やはりどう反応すべきかがわからない。

「……結構調子悪そうです。その、私が保健室に連れて行きます」

深冬が立ち上がり、近づいてきた。その上で──

「なっちゃんも感じてるんだよね？」

菜月にだけ聞こえる声で囁きかけてきた。

「……うん」

感じた力──瘴気だ。怪人が放つ力で、それが今も街の方から溢れ出している。これはエルゴネア帝国の尖兵が出現した証だろう。

「そういうことなら……頼んだぞ如月」

「はいっ」

先生の言葉に頷いた深冬と共に教室を出た。

「なっちゃん……」

「うん、みふゆちゃん……行こうっ!!」

怪人がいる──正直怖い。前回酷い目に遭ったばかりなのだ。

けれど、だからって行かないなんていう選択肢はない。

(わたし達が行かなくちゃ、前にわたし達がされたようなことをされちゃう人が出てくる。そんなのダメ……絶対に!!)

守らなければならない。

深冬と頷き合うと、二人揃って走り出した。

＊

「スラッシュウェーブ!!」

エクセルシフォンへと変身を遂げ、エナジーを込めた蹴りを放つ菜月。

「ショコラコレダーッ!!」

　深冬もエクセルショコラとなり、エルゴネア帝国戦闘員の身体に、強烈な電気を流し込んだ。

　二人で街中で暴れていた敵を次々倒していく。

　怖さはある。戦闘員を目の前にすると、どうしても前回の陵辱を思い出してしまい、身体が竦(すく)んでしまう。それでもシフォンはショコラと共に戦い続けた。

（だって、わたし達が酷い目に遭うかもって考えるよりも、ずっとずっと……誰かが傷つく方が怖いから！　だからっ!!）

　戦えるのだ。

「はぁあああああっ!!」

　戦闘員達を倒し、襲われていた人々を救いながら、強大な瘴気を感じる街の中央公園に二人で飛び込んだ。

　するとそこには――

「フシュウウウウッ!!」

　一体の怪人がいた。

　ウネウネと蠢くその姿は、巨大なイソギンチャクのように見える。

　そんな怪人が幾本もの触手を伸ばし、何人もの女性を捕らえていた。しかも、触手はただ女性達の身体に絡みついているのではない。彼女達の服を剥(は)ぎ取り、身体中を舐め回すように蠢いているのだ。

「なんてことをっ!!」

　途端、シフォンの脳裏に先日のショコラの姿がフラッシュバックしてきた。

　怪人の巨大な肉棒で陵辱され、挿入された肉棒で、下腹が痛々しいほどにボコッと膨れ上がってしまった彼女の記憶を……。

　思わず、シフォンは相棒を見てしまう。

　ショコラは――犯される女性達を見て、身体を強張(こわば)らせていた。表情もなんだか怯(おび)えているように見える。シフォンと同じように。いや、それ以上に、前回の陵辱を想起しているのだろう。

しかし、そうした怯えをショコラが見せたのは一瞬だけだった。すぐに表情を引き締めると、拳をギュッと強く握り締めた。

「シフォン――行こう！　あの人達を助けなくちゃ!!」

「……ショコラ」

(同じだ。わたしと……)

前回のような目に遭うことは怖い。でも、それ以上に、人を助けたい――強い想いが伝わってくる。

「うん……助けようっ!!」

目と目を合わせ、頷き合うと、そのままイソギンチャク怪人に向かって走り出そうとした。

だが、その刹那――

ドギャアアアアアンッッッッ!!

「な、なにっ!?」

「これはっ！」

突然足下の地面が割れたかと思うと、数十本の触手が出現したのだ。どうやら怪人はこちらの存在に気付いていたらしい。

「ま、まずいっ!!」

「このぉおおっ!!」

慌ててエナジーを全身に漲(みなぎ)らせた。拳を握り締め、向かいくる触手を斬り裂いていく。

「やぁあああ！」

「負けませんっ!!　はぁああああ！」

一本、二本、三本――どんどん触手を倒していく。そのたびに紫色の血が飛び散った。

動きに合わせて胸が揺れてしまう。スカートが捲れ、下着だって覗き見えてしまう。ムチッとした太股もだ。しかし、隠す暇はない。大事なのは怪人を倒すことだ。

(不意は突かれちゃった。でも、これならっ!!)

対処できる。冷静に、触手の動き一つ一つを見極めれば、決して捕らえられてしまうようなことは――と、考えた瞬間のことだった。

ぐじゅううっ！

「えっ、あ――しまっ！」

「嘘っ!?　まだあったのっ!!」

新たな触手がまたしても地面から出現し、二人の足首に絡みついたのだ。当然、回避行動は途中で止められることとなってしまった。

「こんなのっ！」

慌てて触手を振り払おうとする。

だが、そのせいで向かいくる触手への対応が一瞬遅れてしまう。

結果――

ぐっちゅ、ずじゅううっ！

「うっく！　あううう！」

「やっ！　これヌルヌルして、気持ち悪い！　放してっ!!　放してくださいっ!!」

腕やお腹も触手に搦め捕られてしまった。触手の表面を覆う生温かな粘液が、変身スーツ越しに身体に染み込んでくる。グチュッとした感触がおぞましく、肌が粟立った。

気色悪さに身体を震わせつつ、二人揃ってなんとか触手から逃れようと藻掻く。

しかし、そんなシフォン達を嘲笑うかのように、触手は更にグッチュリと肉体を強く締めつけてきた。

しかも、ただ拘束するだけでは終わらない。二人の身体は、触手によって中空に持ち上げられてしまう。

「これ、身体が浮いちゃってる！　こ、こんなのぉおっ!!」

このままではまずい。されるがままになるわけにはいかない――ただ、足掻くだけではなく、全身にエナジーを充満させていく。力を全開にし、触手を吹き飛ばすためだ。

「わ、私もっ!!」

それに気付いたショコラも同じように力を集束させていく。

「フシュウウウッ!!」

その行動に対しイソギンチャク怪人が不気味な息を漏らした。

すると次の瞬間――

ズッキュウウウウウウウウンンッ!!

「なっ！　あっ、はぁあああああ！」

「こ、これって……あっく、ふくぅうう！　力――力が吸われてくっ!!」

集束させていたエナジーが、巻きつく触手によって吸われ始めた。強烈な脱力感が走り、全身から力が抜けていく。

「くっ！　だ、ダメっ!!」

「す、吸わせは――しませんっ!!」

慌てて意識をエナジーの防衛に向けた。意識を集中させることで、エナジー吸収に対抗する。

そんな彼女達に、至近距離から声がかけられた。

「フシュウウ――ほう、これは、一方的に吸えるかと思ったが、どうもそう上手くはいかないらしい」

「しゃ、しゃべった？」

「フシュシュシュシュ、もちろん、しゃべるさ。もしかして、俺が言葉も話せないケダモノだとでも思ったか？　そんな低級な怪人ではないぞ。フシュウウウ」

全身を震わせて笑う怪人。なんだかとても不気味に感じてしまう。

「こ、言葉が通じるのなら――放しなさいっ!!　こんなこと……私達は絶対に許しませんっ!!」

気持ちを押し殺して、ショコラが怪人を睨みつけながら告げた。

「許さない？　この状況でお前達になにができる？」

「なにって……こんな触手なんかっ!!　はぁあああああ！」

多少吸われたが、あくまでも多少だ。エナジーは十分残っている。力の出力を上げることで、もう一度触手を引き千切ろうとした。

「なるほど……確かにこれは、思った以上に力を持っているらしい。だが、フシュシュシュ、その力も全部いただく。そのために、お前達の抵抗力をまずは奪わせてもらうぞぉ――フシュアアアアアッ!!」

怪人がこれまで以上に不気味な息のようなものを漏らした。反応するように、触手の表面から溢れ出す粘液の量が増え、二人の身体に液体が染み込んでくる。

「えっ、あっ……な、これは……なにっ!?」

「あっく……くんんん！　なにが……これ、身体……はっふ、んふううう！　身体が熱くなって……くるぅぁあっ」

染みる粘液量に比例するように、全身が火照り始める。同時に下腹がジンジンと疼き始めた。

(これ、この感覚……あの時とっ!!)

それは、陵辱された時に感じた疼きと、よく似た感覚だった。

「な、なにが起きて？　なにをするつもりなんですかっ!?　これ、やめて……やめてくださいっ!!　やめないと――許しませんよっ!!」

ショコラも同じことを感じているのだろう。再びどこか怯えるような表情を浮かべると、必死にこの現象の中断を怪人に向かって訴える。

「なにをするつもり？　すぐにわかるさ……フシュルルルゥ」

だが、なにを言ったところで怪人には届かない。敵は行動を止めるどころか、実に楽しげに笑ったかと思うと、新たな触手を中空に持ち上げた二人の下半身へと伸ばしてきた。

「お前ら、なかなかいい身体をしているなぁ……フシュシュ！　ムチムチした太股に、大きな胸、それに……フシュシュ、張りのある尻、全部は俺好みだぞぉ……フッシュルルルル」

スカートを捲ってくる触手。更に胸を突き出すような体勢にさせられ、両脚も左右に開かれてしまう。

当然ショーツが剥き出しになる。怪人はその下着に触手の一つをグチュッと密着させると、グチュグチュとうねらせ、器用にショーツを横にずらした。

「あっ！　やっ!!」

プリッと張りのあるツンと上向きがかったシフォンの尻が、丸みを帯びて柔らかそうなショコラのヒップが、露わになる。

「やっ！　ダメっ！　それはダメ！　それは……それだけはやめて！　お願いだからやめてくださいっ!!」

怪人がなにをしようとしているのかを理解する——せざるを得ない。

「やめろっ！　やめろぉおおおっ!!」

ショコラだけではなく、シフォンも絶叫した。

「フシュシュシュ、さぁ、イクぞ」

しかし、当然怪人は止まることなく、触手の先端部をグチュッとシフォンとショコラの肉穴——肛門に密着させてきた。

「え？　お、お尻っ!?」

想定外の部位に感じるヌルッと気色悪い感覚に、思わず驚きの声を漏らす。

「フシュシュ、俺はまんこよりもケツが好きなんだ。だから、こっちをたっぷり味わわせてもらうぞぉ」

「お尻って……そんな、無理っ！　そこは、そういうことをする場所じゃっ!!」

「フシュウウウゥッ！」

シフォンの言葉を嘲笑うように怪人は息を吐いたかと思うと——

メリッ！　メリメリメリィィイイイッ!!

同時に二人の肛門に、容赦なく触手を挿し込んできた。

「はっぐ！　おぐっ！　ふぐぅううっ！」

「んんん！　くっ！　あぐぅうう！　嘘っ！　こっれ、挿入(はい)って……お、お尻に……お、しり、なんかに……おっおっ！　触手……ヌルヌルしたしょ、くしゅが……挿入(はい)って……き、ちゃって、るぅううっ!!」

太さ一〇センチほどありそうな異物によって、尻の穴が大きく押し開かれる。本来ならば排泄するためだけの器官を、生温かなものが逆流してくる。

「こんな……無理っ！　おおお！　む、り、ですぅう！裂ける！　お、おし、りが……私のお尻、さ、けちゃいますぅう！」

小さな尻穴が本当に裂けてしまいそうなほどに拡張されていく。強烈な圧迫感が下腹に広がった。身体が内側から突き破られてしまうのではないかと本気で思ってしまうレベルだ。死ぬという言葉は大袈裟でもなんでもない。

眉間に皺を寄せ、苦しげな呻き声を漏らす。同時に白い肌が紅潮し、全身からは汗が噴き出した。シフォンのピンクの髪が、汗で濡れた頬に貼りつき、ショコラの青い髪が、背中から溢れ出す衣装に染み込んだ汗でグッショリと濡れた。

「おおお！　お、なか……んくう！　破れる！　こんな……おっおっ！　無理！　し、死ぬっ！　死んじゃうっ‼　こ、んなの死んじゃうから！　抜いて！　おおおっ！　ぬ、いてよぉおお‼」

本当に辛い状況だ。苦しく、耐え難い。

だから、心から抜いてくれと懇願したのだが――。

「フシュウウ……抜け？　なにを言ってる？　本番はここからだ。最高の快感を与えてやるぞ。そして、お前達の抵抗力を奪い――エナジーすべてを吸い出してやる。フッシュシュシュシュシュシュ」

ずっどっじゅ！　ずじゅううううっ！

二人の言葉を無視して、怪人は触手を動かし始めた。先端部を挿入れるだけでは満足できないとでも言うように、より奥へ奥へと、触手を突き入れてきたのだ。肛門だけではなく直腸まで拡張されていく。下腹が挿入された触手の形にボコッと膨れ上がった。

「おっく！　これ、どんどん……奥まで挿入ってき、て、るぅうう！」

「こんな、嘘……うっそでしょ？　こんなの……くるっ！　お、お腹……まで、き、ちゃって……おっおっ、んぉおおおっ!!」

蹂躙は直腸だけでは済まない。更に奥――胃にさえも届いてしまう地点まで触手に侵入されてしまう。

だが、そこでも触手の進撃は止まらなかった。

ずっじゅぼ！　どっじゅぼぉおお！

「なっ！　うっぞ！　まだ、ま、だ……はいって……おっおっ！　は、いって……ぐ、るのぉおお!?　お腹の……胃の、な、かにまでぇええ！」

胃と十二指腸の境目である幽門を押し広げ、体内の奥に侵略してきたのだ。内臓まで直接犯されるような感覚に、シフォンは痛々しいほどに目を見開いた。

「お腹の中まで犯される感覚はどうかな？　気持ちいいだろう？　だが、この程度で満足してはダメだぞ。フシュシュシュシュ、これはまだまだ序の口。本番はここから。お前達の全部を犯してやるぞぉ……フシュウウ」

「ぜ、んぶ？　これ以上……なにをする、つ、もりで――あ、ま、まさか……まさかぁああっ！」

ショコラがなにかに気付いたらしく、表情に恐怖の色を浮かべた。

対する怪人はその想像は正解だとでも言うように「フシュシュッ」と笑ったかと思うと、胃を犯すだけではまだ満足することなどできないとばかりに、更に奥へと触手を突き入れてきた。

どっじゅぼぉおおおっ！

「あっお！　んっお！　おッおッ――おぼぉおおおおおっ!!」

今度は胃と食道の出入り口である噴門が拡張された。もちろん、押し広げてくるだけでは終わらない。噴門から食道に触手が侵入してくる。そして、食道をどんどん異物が逆流していった。

「こ、んな……おぐうう！　これ、い、じょうはゆるし、ま、せんんん！　ふっぐ！　くふぅううう!!」

下腹から胸部、更にその上にまで触手が上がってくる。

呼吸さえも阻害されるほどの苦しみを感じる。

そんな状況でも、ショコラはなんとか抵抗するような素振りを見せた。悶えつつも、改めてエナジーで全身を満たそうとしたのだ。

だが、そんな抵抗を嘲笑うかのように、触手が遂に首筋にまで達した。

「んっ！　ごっ！　おッ！　おっぷ！　むぶぉおっ‼」

「ふぉおお！　おんん！　ふぉおおおおっ‼」

ボコッと喉が内側から膨れ上がる。

(こっれ、首まで……まさか、これ以上？　そんな、そんなことになったら……それは、それはダメ！　これ以上は！　止めないと！　なんとか、し、ないとぉお！力……力をぉお！)

シフォンもなんとかエナジーを振り絞ろうとする。これ以上を許すわけにはいかない。止めなければならない。

そんな思いで力を限界まで引き出そうとする。

だが――

がぼぉおおおおおおおっ！

「おおおおっ――んごぉぉおおお！」

「ぶっぽ！　ぼっぶぼぉおおおっ‼」

最早、止められるような段階ではなかった。

二人の口が開く。触手の先端部が、ボゴオッと口から顔を出した。

「お……おおおっ！　んぉおおおっ！」

(口から……でってる……触手が出ちゃってる！　こっれ、貫通……お尻から、口まで……触手で、貫通されちゃって……るぅうう！)

往年の映画『食人族』のポスターみたいに、尻から口まで貫通されてしまう。二人はビクンッビクンッと、まるで瀕死(ひんし)の生物みたいに肢体を幾度も痙攣させた。

「じ……じっぬ……ぶぼぼぉおお……ほん、どに、ごれ、じん、じゃ、うぅうっ！　あぉお！　おっおっ――んぉおおおっ」

ショコラの言葉通り、本気で死を予感してしまう。

「フシュウウウ……実にいい姿だぁ」

しかし、怪人はシフォン達の苦しみなどまるで斟酌することなく、ひたすら嬉しそうに笑う。いや、笑うだけで済めばまだマシな方だった。

「さぁ、ここからだ」

「ご、こ……がら……？」

これ以上一体なにをするというのか？　疑問を抱いた瞬間——

ずっどじゅぼ！　どっじゅずぼ！　どっじゅぼどっじゅぼどっじゅぼ——どっじゅぼぉおおおおおっ！

「あぼぉおお！　んっぼ！　おッおッおッ——ごぼぉおお！」

「ばぶっぽ！　んぴょぉおお！　おんっおんっ——おんんんっ!!」

触手による抽挿が始まった。

（うっご、これ、動いてっるぅう！　私の中……身体の中ぜん、ぶを……触手がズボズボしてき、て、るぅっ！

こ、んなのダメ！　こんなの死ぬ！　ホントに死んじゃうっ!!）

まるで全身がオナホにされてしまっているかのような状況である。内臓すべてが触手によって擦り上げられていた。当然息などできない。強烈な苦しみにより、視界が幾度となくチカッチカッチカッと明滅した。苦しみが強すぎるせいで、どうしても「おッおッ」と獣の呻き声のような声まで漏らすこととなってしまう。本気で死を予感するような状況だった。

しかし、だというのに——。

（なっに？　これ、ど、どういうこと？　こんなの……苦しくて、死んじゃいそ、う……な、のにぃっ！　な、んか……身体、わたしの身体……触手でズボズボされるたび、どんどんあ、つくなって、きてるぅっ！）

身体に変化が起きた。

触手に内臓壁を擦り上げられるたびに、肉体がどんどん火照っていったのだ。それと共に感じていた苦しみも

薄れていく。代わりに膨れ上がってきたのは、前回陵辱された際にも感じてしまった、愉悦としか言い様がない感覚だった。

（こ、れ……気持ち……いい？　わたし……気持ちよくなっちゃって、るの？　こんな……身体、貫通……お尻から口まで犯されて、気持ちよく⁉　あり得ない！　違う！　そんなの嘘だよ！　ない！　絶対ない‼　違う！　違う違う違う違う、違うぅぅううっ‼）

犯されて感じるなどあってはならない。自分に必死に言い聞かせ、肉悦を否定する。

しかし、そんなシフォンを嘲笑うかのように、触手による抽挿はより激しいものへと変わっていった。

どっじゅぼ！　ずじゅっぽ！　どじゅぼぉおっ！　どっじゅどっじゅどっじゅどっじゅ――どっじゅぅう！

「あぶぼぉお！　ごっぽ！　ぶぼぼ！　んぶぼぉおおっ‼」

身体が裏返ってしまうのではないかとさえ思えるほど強烈な突き込みに、白眼を剥きそうになる。バヂイイッと電流のような刺激が、脳天まで突き抜けていく。

抵抗などできなかった。まるで糸が切れた操り人形みたいに、抽挿に合わせて手足がブラブラと揺れてしまう。

本当に単なる性処理道具にされてしまっているかのような状況だった。

だというのに、抽挿が激しくなればなるほど、刻まれる愉悦もどんどん大きなものに変わっていく。

（やだよ……怖い！　こ、れ……怖い！　怖いよぉおおっ‼）

自分の身体が自分のものでなくなっていくかのような感覚に、恐怖さえ覚えてしまう。

（しょ……ショコラぁああ）

助けを求めるようにショコラを見る。

だが、相棒も――

「むっふ！　んふぅう！　ふっふっふっ！　くっふぅうう！　あぶっぽ！　んぶぼっ！　おぴょぉおおっ‼」

シフォンと同じくなんの抵抗もできない、性玩具と化していた。

激しすぎる突き込みによって身体を揺さぶられ、胸元のリボンもそれに合わせて揺れ動いている。青い髪がそこかしこに舞う。呻き声を漏らし、ビクビクッと肢体を幾度となく痙攣させている。

まさに玩具のような扱いだ。

「あぶうう！　し……ゔぉんんんっ‼」

そんな状態で、シフォンへと助けを求める視線を向けてくる。

（くる……しんでる。ショコラもすっごく……。ダメ……助けなくちゃ！　わたしが……ショコラを……わた、しがぁあ！）

苦しむ相棒の姿に強く胸が痛んだ。自分が犯されているという現状よりも、この状況の方が辛い。だから想う。強く願う――ショコラを救いたいと。

「んっぐ、ふぐぅうう！　うっうっうっ――うんんんっ‼」

（力……力をしゅ、うちゅう……させる！　助ける！しょ、こらを……た、すけるた、め……にぃいいいいっ‼）

触手の動きは激しさを増していく。ただ抽挿を速くしてくるだけではない。一突きごとに表面をより熱く火照らせ、胴回りを更に太くしてきていた。徐々に刻まれる圧迫感がどんどん大きくなっていく。比例するように、刻まれる愉悦も肥大化していく。

ともすれば身体中から力が抜けそうになってしまうほどだ。視界だってグニャリッと歪（ゆが）んでしまう。ただ、それでも――

（ショコラ……ショコラのた、めにぃいいっ‼　ち、からをぉおお！）

必ず助ける――それだけを想い、必死に自分自身を支える。

だが――。

「フシュウウ！　お前達の中、最高だぞぉ！　これは出る！　我慢なんかできないぞ！　フシュシュシュシュシュ!!」

（で、る？　出るって……まさか！　だ、ダメ！　それは、それだけはっ!!　いそ、急がないとぉおおっ!!）

前に射精された時、強烈な快感を覚えてしまったことを思い出す。またあの時のような快感を刻まれてしまったら、力を集中させることなんかできなくなってしまう。エナジーも全部集め直しだ。いや、それだけならばまだマシだろう。最悪の場合、快感によって抵抗力を奪われてしまえば、エナジーをまた吸われてしまうということだって考えられる。そうなったらおしまいだ。

（お願い……集まって！　ショコラを守るための力をわたしに……お願いだよぉおおおおっ!!）

必死に願った。

そうした願いを嘲笑うかのように怪人による抽挿は激しさを増していき、触手は、より肥大化していく。

しかし、この蹂躙は身体の内側だけでは終わらなかった。

ずっじゅ！　どっじゅる！　ずっじゅぼぉおおっ！　どっじゅるどっじゅるどっじゅる――どじゅるるるぅ！

「むぼぉお！　おッおッ……ぐぼぉおお！」

「んんん！　むっぶぅうう!!」

身体を拘束する触手まで動き始めたのだ。シフォンとショコラの白い肌を、粘液塗れの触手がグッジュグッジュと擦り上げていく。途端に快感が更に増幅した。触手の粘液には媚薬効果でも仕込まれているのかもしれない。触手汁を身体に染み込まされればされるほど、肉体はどうしようもないほどに過敏になっていく。

（だっめ、これ……わ、たし……イクっ！　このままじゃ、イッちゃ……うよぉおおっ!!）

性感を抑えることができず、当然、絶頂感まで膨れ上がっていく。

それを後押しするように、触手から放たれる熱気が濃くなる。

「フシュウウウ！　出す！　射精すぞぉおおっ!!」

怪人が吠えた。

（あああ、もう……わ、たしぃいいい！）

限界だった。最早抗うことなど——

（えっ!?）

だが、その刹那、変化が起きた。

力が流れ込んできたのだ。強大な力が……。

（これ……ショコラっ!!）

自分の力じゃない。これはショコラの力だ。ショコラが自分に力を与えてくれたのだ——その事実に気がつく。

（ショコラ……ショコラぁあああっ!!）

ショコラを見る。

だが、一見しただけではショコラが自分に力を与えてくれているようには見えなかった。

まるでオナホールのように、ジュボジュボと身体を揺さぶられている。抽挿に合わせて周囲に汗を飛び散らせながら、ブシュブシュッと秘部から愛液まで噴出させている。ブルンッブルンッと、大きな乳房も激しく揺れ動いている。

あまりに酷すぎる姿だ。

だが、力をくれたのは、間違いなくあんな状態のショコラだった。

だからこそ、救わなければならない。

「おおおおお——んおぉおおおおおおおっ!!」

流れ込んできた力を全身に漲らせ、爆発させた。

強いエナジーで、体内や全身に絡みついた触手を消滅させ、拘束を解くことに成功した。

（このまま、ショコラもッ!!）

救う！

解放されたことで、地面にドサッと倒れつつも、シフォンはすぐさま起き上がる。

しかし、その瞬間——

「フシュウウウウ！　で、射精るゾぉおおっ!!」

怪人が吠えた。

それと共に――

どっびゅ！　ぶびゅっぽ！　どっびゅ！　どっびゅどっびゅどっびゅ――どっびゅるるるるるるるぅううううう!!

「あっぶ！　んぶぼっ！　おぶぼぉおおおおおおっ!!」

射精が始まった。始まってしまった。

ショコラの身体を締める触手が、小柄な肢体にシャワーみたいに白濁液をぶちまけていく。同時に尻から口までを貫通した触手も、ドクドクと精液を撃ち放った。ただし、射精は先端部からだけではない。触手の表面にタコの吸盤のような穴を出現させ、その穴すべてからショコラの直腸に、胃に、食道に、ドビュビュビュビュビュッと精液を撃ち放ったのだ。

「ぼぶぉおおおっ！　おッおッ……んぉおおおおっ!!」

ショコラが目を見開き、全身を痙攣させた。

それと共に――


（い……いっぐ！　これ……いぐっ！　わ、だぢ……いぐっ!!　おおお！　いいっ！　きもぢ、いひぃい！　き、もぢ、よじゅぎで……いぐの！　ふぉおおっ！　いっぢゃ、う、のぉおおおっ!!）

両脚を大きく広げた状態で、失禁しているかのような勢いで愛液を噴出させる。目を見開くその表情は、一目で絶頂顔としか形容ができないほどに淫靡なものとなっていた。白い肌も全身ピンク色に染まっている。

（こ、んなことで……イギだぐない！　でっも、ぎもぢ、んぉおお！　ぎもぢよ、ぐで……止められない！　イグの、と、められ……なひのぉお！　あおおお！　んぉおお！　おっぼ、れる！　せーえきで……溺れ、死んじゃうのぉお！　なのに……なのに……いひのぉおおっ!!）

ショコラが尻や口、それに鼻の穴から受け止めきれなかった精液をブシュウウッと噴出させつつ、悶え狂う。

（あ、これ……わた、しも……）

そんな肉悦がショコラの心と共にシフォンにも伝わっ

てきた。

多分、先程ショコラが力を流し込んでくれた結果なのだろう。それだけ強く、心が繋がっているのだ。

だからこそ、先程刻まれた性感も蘇ってくる。

（あ、い……イクっ！　わた、しも……）

「あっあっあっ……んぁあああああっ!!」

ショコラとは違い、射精こそされてはいないものの、抗うことなどできなかった。絶頂感が爆発する。シフォンもまた、全身を壊れた玩具みたいに震わせながら、ブシュウウッと秘部から愛液をまるで失禁でもしたみたいに飛び散らせた。

「んんん！　い、いひぃいいいいっ……」

脳髄が蕩けそうなほどの性感が走った。身体中が弛緩して、このままこの愉悦に溺れるように眠ってしまいたい――なんてことさえ考えてしまう。

けれど――

（それは……ダメ！　わたしは……ショコラのお陰で助かった。だったら、こん、度は……わたしがショコラを助ける番なんだからっ！　だから――）

「はぁあああああああっ!!」

虚脱感に抗うように絶叫した。

そうすることで全身に力を漲らせる。

「フシュッ!?　あ、お前――いつの間にっ!?」

そこで初めて、怪人はシフォンが拘束から逃れていることに気付いた様子だった。もしかしたらあまり目はよくないのかもしれない。だが、今はそんなことどうでもいい。

「絶対に許さない！　倒すっ!!」

立ち上がり、鋭い視線で怪人を睨みつけた。

「フシュウウ！　俺を倒す？　馬鹿を言うな！　フシュアアアアアッ!!」

対する怪人は、再びこちらを捕らえようと、新たな触手を伸ばしてきた。数十本の触手が向かいくる。

「はぁあああああ!!」

シフォンは自らその触手に突っ込んでいくと共に——

「舐めないでっ！　スラッシュウェーブッ!!」

エナジーを足に集束させ、蹴りを放った。

力が刃となって足先から撃ち放たれる。それにより、向かいくる触手すべてが切断された。

「なっ!?」

想定外だったのか、怪人は驚きの声を上げ、僅かだが身体を硬直させた。

その隙は逃さない。怪人の懐に飛び込むと共に——

「シフォン——インフェルノッ!!」

力を解き放った。

「お！　おおおおおっ!!」

全身にエナジーを漲らせた連続技を放つ。回避などできはしない。力が込められた拳を、足技を叩きつけていく。

「フシュオオオオオッ!!」

やがて怪人は、絶叫を上げると、光の粒子となって消滅した。

当然触手も消え、拘束から解放されたショコラが地面に落ちた。

「おえっ！　うおえっ！　おえぇぇえええ！」

注がれた精液をゲロゲロと吐瀉する。凄い量の白濁液が口から地面へと吐き出された。もちろん、それは口からだけではない。尻からも凄まじい量の白濁液が、まるで蛇口を捻った水道から水が溢れ出すような勢いで、ブシャアアアアッと飛び散っていく。

「ふぉおおおっ！　おッおッ……んぉおおお……」

上半身を地面に倒し、尻だけを突き上げたような体勢で、肢体をヒクつかせる。ムワアアっと咽せてしまいそうなほどに濃厚な牡と牝の発情臭が混ざった匂いがショコラから立ち昇り、シフォンの鼻腔をくすぐってきた。

あまりに淫靡すぎる姿だ。

そんな有様にシフォンの胸は引き裂かれそうなほどに痛んだ。

「ショコラ……また……ごめん……またこんな……ショコラに……みふゆちゃんにだけ、こんな……」

ポロポロと涙が零れる。

泣きながら、ギュッとショコラを抱き締めた。

「あ、やまる必要なんかない……。だって、シフォンの……なっちゃんのお陰で、か、いじんを……げほっげほっ……うぇえぇ……はぁっはぁっはぁっ……や、やっつけ、ら、れたんだから……。だから、だから、だからね……ありがとう……なっちゃん……」

そんなシフォンに、ショコラは弱々しくはあるけれど、笑みを浮かべて見せてくれるのだった……。

＊

（また、汚されちゃった……）

膝を抱えた状態で湯船に浸かりながら、深冬は一人、そんなことを考えた。前に犯されてから僅か十日で再び……。思い出すだけで胸が強く痛んだ。いや、感じるものは痛みだけじゃない。

あんなに酷いことをされたというのに、想起するとなんだか身体が熱くなるのだ。ジンジンと下腹が疼いてしまうのだ。あの刺激をもう一度刻んで欲しい――そんな風に身体が訴えている気さえした。

（ううん……これは気のせいじゃない……）

事実だ。

エクセルショコラとしての力を持っているからこそわかる。身体の中に、まだ注がれた怪人の精液が残っているのだ。それが身体を火照らせ、強制的に発情させられている原因なのだ。

（私の身体が……私のじゃなくなってるみたい……）

怪人によって自分が作り替えられてしまったような気分だった。

「う……うう……ううう……」

自然と涙が零れ落ちる。

泣きながら、腰を左右にくねらせる。ヘコヘコと前後に振ったりもしてしまう。秘部に手を伸ばし、思いっきり擦り上げたい。膣口に指を挿入したい。

——そんなことまで、考えてしまう自分がいた。

「だ……ダメ……抑えられない……」

性欲に抗うことができない。

犯されたばかりで、もう二度とあんな目には遭いたくないと思っているのだ。

だが、深冬は今日の陵辱を思い出しながら、自分の秘部に触れてしまう。

「んっは……あっ……んんんっ」

触っただけで愉悦が走る。身体がヒクヒク震えてしまう。当然、熱い吐息も漏れ出てしまう。

（こんなエッチな声を私が……）

自分の声じゃない気がする。

（やっぱりダメ……こんなのダメ……）

慌てて自分に言い聞かせ、行為を中断しようとする。

しかし、止められない。擦ってしまう。指を膣口に挿入してしまう。

ぐっじゅ……ずじゅう……。ぐっちゅぐっちゅぐっちゅ……。

「あああ……これ、いいっ……んっんっんっ」

指の動きに合わせて性感が走った。

「だ……めっ……これ、私、簡単にっ！」

どんどん大きくなっていく快楽に抗うことができない。

膨れ上がる愉悦に流されるがまま——

「い……イクッ……んはぁあああ」

あっさりと深冬は達してしまった。

「はっふ……んふぅう……はぁっはぁっはぁ……」

何度も荒い息を吐く。絶頂後の虚脱感に身体中が包み込まれていく。

しかし、感じるものは気怠さだけではない。

（なんで、どうして？　今、イッたのに……）

達したばかりとは思えないほどに、すぐに劣情が膨れ上がってきたのだ。

もっと弄りたい。まだ足りない。もっと気持ちよくなりたい――どうしようもないくらいに、欲望が膨れ上がる。

（だ、ダメっ！）

だが、そうした感情を深冬は必死に抑え込んだ。

（ダメ。こんなことで負けちゃダメ。流されちゃダメ。なっちゃんに心配かけるわけにはいかないから……。だから……）

力を集中させる。

エナジーを全身に漲らせていく。

体内に残る精液を浄化するために。

だが、すぐにすべての白濁液を消し去るということはできなかった。それだけ注がれた量が多かったからだ。完全浄化するにはそれなりの日数がかかるだろう。それまではこの発情が続くと考えて間違いはないはずだ。

正直、絶望的な気分にもなってしまう。

けれど――

（大丈夫。絶対大丈夫。一回はしちゃったけど……もうしない。これ以上は絶対に……。わ、私は……耐えてみせる）

深冬は自分に強く言い聞かせた。

＊

「はぁ……はぁ……はぁ……」

数日後、まだ精液は深冬の身体の中に残っていた。そんな白濁液の残滓によって、身体は常に発情した状態が続いている。

食事をしている際も、授業を受けている際も、そして、菜月と一緒にいる際も――常に下腹がジンジン疼いてしまう。少しでも気を抜けば下半身に手を伸ばしてしまってもおかしくない状況だった。

「みふゆちゃん大丈夫？　なんだか顔が赤いけど……」

必死に我慢はしている。しかし、完全に隠し通すことはできない。特に幼馴染みであり、最高の相棒である菜月には気付かれてしまう。

「ん、ああ……大丈夫。なんでもないから」

慌てて誤魔化した。身体の中に精液が残っているせいで発情してしまっている――なんてことは、いくら菜月が相手でも話せない。

「それならいいけど……。その、辛かったら言ってね。わたしにできることならなんだってするから。みふゆちゃんのためなら、本当になんでもするよ」

真っ直ぐ深冬を見つめ、どこまでも真剣な顔で伝えてくる。心からの言葉だということがよくわかった。

「うん、ありがとう。本当にありがとうね」

胸が温かくなるのを感じる。

自分は一人じゃない。自分には菜月がいてくれる。

(だから大丈夫。絶対に……これを完全に浄化するまで耐えてみせるからね)

心の中で菜月にそう誓った。

だが――

「はっふ……んふううっ……はぁっはぁっはぁっ……」

順調に精液の浄化は進んでいる。それは間違いない。

しかし、浄化すればするほど、発情はより強いものへと変わっていった。

(多分……精液の生存本能……)

生物は命の危機を感じると、子孫を残すために発情するという話を聞いた覚えがある。それと同じことなのだろう。

全身が熱い。特に下半身は常に燃え上がりそうなほどだ。

(触りたい……あそこを触りたい……。指で、擦りたい……。ううん、指なんかじゃダメ……もっと、もっと大きなもので中をグチャグチャにかき混ぜたい)

自然と教壇に立つ男性教師の下半身へと視線を向けてしまう。ズボンの下には肉棒がある。女を犯すための部位がぶら下がっている。

ゴクッと思わず息を呑んでしまった。

（――だ、ダメっ！）

だが、そこで正気に戻った。

（ここで負けちゃダメ。あと少し、浄化完了まであと少しなんだから……それまでは我慢……絶対我慢するのっ!!）

必死に自分を幾度となく叱咤した。

しかし、どれだけダメだと言い聞かせても身体の昂りは消えてくれない。それどころか、意識すれば意識するほど大きくなってしまう。

だからだろうか？

夜、気がつけば深冬は家を飛び出し、一人街へとやってきてしまっていた。

何故街にきたのか？　その理由は単純だ。

犯されたい。誰でもいいから肉棒を挿入れて欲しい。

蜜壺を突いて、この発情感をどうにかして欲しい――と思ってしまったからだ。

「はぁ、はぁ、はぁ……」

（いる……男の人が沢山……）

制服姿で、頬を紅潮させ、半開きにした口から熱い吐息を漏らしつつ、潤んだ瞳で夜の街を歩く男達を見てしまう。彼らの下半身に視線を集中させてしまう。

男達を見ているだけで、吐息がどんどん激しいものに変わっていった。腰をヘコヘコ振るなどということまで……。

自然と男達へと歩み寄ろうとしてしまう。

（声をかければきっと……）

男達は自分を犯してくれる。

そうすればこの辛さを解消することだって……。

（って、違うっ！　流されちゃダメ！　なんのために今日まで我慢してきたの！　あと少し、本当にあと少しなんだから！　だから　だ、から……我慢、我慢するの！

こんなことに負けない。私は絶対に！）

足を止め、自分で自分の頬をバチッと叩いた。

丁度そんなタイミングで――

「や、やだっ！　近づかないでっ!!」

という女性の声が聞こえてきた。

「――なにっ？」

裏路地の方からだ。

他に気付いている人はいない。もしかしたら気のせいかもしれない。

「……でも」

もし、先程の声が本当だったら放っておくわけにはいかない。確認くらいはしておくべきだろう。

そう考え、深冬は裏路地に飛び込んだ。

するとそこでは、五人ほどの学生らしい男達に一人の少女が囲まれていた。

少女の顔には怯えの色が浮かんでいる。それとは対照的に、男達は全員ヘラヘラと笑っていた。笑いながら、少女の身体を舐め回すように見つめている。

「ふふ、俺達と楽しいことをしような」

「大丈夫。なにも怖いことはないさ。ってか、滅茶苦茶楽しくて気持ちいいことだよ。大丈夫、すぐに君も好きになるからさ」

じりじりと男達は少女に近づいていく。

(これは……ダメっ！)

見過ごすことはできない。

「エクセル――チェンジッ!!」

カアアアアアアッ！

心を決めると、深冬はエクセルショコラへと変身を遂げた。

「な、なんだっ!?」

変身によって放たれた輝きに気付いた男達が、視線をこちらへと向けてくる。

「世の闇を凜然と斬り裂く眩い光！　エクセルショコラですっ!!」

名乗ると共に、そんな彼らを鋭い視線で睨みつけた。

「エクセルショコラぁ？　なんだぁ？　コスプレかぁ？」

「街に出るには結構勇気がいりそうな格好だぞ」

「でも……かなり可愛くないか？」

男達はヘラヘラと勝手なことを口にする。

同時に下卑た視線で全身を舐め回すように見つめてきた。

太股を見られている。胸元を注視されてる。股間部に視線が貼りついている。

（あ……はぁあああ……）

それらを感じているだけで、更に身体が熱くなってしまった。少しだけ腰を引くような体勢にもなってしまう。じんわりと汗が溢れ出し、太股が少し濡れた。

「えっと、エクセルショコラちゃんだっけ？　なに？キミも俺達と遊びたいのかなぁ？　いいよ。俺達は歓迎するよ」

「ふざけたことを言わないでください」

身体の昂りを誤魔化すように、男への敵意に意識を集中させ、向けられた言葉を切り捨てる。

「その子から離れなさい！」

男達を睨みつけたまま、凜然と告げた。

「離れて？　どうしてだよ？　これから楽しく遊ぼうと思ってたのにさぁ」

「……その子は嫌がってます。無理矢理なんて許しません」

「ふ〜ん、許さないって、だったら……どうするつもりなのかなぁ？」

「……こうします」

男の言葉に一言だけ告げると、タンッとショコラは地面を蹴った。

ただの一蹴りだ。しかし、変身によって強化された肉体はそれだけで、男の懐に一瞬で飛び込む。

「――なっ⁉」

「はぁあああっ！」

驚き、硬直する男の鳩尾（みぞおち）に拳をめり込ませた。

「あっぐ……ぐぅううう……」

鈍い呻き声を漏らし、男はその場に倒れた。

「なっ！」

残った男達が、慌てて警戒するような体勢を取る。

「こういう目に遭いたくなかったら、すぐにここから立ち去りなさい」

残った男達を牽制するように睨みつけながら告げる。

しかし、男達は逃げようとはしない。それどころか、少女を引き寄せるような動きをした。人質に取る気なのかもしれない。

（仕方ないですね）

相手はエルゴネア帝国ではない。普通の人間だ。できれば傷つけたくはない。しかし、悪いことをしている者を見過ごすわけにはいかない。ここは少し痛い目に遭ってもらうしかないだろう。

（人質に――取られる前に終わらせます！）

そう考え、すぐさまショコラは動き出そうとする。

しかし、その瞬間――

ドクンッ！

「えっ、あっ！」

心臓が脈打った。

ドクンッドクンッドクンッ――まるで全力疾走した後のように、胸が激しく鼓動する。それと共に、身体が再び火照り始めた。下腹部もこれまで以上に疼いてしまう。

肉体が発情を始めたのだ。

（な、こ、こんな時に……だ、ダメ！　ダメぇ！　収まって！　今は、今はダメだから！　お願い、鎮まってぇっ!!）

なんとか治めようと、慌てて自分に言い聞かせる。

だが、そんなことでわき上がってくる情感を抑え込むことなどできなかった。

「はっ……くっは、はぁああ……はあっはぁっ……はっふ、あぁあああ……」

膝がガクガク震え、自然と腰を引くような体勢を取ってしまう。全身からは汗が溢れ出し、白い肌も桃色に染まっていった。顔も俯かせてしまう。

「ん？　なんだ？　どうした？」

当然その変化に男達も気付いた。

「な、なんでもありませんっ!!」

慌てて顔を上げ、改めて男達を睨みつける。

だが、そうして男達の顔を見た途端、またしても胸がドクンッと脈動した。それと共にジワアッと秘部からは愛液が溢れ出し、ショーツに染み込んでいく。いや、染み込むだけでは済まない。お漏らしでもしているみたいに大量で、下着では吸収しきれないほどだった。

結果、太股を伝って、垂れ流れてしまう。

「おい、もしかしてお前、お漏らししてるのか？」

男の一人がそうした変化に目敏く気付いた。

「なっ！　そ、そんなわけ！　ふざけたことを言わないでください!!」

慌てて否定するショコラ。

「いやいやいや、漏れてるから。マジで……」

「ってか、それ、おしっこじゃないよな？　おしっこにしてはヌルヌルしすぎてる……それって……はは、お前、もしかして変態か？」

言葉で違うと訴えたところで、現実を変えることはできない。遂には愛液だということにも気付かれてしまう。

「違います！　馬鹿げたことを言わないでくださいっ」

「なにが違うって言うんだよ？　夜の街にそんな格好で現れて、垂れ流れるくらいあそこ濡らすとか、変態以外にあり得ないだろ」

「だ、だから……私は変態なんかじゃっ！」

「そうか？　だったら証明しろよ。スカートを捲って、あそこが濡れてないってことを俺達にさぁ」

「なっ！　そ、そんなことっ」

できるワケがない。

「しろよ。しないと……そうだな、この子がどうなるかこの男達の言うことを聞くしかない——と、考えた瞬間、更に下腹が熱くなり、キュンッと子宮が疼いた。愛液量も増え、カクッカクッと腰を前後に振ってしまう。

しかし、そうした自分の変化にショコラ自身は気付かぬまま——

「わ、わかりました……」

男達に対して頷いた。

(助ける隙を見つけ出すまでは我慢するしかないから……)

自分に言い聞かせつつ、ゆっくりとスカートに手を伸ばし、裾を掴んだ。途端に男達は嬉しそうにニヤッと笑う。

その顔を見て、一瞬ショコラは動きを止めた。

(これ、スカートを捲っちゃったらどうなるの？　下着を見るだけでこの人達は満足するの？)

考えた途端、怪人によって陵辱された際の記憶が蘇ってくる。

わからないぜ」

男の一人が硬直している少女の頬をツツッと指でなぞった。

「だ、ダメ！　その子には手出しをしないでっ!!」

「だったら、どうすべきかわかるよな？」

「うっく……」

言葉に詰まりつつ、男達と少女を交互に見比べた。

(ど、どうする？　どうすべき？　この人達をやっつけることは簡単。でも……)

肉体は発情したままだ。これでは普段通りの動きができるかどうかはわからない。そうなると、場合によっては少女が傷つけられてしまう可能性だってある。

(それだけはダメ)

罪もない人が傷つくところなんか絶対に見たくない。

となると——

(隙を……隙を見つけないと……。だから、それまでは……)

（また、あんな目に遭わされちゃうの？　お、おちんちんを……挿入れられちゃうの？）

ドクンッドクンッドクンッ――心臓の鼓動が大きくなっていく。

「はっ……あ……はぁあああ……ゴクッ」

息が荒くなる。思わず喉を鳴らしてしまう。

いや、それだけじゃない。

ただでさえ熱くなっていた秘部が、より火照り始めたのだ。ジュワアッと愛液も、更に溢れ出す。太股を伝って流れ落ちるだけではなく、パンツから染み出て、ポタッポタッと直接地面に垂れ落ちていく。

「やっぱりこいつ、ド変態だよ」

「だから……そんなことは……」

説得力がないことは自分でもよくわかっている。それでも否定せざる得ない。

「だったら早く証明しろよ。ほら、スカートを捲れ。この女を助けたいんだろ？」

「……ッ」

なにを言ってもこの状況では無意味だ。

唇を噛むと、一度大きく息を吸った上で、ゆっくりと、震える手でスカートを捲り上げていった。

白い太股が、ショーツが、男達の前に露わになる。

「うっははは、やっぱり変態じゃないか！」

「いくらなんでも濡らしすぎだろ‼」

剥き出しになった下着を見た途端、男達は爆笑した。

「だから、濡らしてなんか……」

それでも否定の言葉を口にするのだが、説得力などまるでない。

実際、剥き出しになったショーツはグショグショに濡れてしまっているのだ。

肌に貼りつき、柔肌が透けた白い下着。下着越しにハッキリと陰毛が見えるほどの濡れ具合なのだ。それどころか、ヒダヒダがクパッと開いてしまっている有様さえも、はた目で確認できるような状態だった。

「これで濡らしてないとか……まだそんな、馬鹿なこと言ってんのかよ。ほら、こんなにグショグショだろ」

男の一人が近づいてきたかと思うと、手を伸ばし、剥き出しのショーツに触れてきた。

グチュウッ！

「ふひぃっ!!」

淫靡な水音が路地裏に響き渡る。それと共にバチッと火花が視界に飛び散るほど強烈な性感が、ショコラの身体に流れ込んできた。

「あっは……んはぁあああ……」

触れられただけだというのに、軽くではあるけれど達してしまう。

ガクガクと膝が震え、プシュッと愛液が飛び散った。

（これ……あぁああ……触られただ、けなのに……凄く……気持ち、いい……）

感じてしまったのは、否定できない量の性感だった。

ずっと欲していた刺激をようやく刻んでもらうことができた——そんな悦(よろこ)びさえ感じてしまう。

「はっふ……んふぁああ……はぁっはぁっはぁっ……」

立っていることも辛くなり、思わず男へしなだれかかってしまった。

「お前、最高だな」

ニタッと男が笑った。

同時にショコラの手を取ると、自分の股間にそれを持っていった。手の平がズボン越しではあるけれど男の下腹に触れる。途端にガチガチに勃起した肉棒の感触が伝わってくる。

ドクンッドクンッと脈打っている感触。服の上からだというのに、とても熱く火照っていることもわかった。

「はぁああ……これ……おち……んちん……」

キュンッと子宮が疼いた。膣口がより大きく口を開いていく。

これが欲しかった。これがずっと……。これを膣中(なか)に挿入(い)れて欲しかった——そんなことを考えてしまう。

（ダメ……ダメ……変なことを考えちゃっ！）

慌てて自分に言い聞かせる。

しかし、理性でなにを思ったところで昂りは鎮まらない。それどころか、どんどん大きくなっていく。肉棒を欲する感情も、どうしようもなく肥大化していく。

やがて、それを男に訴えるためか、無意識にヘコヘコと腰を振り、秘部に触れている男の手を自分から強く押しつけてしまうショコラ。それだけではなく、男の股間に触れている指を、ズボン越しに肉棒をくすぐるように蠢かしてしまう。

「……そんなに欲しいのか？」

「そ、それは……その……」

「いらないのか？　だったら……仕方ないなぁ、あっちの女に楽しませてもらうとするかなぁ」

頷くことができないショコラに、男はヘラヘラと笑う。

「そ、それは……それはダメ！　ダメですっ!!」

「そうか？　だったら教えろ。お前は……どうして欲しい？」

耳元で囁くように問いかけてくる。

男の生温かい息を感じた。

それだけで全身がゾクゾクしてしまう。ビュルビュルと止め処なく愛液を噴出させ続けてしまう。

「わた……私は……」

（答えちゃダメ。口にしちゃダメ……。でも、だけど、私が口にしないとあの子が代わりに……。それこそダメ！　そんなの絶対に……。だから、だから……）

自然と口元が緩んだ。無意識に、笑っているような顔を浮かべてしまう。

（これは、仕方ないの……）

免罪符だった。

「これが……お、おち……はぁああ……おちんちんがほ、欲しい……です。おちんちんをわた、しの……お、おまんこに挿入れて……欲しいです」

絞り出すように欲望を口にする。

「そうか……ふふ、だったらさ……」

男は笑うと、この場に自分から横になった。

「お前がしたいようにしろよ」

寝転がった状態で、そんな命令を下してきた。

「し、したいようにって……」

「どうするべきか、わかるよな？」

「う……ううう……」

自分から能動的に……。

周りを男達に囲まれた状態でそんなこと、恥ずかしすぎる。

(そんなことできるわけが……。でも、だけど、しないと、やらないと……。助けなくちゃ……。助けるため……だから……)

仕方ない仕方ない仕方ない仕方ない仕方ない──ひたすら自分に言い訳しながら、男のズボンに手を伸ばし、下着ごと脱がせた。途端にガチガチに勃起したペニスがビョンッと剥き出しになる。

(ああ、おちんちん……おちんちんだぁあ……)

長さ二〇センチほどはある勃起棒の逞しさに、うっとりと目を細めた。しばらくの間、じっとりと見つめ続ける。スンスンと鼻を鳴らして匂いを嗅ぐと、ツンと鼻の奥にくる香りがした。頭がクラクラする。凄く臭い。でも、その臭さが堪らない。嗅いでるだけで、もっともっと身体が熱くなってしまう。だからこそ、ただ見ているだけではダメだ。本番はここからなのだから……。

男の上に跨がる体勢を取ると、ショーツを横にずらし、愛液でグチョグチョになった肉花弁を露わにした。

(挿入れる……これを挿入れる。したくない。こんなことやりたくない。でも、やらないといけないから……挿入れる。挿入れるの……)

ゆっくりと腰を下ろしていくショコラ。

あと少しで花弁とペニスが触れ合う──そんなところまで腰を近づけた。

「おっと、挿入れる前に、謝罪と感謝をしてもらおうか」

だが、そこで男が引き留めてきた。

「しゃ、ざい？　感謝？」

「そう。ほら、お前、俺の仲間を殴っただろ。その謝罪だ。それと、ちんぽを挿入れてもらえることへの感謝だ。できるよな？」

「…………はい」

頷くしかなかった。

そして――

「あ、貴方の……仲間を殴って、すみませんでした。ごめんなさい。申し訳ないです。そして……その、あの……あ、ありがとう……ございます」

絞り出すように言葉を口にする。

「おちんちんを……お、おまんこに挿入れさせていただきます。本当に……ほ、本当に……ありがとう……ございます……」

あまりに屈辱的だった。自然と眦からは涙が零れてしまう。

「よし、じゃあ、挿入れていいぞ」

だが、ショコラが泣いていようが、男はまるで気にしなかった。どこまでも楽しげに、更なる命を下してくる。

「はい……そ、それでは……」

逆らうことはできない。

頷くと共に腰を落とし、グチュッと膣口を亀頭に密着させた。

「あつっ！　あっあっ……はぁあああ……」

媚肉が火傷してしまうのではないかと思うほどの熱気が伝わってくる。その熱感が快楽に変わった。先程指で触れられた時以上の愉悦が走る。強烈な性感に全身をビクビクッと震わせ、またしてもショコラは軽イキしてしまった。

「おいおい、もしかしてイッたのか？」

「ち、ちが……そ、そんなこと……はぁっはぁっ……あ、あり得、ません……」

男だけではなく、自分にも言い聞かせるように慌てて否定する。これだけで達したなんて認めたくはなかった。

「そうか？　だったら止まってないで早くしろよ。ほら、ちんぽを奥まで挿入れるんだよ！　わかってるよな？」

「は、い……」

全身が弛緩してしまっている。絶頂後の脱力感であることは間違いなかった。だが、この感覚に溺れ続けるわけにはいかない。本番はここからなのだ。

それに――

（もっと、これ、もっと……）

本能が更なる快感を求めていた。

想いのままに腰を落とす。肉穴をクパッと開き、ペニスを根元までジュズブウウッと咥え込んでいく。

「あっは……んはぁああ……挿入った。挿入って……る！　奥！　わ、たしの……一番奥までお、おちんちん、挿入って……ますぅううっ！　あっあっ……んぁあああ！　こっれ、凄い……ですぅうう」

下腹に異物感が広がっていった。熱く、硬い杭で蜜壺を穿たれたかのような感覚。背筋を曲げながら、肢体を幾度も震わせてしまう。

「はぁああ……気持ち……いいっ……」

愉悦を認める言葉まで、自然と口に出てしまう。

（これ……これだ……。わ、たし……これが、これが欲しかったんだぁあ）

心に広がるものは、否定できないほどの歓喜だった。

ブシュウウッとこれまで以上に愛液が結合部から溢れ出し、男の下腹部が濡れた。蜜壺全体が蠢き、侵入を歓迎するようにギュウウウウッと男の肉槍を締めつける。襞の一枚一枚で肉茎を搾るように刺激していく。それと共に、降りてきた子宮の入り口がクパッと開き、亀頭へと吸いついた。

「おおお、これ、すげぇ！　こんなまんこ、初めてだぞ！」

蜜壺の感触が余程心地よかったのか、男は歓喜の声を漏らしつつ、挿入した肉棒を激しくびっくんびっくんっと打ち震わせる。

「あああ……いいっ！　わた、しも……凄く、いい……ですぅう♥」

　怪人の精液を受けてからずっと身体は昂り続けていた。牡を欲してしまっていた。

　その欲望がようやく満たされたのだ。悦びを抑え込むことなどできない。僅かに残っている理性では（ダメっ！）と思いつつも、素直な気持ちがどうしても口から出てしまう。

　いや、口に出すだけでは済まなかった。

「はっあ！　これ、もっと……もっとぉ！　んっは、はふぁあ！　あっあっあっ！　んぁあああっ♥」

　じゅっぷ！　ずじゅっぷ！　ずどっじゅぅ！　ずっじゅずっじゅずっじゅずっじゅ――ずっじゅぅううっ!!

　自ら腰を振り始めてしまうショコラ。

　肉棒の感触を貪るかのように、自分から腰と腰をぶつけ合う。パンパンパンッという音色が響くほどの勢いで、乙女は何度も腰を打ち振るってしまう。まるで女を犯す男のようなグラインドだった。

「こっれ、おちんちん……あっあっあっ！　いいっ！　い、い……ですぅ♥　おちんちんで、おっく！　一番奥……ズンズンされ、るの……気持ち……いひぃ♥」

　肉先から根元までを膣壁全体で繰り返し擦り上げる。子宮口を幾度となく亀頭にガツンガツンと打ちつける。そのたびに蜜壺全体を収縮させ、ギュッギュッギュッとリズミカルにペニスを締めつける。

　言葉だけではなく、蜜壺全体で男に自分の歓喜を訴えていた。

（どう、して……？　なんでこんなに気持ちいいの？　こんなことで感じたくなんかな、いのに……。こんなの……もし、こんなことがなっちゃんに知られちゃったら耐えられない……。そんな、そんなことしちゃってるのにぃ！）

　親友に話せないような行為で、どうしようもなく感じてしまっている。まるで自分の身体が自分のものではなくなってしまっているかのような感覚に、恐怖さえ感じてしまう。

しかし、そうして自分に怯えつつも、止まることなどできなかった。

「はぁっはぁっはぁっ！　んんん！　もっと……もっとぉおお！」

感じれば感じるほど、更なる愉悦を求めてしまう。津波のように流れくる強烈な欲望に押し流されるがまま、髪が振り乱れるほどの勢いでひたすらピストンを続けるショコラ。

「やっべぇ、こんなの我慢できねぇ」

「俺もだ」

発情した獣のような姿を晒すショコラに当てられたのか、周囲で見ていた男達もズボンを脱ぎ捨てると、勃起した肉棒を剥き出しにして、腰を振り続けるショコラへと近づいてきた。

その際、男達にお前なんかどうでもいいというように、人質の少女が解放された。解放された少女はショコラを一瞥するや否や、すぐに逃げ出す。

だが、ショコラの目に、少女のそうした行動は入ってはこなかった。今のショコラが認識できるのは、自分が跨がっている男と、近づいてきた男達が眼前に突きつけてきた肉棒だけだ。

人質にされていた少女への興味など、これっぽっちも残ってはいなかったのである。

「おい、わかってるな？」

鼻息を荒くしながら、近づいてきた男が言葉を投げかけてきた。

「は、はひぃいいっ」

対するショコラは腰を振り続けながら頷き――

「はっちゅ、んちゅぅう……」

肉棒にキスをした。

チュッチュッチュッと何度となく肉先に口づけをする。

舌を伸ばし、ペロペロとペニスを舐め、その上で口を開き、その肉棒を咥え込んだ。同時に手を伸ばし、別の男の怒張を握ると、シコシコと扱き始める。

「じゅっるるる、ふじゅるるるぅ」

(おちんちんの味……伝わってくる。臭くて、塩っぱくて、苦い……。すっごく不味(まず)い……。でも、どうして? なんで? 不味いのが、不味いのに……お、美味しいって思っちゃう……。おちんちん……もっと……これ、もっとぉ……)

身体の中に残る怪人の精液によって、ショコラの発情はより大きなものに変えられていく。

生殖本能もどんどん肥大化していく。

「んじゅっぽ! じゅっずぽ! んじゅっぽんじゅっぽ! ふっじゅるるるぅ」

流されるがまま腰を振り続け、肉棒をしゃぶり、手淫を続ける。

(もっと……もっと気持ちよく……。もっとぉおお)

欲しい。快感が欲しい。精液が欲しい——思考がそんな想いで満たされていった。

「く、くぉおおおっ!」

ショコラのそんな劣情に応(こた)えるかのように、男達は吠えたかと思うと、彼らの方からも腰を振り始めた。

どじゅっぽ! ずっじゅぽ! どっじゅ! どじゅっどじゅっどじゅっどじゅっ——どっじゅううう!

「おぼぉ! んぉおっ! おっおっ! んぉおおおっ」

(突き上げられてる! 子宮! おちんちんでズンズンされてつ、ぶされちゃいそぉおっ! それに、喉もつか、れてる! こっれ、乱暴……乱暴すぎるのぉ!)

こちらを一人の女とは見ていない。性処理道具としか考えてないだろう男達のピストンは激しい。ショコラに対する気遣いなど一切ない、欲望のままの蹂躙だった。

けれど、怪人と比べると可愛いものだ。

余裕がある。だからこそ、快感により集中できてしまう。

(いいっ♥ 乱暴なのもすっごく……いいっ♥ こんな、

こんなの、ホントに私、酷いのに……酷すぎ、る、扱いな……のに……そ、れが……気持ちいいのぉ♥　よくて、おちんちんズンズン気持ちよ、すぎて……私……わ、たしぃいいい！　もうっ！　もうっ‼　もぉおおおおおおっ！）

陵辱の激しさに比例するように、どうしようもないほどの性感が高まっていく。

「い……いっぐ！　もう……がっぽ！　んぼぉおお！　も、ほ……わだぢ……いっぐ！　いっぎまず！　いっぢゃい……まじゅぅう！　らっから……ぼっぼ……んぼぉお！　らがらぁああ！」

やがて膨れ上がってきたのは、強烈な絶頂感だった。

「らひで！　どびゅどびゅ……しゃ、せい……して……くらしゃいぃい！　んぉおお！　ごっぽ！　んぼぉおお！　お、にぇがひ……んっじゅ！　むじゅうう！　おにぇがひ……じ、まじゅぅううっ♥」

欲望のままに射精を求めるショコラ。絶頂感による快感を後押ししてくれるものが精液だということは、これまでの経験で教え込まれてしまっていた。

ふじゅるるるぅ！

言葉だけではない。身体でも訴えるように、締めつけをきつくし、頬を窄めてペニスを啜った。手淫速度だって上げていく。

「いいぞ！　そんなに欲しいならくれてやるよ、このド変態女っ‼」

そんな激しすぎるショコラの求めに応えるように、男達はドクンッと肉棒を脈動させると共に、これまで以上に膣奥まで、喉深くまで、ドジュウウウッと肉棒を打ち込んできた。

「おぼぉおおおおっ‼」

強烈な一撃に視界が真っ白に染まる。

それと同時に、男達は一斉に射精を開始した。

どっびゅばぁあ！　ぶっびゅうう！　どっびゅどっびゅどっびゅどっびゅ――どっびゅるるるるるるぅっ‼

「あぶぅうう！　あおお！　んぉおおおおっ！　ごっぽ！　んぼぉおお！」

（出てる！　口の中に、おまんこに、身体中に……精液、どびゅどびゅだ、されて……るぅうう♥）

一瞬で子宮や口腔が白濁液で満たされた。手淫を受けていた男が放った白濁液で、変身スーツもグショグショに汚される。

（私の全部が精液塗れになってくぅう……あああ……臭い。気持ち悪い……でも、それが……いいっ♥　気持ち、いいのぉ♥　こっれ、よすぎて……イッく！　イクイク――イッちゃ、う……のぉおお♥）

「あぉおお！　おっおっ……んぉおおおお♥♥♥」

身体中に染み込む精液の熱が快感へと変換され――ショコラは男に跨がり、肉棒を咥えたまま絶頂に至った。

「おぶぅううう♥」

全身を壊れた玩具みたいに震わせながら、ギュウウウッと膣中（なか）のペニスを締めつけ、口内の肉槍を吸う。手で肉棒を擦り続ける。それはまるで、最後の一滴まで精液を搾り取ろうとしているかのような姿だった。

応えるように男達も射精を続ける。

（止まらない……こっれ、イクの……とま、ら……なひぃ♥　ああ……すっごい！　しゅご……す、ぎるぅう♥）

それらを受け止めながら、ひたすらショコラはイキ続けた。

そして――

じゅぼぉおおおっ！

「あっぷ……おっふぅううう……」

射精を終えて満足した男達が肉棒を引き抜く。

途端に膣や口から白濁液が溢れ、零れ落ちた。

「あっは……んはぁあああ……あっあっ……はぁああ……うぇえ……おぇええ」

ひたすら精液を吐き出しながら、何度も肩で息をする。

（ああ、もう……私……ダメぇええ……）

身体中から力が抜けていった。

ぐったりと地面に倒れ伏す。

すると——

カアアアアアッ！

身体が光り輝き、変身が解けてしまった。

「え……おい、これって……」

男達が呆然とショコラを——いや、深冬を見つめてくる。

「へ？　あ、ダメっ！　見ないで！　見ないでぇぇえ！」

慌てて自分の顔を隠す深冬。

しかし、既に遅かった。ハッキリと見られてしまった。

その証拠に——

「もしかしてお前、如月深冬か？」

男の一人が深冬の名を口にしたのだ。

「へ？　あ……え？　なんで？」

名前を呼ばれたことに混乱する深冬。

「なんでって……お前、うちの学校じゃ御木原と並んで可愛いことで有名だからなぁ……ははは っ」

「うちの……学校？　あ……う、嘘、その……制服……」

そこで気付いた。男達が身に着けている制服が、自分の学校の制服だということに……。

「そういうことだ。お前は俺達のことを知らなかったみたいだけどな。これは……まさか……くく、まさかなぁ」

耐えられないというように男達は笑った。

笑いながら——

「これは……これからの学校生活が楽しみだ。なぁ、如月……いや、深冬ちゃんもそう思うよなぁ？」

深冬にとって絶望としか言えないような言葉を、投げかけてくるのだった……。

第３話

「みふゆちゃん、ご飯食べよ」

　昼休み、菜月はピンクのリボンで結った髪を揺らしながら、深冬にいつも通りの笑顔を向けた。

　イソギンチャクのような怪人との戦いから既に二週間以上が過ぎている。

　あの日以来、深冬の様子はどこかおかしくなっていた。再び怪人に陵辱されてしまったのだ。それも当然といえば当然のことだろう。菜月だってあの日のことを思い出すだけで、身体が震えてしまうのだ。菜月よりもっと酷い目に遭った深冬の心はどれだけ傷ついているのだろう？　考えるだけで菜月の胸まで引き裂かれそうな気分になる。

　だが、そうした苦しみは表に出さない。できる限りいつも通りに振る舞う。その方が深冬にとってもいいと思ったからだ。

　これまでもそうしてきたように、今日も一緒に昼ご飯を食べようと誘う。

「……ごめんなっちゃん。その……えっと、今日も用事があって……」

　誘いに対し深冬は一瞬悲しそうな表情を浮かべると、首を横に振った。黒髪と大きな胸元が少し揺れる。

「え、今日もなんだ……」

　これで三日連続だ。深冬とは幼い頃からの付き合いだが、初めてのことである。

　一体なんなのだろう？　深冬は毎日昼休み――いや、それだけじゃない。休み時間ごとに姿を消している。一体なにをしているのだろう？　気にならないワケがない。反射的に「毎日なにをしてるの？」と問おうとしてしまう。

（って、ダメ。それはダメ……それを聞いちゃ……ダメ……な、気がする）

　そうした思いが、急激に膨れ上がってきた。

（え？　ダメ？　どうして？　気になったことは聞いた方が……。私とみふゆちゃんの仲だし……。あ、でも、イケないって……そんな感覚……。うん、そう……そうだよね）

　聞いてはいけない。

　深冬は深く傷ついているのだ。話したくないことだってあるだろう。であるのならば、深冬が自分から話してくれるのを待つべきだ——そう思った。

「わかった。じゃあ仕方ないね」

　深冬が安心できるようにもう一度笑顔を浮かべてみせる。

　対する深冬はどこか申し訳なさそうな表情を浮かべると——

「ごめんね、なっちゃん……」

　そう言って一人、教室を出て行った。

（みふゆちゃん、どこか……なにか変……。本当になんでもないの？）

　明らかに深冬の様子はおかしい。

　付き合いが長いからこそわかる。

　しかし——

（ん……あれ……気のせい？　気のせいかな？）

　菜月が抱いた疑問は、何故か長続きはしなかった。

　首を傾げつつ、なんとなく窓の外を見る。

（蝶々だ……綺麗）

　窓には一羽の蝶が貼りついていた。

＊

「きたね……みふゆちゃん♪」

　現在では使われていない空き教室に入った深冬を迎え入れたのは、どこまでも楽しそうな笑顔を浮かべた男子生徒達だった。数日前、夜の街で深冬を犯した男達である。数は三人——全員が深冬の身体を舐め回すように見つめてくる。

膝まで届きそうな黒髪や、制服の上からでもハッキリと形がわかるほどの大きな胸元、それにスカートから覗き見えるムチッとした脚――そのすべてを犯してくるかのような視線だった。

そんな彼らに対して深冬は一言も返事をしない。ただ黙ってその場に立ち尽くした。

「愛想がないなぁ。何度もセックスしてる仲だっていうのにさぁ」

リーダー格の男――名前は柏木（かしわぎ）という――が近づいてきて、ポンッと、深冬の肩を叩いてきた。男の手の平の感触が伝わってくる。反射的に深冬は身体をビクッと震わせた。

ただ、それでも口は開かない。こんな奴等と会話なんかしたくなかった。

「つまんないなぁ。でも、まぁいいや。無駄におしゃべりしてても仕方ないしな。ってことでさ、早速頼むよ。早くみふゆちゃんとやりたくて我慢できなかったからさぁ」

ニヤつきながら柏木は躊躇なくズボンを脱ぎ捨てる。途端にガチガチに勃起した肉棒がビョンッと跳ね上がるみたいに露わになった。

ヒクッヒクッと哭するように肉棒が蠢いている。反射的に視線を逸らした。こんなもの見ていたくはない。

「自分で挿入（い）れて♪」

嫌がる素振りを見せても、男の行動は止まらない。それどころか寧（むし）ろ、更に嬉しそうな表情を浮かべ、命令を下してきた。

床に寝転がりながら、見せつけるように腰を前後に振る。

「……ッ」

（やだ……こんなのやだよ……）

嫌悪感しかない。

自然と涙だって零れそうになってしまう。

（気持ち悪い）

おぞましさで身体が硬直さえしてしまう。

「どうしたんだ？　もしかしてできないのか？　まぁ、それならそれでいいけど……。でも、その場合、みふゆちゃんが実は変態女だってことが学校中に……いや、それどころか世界中にバレることになるけど、構わないのかなぁ？」

柏木がスマホを取り出し、見せつけてくる。

ディスプレイには、ここ数日深冬が柏木達に見せつけてきた痴態が映し出されていた。

『オラ、言え。気持ちいいですって言え!!』

体育倉庫のマットに俯せになった、体操着にブルマという姿の深冬を、柏木が犯している映像だ。

ギシギシと床が軋むほどの勢いで、繰り返し腰を打ちつけている。

『あっあっあっ！　い、いいです！　気持ち……いいですぅ』

激しすぎる突き込みで身体を前後に揺さぶられつつ、命令されるがままに映像の中の深冬は快感を口にしていた。

言葉に合わせて結合部がアップにされる。

ドジュッドジュッと突き込まれるたび、秘部からは愛液が溢れ出していた。ギュウウウッとペニスをきつく締めつけているのもわかる。言葉だけではなく、身体でも快感を訴えているような光景だった。

映像が切り替わる。

次に映し出されたのは、裸に首輪だけという状態で、校舎内を引きずり回される深冬の姿だった。

『犬らしく鳴けよ』

『わ、わん……わんっ……』

無様に鳴く。

それを見た男子達がゲラゲラ笑いつつ――

『挿入れるぞ』

ずっじゅ！　ぐじゅう！

『あっひ……んひんんっ!!』

廊下だろうが容赦なく、後背位で深冬を犯した。

『ヤダ……こんなところでなんてぇ！』

『なに人の言葉話してるんだよ！　お前は犬だろ‼』

泣き叫ぶ深冬の尻を男が平手で叩く。

『わ、わんっ！　わんんんっ‼』

人間の扱いとはとてもではないが思えなかった。

更には、教壇の上でオナニーをしている姿まで映し出される。

『膣中とクリ……どっちがいいんだぁ？』

『クリ……と、りす……んん！　クリトリスがいいですぅ』

両脚を開いた状態で、シコシコとクリトリスを扱く。ぱっくり開いた肉花弁から愛撫に合わせてどんどん愛液が溢れ出してくる様は、自分で見ても興奮してしまうほどに淫らだった。

命令を聞かなければこの映像をネットに流すと柏木は脅してくる。

（したくない。もうこんなことしたくない……。でも、だけど、しないと……。こんな映像がばら撒かれたら私……）

耐えられない。生きていけない。だから、従うしかない。

ギリッと血が滲みそうなほどに奥歯を噛み締めた上で、寝転がる柏木に跨がるような体勢を取る。

「ちょ、ちょちょ、ちょっと待って欲しいんだなぁ」

だが、柏木の仲間の一人が、深冬を止めてきた。

「なんだよ？」

柏木が不満そうな表情を浮かべる。

「いや、そのさ……どうせだからみみみ、みふゆちゃんが変身した姿を見たいと思ったんだなぁ。あれ結構可愛いし」

「なっ‼」

一瞬頭の中が真っ白になる。

「ああ、確かにな。その案賛成！　ってことでみふゆちやん、いいよね？」

「そ、それは……」

（ダメ……ダメよ。だって変身は……）

　変身——あれは人々を救うためのものだ。

（街のみんなを守るためのものなの……。だから、こんなことで変身なんかしちゃいけない）

　力をくれた光の人や共に戦う菜月に申し訳が立たない。

「したくないなら……それでもいいけどぉ？」

　柏木がスマホを振る。

　スマホを奪って破壊したい——そんな衝動を覚えた。だが、それは無意味だ。どうせクラウドにデータは保存しているだろうから……。

　つまり、従う以外にできることはないのだ。

（ごめんなさい……ごめん……なっちゃん）

「え……エクセルチェンジ……」

　カアアアアッ！

　どうすることもできぬまま、エクセルショコラへと変身を遂げる。黒髪が青く染まった。制服も強化スーツに変わる。スカートの丈が動きやすいように短くなり、肩やヘソも剥き出しになった。白い肌が男達の視界に映り込む。

「おお、やっぱりすげぇな！」

「マジ……可愛い」

　男達は表情をだらしなく崩す。これまで以上に下卑た視線で、深冬——ショコラの全身を余すことなく視姦してきた。

「よっし、それじゃあ……早速パンツを脱いでもらおうか」

　どこまでも楽しそうな表情で命令を重ねてくる。従う以外に選択肢がないショコラは、躊躇いつつもスカートの中に手を入れ、命令通りにショーツを脱ぎ捨てた。

（やだ……やだよ……こんなのやだ……なっちゃん……

……）

　悔しくて、情けなくて、恥ずかしくて——涙さえ出そうになる。

　しかし、ショコラのそんな思いを男達はまるで斟酌などしてくれず――

「よし、じゃあ次はスカートを捲れ。俺達全員にお前のまんこを見せるんだ。それから、胸もはだけて……そうだな。自分で揉んでくれ。その大きな胸を捏ねくり回すみたいにさぁ」

　更なる命令を下してきた。

（したくない。聞きたくない……。でも……ううう……）

　選択肢なんか存在しない。

　スカートの裾を両手で掴み、ゆっくり捲り上げていく。

　男達の視界にまずはムチッとした太股が晒された。その上で――まだまだ陰毛が薄い剥き出しの秘所まで見せる。そして、乳房も露わにする。ブルンッと弾けるように、手の平では収まりきらないほど大きな胸が剥き出しになった。

「さぁ、それを揉むんだ」

「うっく……くぅうう……」

　逆らえない。自分の乳房に手を添え、揉み始める。

「んっふ……はふぅう……うっうっうっ……」

　胸に指が食い込んだ。大きな乳房の形が簡単に変わる。

「さ、最高なんだなぁ」

　それを見た男子の一人が、パシャッと写真を撮った。

「やだ、撮らないでっ！」

「ダメだ。撮影は許可してる。ってことでほら、ピースしろ。脚を蟹股に開いて、右手で胸を揉みながら、左手でピースして笑うんだ」

「そんなこと……」

「できるよな？」

「あ……あうぅうう……」

　選択肢なんかない。

　唇を一度強く噛み締めた後、ヒクヒクと唇の端を震わせながら、引き攣った笑みを浮かべた。その上でピースサインを作る。

それを見た男達は「おおおお！」と歓声を上げると、パシャパシャとシャッター音を響かせた。

「へぇ、嫌そうにしてるくせに……実はヤル気満々じゃん。撮られて興奮してるんだ」

撮影される深冬を見た柏木が、そんな言葉を口にする。

「そんなことないですっ！」

当然否定する。

「いやいや、説得力ないって。だってさ、みふゆちゃんのあそこ、まだなにもしてないってのに、もうグチョグチョに濡れてるよ」

「違います！　違うんですっ！」

イヤイヤする子供みたいに首を左右に振った。

しかし、柏木の言葉は事実だった。

実際、露わになったショコラの秘部は、既に愛液に塗れてしまっていた。割れ目もクパッと左右に開いている。剥き出しになったピンク色の肉襞(にくひだ)は、まるで失禁でもしてしまったかのようにグショグショだった。膣口も完全に開いてしまっている。早く男が——ペニスが欲しいと身体が訴えているかのような有様だ。

「なにが違うんだよ。みふゆちゃんマジでエロすぎっしょ。大人しそうな顔して、ホントに変態なんだからなぁ」

「そんなんじゃ！　私は変態なんかじゃありません！」

「こんなにマン汁垂れ流しながら言われても説得力ないっての」

「そ、れは……」

その通りだとショコラ自身思ってしまう。

こんな最低で最悪な状況であそこを濡らすなんてあり得ないけれど、柏木の指摘は事実だったからだ。しかも、ただ濡らすだけじゃない。身体は、膣は、間違いなく疼いてしまっていた。

子宮がジンジンしている。下腹にぽっかりと穴が空いたみたいなもどかしさも覚えてしまっていた。この穴を埋めたい。そのためにペニスで肉壺を満たして欲しい
——そうした欲求がどうしようもないくらいに膨れ上が

ってしまっている。

怪人に犯されて以来感じてしまっている発情感に、シヨコラの肉体は未だに蝕まれていた。

そんな感覚に流されてはいけない。負けてはならないと必死に自分に言い聞かせはしている。しかし、ダメなのだ。抗えない。逆らえない。最悪な状況だというのに、剥き出しになった肉棒を見ていると、それだけで全身をより熱く火照らせてしまう自分がいた。

溢れ出す愛液量が増していく。女蜜がトロッと太股を伝って流れ落ちていった。

「ほら、したいんだろ？　だったらすればいいじゃん。俺も我慢できないからさ。早くみふゆちゃんのまんこにちんぽ挿入れたいんだよ。みふゆちゃんだって同じ気持ちなんだろ？　だったらさ、ほら、腰を落としなって」

肉棒をビクンッビクンッと震わせている。

思わずゴクッと息を呑んでしまった。

「突っ立ったままじゃいつまで経っても終わらないぞ。それはみふゆちゃんだって困るだろ？　辛いことは早く終わらせた方がいい。そうだろ？」

（それは……そうかもしれない……）

どうせ断ることはできないのだ。従う以外の選択肢は存在していないのだ。であるのならば、すぐに済ませてしまった方がいい。

（したくない。やりたくない。だから……する。早く終わらせるために……。遅れたらなっちゃんが心配するだろうし……。もし、いない私を気にしてなっちゃんが捜し始めたら？　こんな姿を見られたら？）

耐えられない。

それに、最悪の場合、自分が代わると菜月が言い出すかもしれない。いや、菜月ならば必ずそうするだろう。

（ダメ、なっちゃんにこんな思いをさせるわけにはいかない！　だから……そう、守る。自分だけじゃない。なっちゃんを守るためにも……）

それが深冬の免罪符だった。

ジュワッと更に愛液を分泌させ、クパッと膣口をより大きく開きながら、深冬は腰を落とし、自ら肉棒を蜜壺で咥え込んでいった。

じゅっぶ！　ぐじゅっぶ！　じゅずぶぅうう！

「んっは！　はっふ……んんん！　あっふ！　はふぁあああ！」

(挿入ってくる。熱いのが……硬くて大きいのが……私の膣中に挿入って……くるぅう！　あああ……んはぁああ！)

肉穴が押し広げられる。膣道が内側から拡張されていくのがわかった。下腹に異物感が広がる。蜜壺が肉棒の形に変えられていく。やがて大きく膨れ上がった亀頭部が、ドチュンッと子宮口に触れた。

「んんんんっ！」

一番奥まで犯される。膣奥に肉先を感じた瞬間、それだけで軽く達してしまうほどの肉悦が走った。

(これ……やっぱり……気持ち……いい♥)


これまで何度も犯されてきたことで肉体はどうしようもないほどに性感を覚えてしまっている。快感を否定することなど不可能だった。

全身をビクッと震わせ、背筋を反らす。男達の前だということも一瞬忘れ――

「はぁあああ♥」

と歓喜しているとしか思えないような吐息を漏らし、ギュウウッと強く肉棒を締めつけた。

(いい……感じてる！　私……気持ちよくなってるぅ♥)

ジュワアッと結合部からより多量の愛液を分泌させ、柏木の下腹を濡らした。ただ、それでも……。

「違う。こ、こんなの……気持ちよくありません……」

まだ理性は残っている。こんな行為で感じているなどと認められない。自分自身に言い聞かせるように呟いた。

「ふ～ん。そっかぁ。それは残念だなぁ」

否定に対し、柏木はニヤつく。ショコラの言葉などまるで信じてない様子である。切なげに眉間に皺を寄せ、瞳を潤ませ、半開きにした口から熱感の籠もった吐息を漏らすという姿を晒してしまっているのだ。当然と言えば当然だろう。

「まぁ、残念だけど、別にみふゆちゃんが感じていようがいまいが、俺には関係ないんだよね。大事なのは俺が気持ちよくなることなんだからさ。ってことでみふゆちゃん、俺を感じさせてよ。どうするべきかは……わかるよね？」

「……は、い」

そんなこと言われるまでもない。

ぐっちゅ！　ずっちゅ……ぐっちゅ……にゅちゅぅ……。ぐっちゅぐっちゅぐっちゅぐっちゅぐっちゅ……。

「はっふ！　んふぁぁ！　あっあっあっ――はぁあああ」

腰を振り始める。

何枚もの肉襞で膣中の陰茎を強く締めつけながら、淫靡な水音が響いてしまうことも厭わず。肉壺全体を使って膣中のペニスを扱く。最初は本当にゆっくりとした動きで……。

だが、それは本当に始めだけだった。

(これ……感じる。感じたくないけど……気持ちよくて……。おまんこジュボジュボされるのよ、くて……抑えられない。私、どんどん……ど、んどん……あっあっあっあっ！　んぁあああ♥)

何度もセックスをしてきた。だから覚えてしまっている。身体のどこが感じるのかということを……。

ほとんど無意識のうちに、敏感な部位を自分から擦りつけてしまう。

抽挿に合わせて性感が増していく。理性が溶けそうなほどの快感に、全身が包み込まれていった。

(違う。これ、前よりずっと……おちんちんいいって思っちゃう……♥)

快感に後押しされるように、流されるように、ピストン速度を無意識のうちに上げていく。

ばっちゅんっばっちゅんっばっちゅんっばっちゅん
――動きの激しさに比例するように、腰と腰がぶつかり合う音色が大きなものに変わっていった。

その音にユニゾンするように――

「あっあっ！　あ、たる！　奥に当たる！　こっれ、すごい！　んひんん！　感じる！　わ、たし……イヤなのに、気持ちよく……なっちゃい……ま、すぅ！　あっあっあっあっあっ！」

漏らしてしまう嬌声もより艶やかなものに変わっていった。快感を訴える声を抑えることもできない。

「やばいんだなぁ。こんなの見てるだけで我慢とか無理なんだなぁ！」

ショコラの痴態を見ていた男子の一人が鼻息を荒くしたかと思うと、ズボンを脱ぎ捨て、ピストンを続けるショコラの背後に立った。その上で肉先をプリッと張りがあるヒップに向け――

どっじゅ！　ずじゅ！　どっじゅぅううっ！

「おっひ！　ふぉお！　おっおっ！　んぉおおおおおっ!!」

容赦なく肛門に勃起棒を突き立ててきた。

膣に挿入(はい)っている肉棒ほどの長さはないけれど、太さは一回りほど大きい。そんなもので尻を思い切り拡張されてしまう。腸壁越しに膨れ上がった亀頭部や、血管が浮かび上がりゴツゴツとした肉竿の感触が、ハッキリと認識できた。

「ほひぃい！　お尻っ！　こっれ、お、しり！　わた、しの……お尻にまでおちんちん！　挿入(はい)って！　は、いって……きて……るぅう！　んぉおお！　おっおおっ――ふほぉおおお！　こんな、こん、なの……壊れる！　わた、し、が……壊れ、ちゃ……うぅう!!」

膣口と肛門が同時に押し開かれる。まるで身体が二本のペニスに潰されるかのような感覚だった。

「無理！　これ、二本ど、うじなんて……む、りですぅ！

抜いて！　こっれ、抜いて……くださ、ひぃいい!!」

　呼吸さえも阻害される。あまりにも苦しい。ペニスで突き殺されてしまうのではないかと本気で思ってしまうほどの圧迫感だった。

「はぁあ、やっべぇ！　ちんぽ潰されそう！　最高！　みふゆちゃんのケツまんこ……最高だよぉ!!」

　しかし、どんな訴えも届きはしない。

「まんこの締めつけもさっきまでよりきつくなった！　マジ……ホントみふゆちゃんっていい女だなぁっ!!」

　男達は肉棒を抜くどころか、より大きく、硬くペニスを膨れ上がらせたかと思うと、ショコラの動きを待っている時間も惜しいというように、今度は自分から腰を振り始めた。その動きに合わせて刻まれる快感としかいえない感覚に後押しされるように、長いペニスと太いペニス――形が違う二本の肉槍を貪るように、肉穴でキツく締めつけてしまう。

　ずっどじゅ！　どじゅぶ！　ずどっじゅずどっじゅずどっじゅずどじゅううううううっ！

「ほっひ！　おひぃいい！　おおおっ！　つっか、れてる！　おまんこと……お、しり！　両方！　んほぉおお！　両方お、ちんちんで、突かれて……るぅう！　おぅっおぅっおぅっ！　おふぅう！」

　激しいピストンで身体が揺さぶられる。剥き出しになった乳房がブルンッブルンッと激しく揺れ動いた。

　一突き一突きが強烈で、チカッチカッチカッと視界が何度も明滅する。ショコラに対する気遣いなど一切存在しない。男達の動きはどこまでも自分勝手なものだった。

　しかし、それでも感じてしまう。昂りに昂った肉体は、乱暴すぎる一方的な蹂躙にも、どうしようもないくらいに愉悦を覚えてしまっていた。

「はぉお！　こんな……だっめ、ダメなのに……いや、なのにぃ！　いいっ！　気持ち……いいっ♥　感じる！　私……感じちゃいますぅ！　どうして……なんで……なんでなのぉおお!?」

自分自身が理解できない。

「なんで？　そんなのみふゆちゃんがド変態だからに決まってるっしょ？　だからさ、ほら、その可愛い口で僕のことも気持ちよくしてよ」

蹂躙されるショコラの目の前に、残った男子が勃起した肉棒を突き出してきた。なにもしてないというのに、既に肉先からは先走り汁が溢れ出している。嗅ぐだけで頭がクラクラするほど濃厚な牡の発情臭が、ショコラの鼻腔をくすぐってきた。

この匂いだけで更に身体が熱くなってしまう。自然と喉まで渇いてきた。舐めたい。咥えたい——などという欲望さえも覚えてしまう。

「や、です……そ、そんなの……」

しかし、まだ理性は残っている。なんとか自分自身を抑えようとした。

「うるせぇよ。オラぁっ！」

だが、男子はショコラを性処理道具としか見ていない。ショコラの思いなどまるで気にすることなく、ガチガチに勃起した肉棒を容赦なく口腔へと突き込んできた。

「がぶぼっ！　んぶぼぉおおっ！」

（むっり！　こんな……口！　私の口がぁ！　アゴが外れちゃうぅう！）

限界以上に口が押し広げられる。口が裂けてしまってもおかしくないほど強烈な突き込みだった。けれど、変身している肉体は普通ではない。だからこそ、耐えてしまう。耐えれてしまう。

口内に頭がクラクラしてしまうほどの牡臭さが広がる。塩気を含んだ味が舌先に伝わってきた。おぞましく、気持ちが悪い。吐き気さえ、こみ上げてくる。

だが、こちらがなにを感じていようが、男はまるで気になどしてはくれなかった。

「うぉおおおおっ！」

どっじゅ！　ずっじゅ！　どじゅっぶ！　どじゅぼっ！　どっじゅどっじゅどっじゅどっじゅ——どじゅう

う！

「あぶぼぉお！　んんっぷぼ！　おぶぼ！　おっおっおっ──おおおおおおおおおおっ‼」

まるで膣や尻のように、口まで犯されてしまう。

（死ぬっ！　おちんちんで殺されちゃうぅ！　それなのに……どうして？　なんでなのぉ⁉　こんな……こんなことでもわ、たし……感じる！　感じちゃってる！　気持ちよくなっちゃってるぅ♥）

苦しみを凌駕するほどの性感を肉体は覚えてしまう。刻まれる快感を男達に訴えるように、肉壺をより収縮させてペニスを締めつけ、肛門でキュウウッと肉竿を圧迫した。無意識のうちに口唇でも肉棒を強く咥え込んでしまう。

「みふゆちゃんのド変態っぷり──マジやべぇな！　こんなことまでされてるのに感じまくりすぎだろ！　まんこの締めつけ最高すぎて我慢とか無理だっての！　これは出る！　射精るゾぉ！」

「俺もだ！　俺も射精すんだなぁ！　みふゆちゃんのケツにたっぷり流し込んでやるんだなぁ」

「こっちもだぁあ！」

ショコラの締めつけが余程心地よかったのか、男達が限界を口にする。肉棒も彼らの言葉を証明するように、挿入時よりも更に一回り近く大きくなった。伝わってくる熱感も増幅する。

（熱い！　火傷しちゃいそうなくらいおちんちん熱く……なってるぅ！　それに、わ、たしの膣中で……ビクビクッて震えてる！　これ、出す……本当に射精す、る……気なんだぁ！　ダメ……今出されたら……イッちゃう！　私……絶対イッちゃう！　それはいやぁあ！　イキたくない！　イキたくないのぉ！）

「や……べで……ぼっぼっぼっ！　お、にぇがひ……ら、がら……だしゃ……にゃいでぇ！　もう……やべ──おぼっ！　んぼぉおおっ！　おッおッ！　おぼぉおおおおっ！」

許しを請うても届きはしない。

無理矢理言葉を絞り出すショコラを嘲笑うように、男達は抽挿速度を上げる。より膣奥に、腸奥に、喉奥に肉先を突き立ててきた。一突きごとに更にペニスは肥大化する。

「がっぽ！　おぼぉおお！」

「「「うぉおおおおっ」」」

苦しむショコラなどまるで気にすることなく、男達は一斉に吠えた。ドクンッと肉棒を脈動させ、ショコラのすべての穴に容赦なく白濁液を撃ち放ってくる。

どっぴゅば！　ぶっぴゅ！　どっぴゅるるるるるるるるぅ！

「あぶぼっ！　んぶぼぉおおっ！」

(出てる！　射精……さ、れてるぅう！　口の膣中に……おまんこに、おし、りに……ドクドク流れ込んでき、てるぅ！　あああ……溺れる！　臭い……せ、いえきで……溺れちゃうのぉ！　でっも、それが……んひぃいい！しょ、れがいい！　それ……が、気持ちよ、くて……私……わ、たしぃいい！)

全身に染み込む牡汁の熱気が快感に変換されていく。排泄するためだけの器官を熱汁が逆流してくる。子宮に白濁液が染み込んでくる。苦味や生臭さを伴った精液が口内いっぱいに広がる。すべてがおぞましい。けれど、耐え難いほどに心地いい。射精される快感を知ってしまっている肉体は、愉悦に抗うことなどできはしなかった。

感じたくないという思いだけでは抑えきれないほどの肉悦に、激しく肢体を震わせながら――

(いっぐ！　いぐいぐ――わ、だひも……いぎゅぅう♥)

「おっ♥　おっ♥　おっ♥　おぼぉおおおっ♥♥♥」

膣中で痙攣する肉棒にシンクロするように、快楽の赴くままに、ケダモノみたいな悲鳴を響かせた。

「はぁああ……最高だったたぁ」

そうした反応に男達はどこまでも満足そうな表情を浮かべながら、ジュボッと肉棒を引き抜く。

途端に膣と肛門からビュバアアァッと精液が溢れ出した。

もちろん――

「おえっ！　うぇええ！　おえっ！　おえぇぇええ」

口からもだ。

ゲホゲホと咳き込みながら、多量の白濁液を吐き出す。

「はぁっはぁっはぁっ……」

口から何本も白い糸が床に向かって伸びた。

「おいおい、折角流し込んでやったのにもったいないだろ。それに、床を汚すな。もし誰かがきてバレたらどうするんだ？　だからさ、ほら……掃除しろ」

「そ……うじ……？」

柏木の命令に首を傾げる。

「そうだよ。その零れたザーメンを……床に口をつけて全部舐め取れ」

「なっ！　そ、そんなことできるわけっ！」

人としての尊厳に関わるようなことだ。できるワケがない。

「逆らうのか？　ふ～ん、まぁそれでもいいけど……。だけどさ、その場合、みふゆちゃんのド変態っぷりがみんなに知られることになるけどいいのかなぁ？」

柏木が楽しそうにスマホを振る。

「だ、ダメっ！　それは……ダメっ！」

「だったら……わかるよな？」

「あ……あぅうう……」

逆らえない。

映像が流出なんてしたら生きていけないから……。

（したくない……でも……だけど……ううう……）

自然と涙が溢れ出しそうになる。

しかし、ギリギリのところでそれを我慢し、震えながらもゆっくりと床に自分が零してしまった、吐き出してしまった精液へと顔を寄せていった。

ムワッとしたザーメンの匂いが鼻をつく。嗅ぐだけで反射的に咳き込んでしまいそうになった。吐き気だってこみ上げてくるほどに不快だ。こんなものを舐めるなんて考えるだけで怖気立つ。

それでも行為を中断することなどできず――

「んっれろ……ちゅれろぉ」

舌を伸ばして精液を舐めた。

（ううう……苦い……不味い……）

味覚が麻痺しそうなほどに不快な味が伝わってくる。

だが、舌の動きは止めない。

「れろっれろっれろっ」

まるで水を飲む犬猫のように、精液を搦め捕り口内に流し込むと、喉を上下させて嚥下していった。

「んっぎゅ……んっぐ……んっんっ……んぉえっ！　おぇえぇ！」

喉に白濁液が絡まる感触が不快すぎて、また嘔吐きそうになってしまう。

（気持ち悪い……気持ち悪い……だけど……でも……）

「れろっれろっれろっ……んっじゅっるる！　ふじゅるるるぅ！」

口周りが精液でベトベトになってしまうことも厭わず、精飲を続けた。

「うっはは……見ろよこの姿！　最低すぎるだろ」

「マジあり得ないんだなぁ！　ぶははは！」

そんなあまりにも哀れすぎる姿を見ても、誰もショコラを気遣いはしない。柏木達はどこまでも楽しそうに笑うのだった……。

*

深冬にとっての地獄のような時間は、昼間だけではなかった。

放課後――というよりも夜、深冬は未だに学校にいた。

既に他の生徒達は菜月も含めて全員下校してしまっている。できることならば深冬だって菜月と一緒に帰りたかった。しかし、それはできなかった。柏木に放課後残るようにと命令されてしまったから……。

「それで……今日はなにをすればいいんですか？」

保健室にて柏木に尋ねる。

「その質問、毎日するよなぁ？　なにをするかなんてわかりきってるだろ。いつも通りだよ。いつも通り……客を取れってことだ」

ヘラヘラと柏木は笑った。

そう、いつも通りだ。

柏木達に犯されるようになって以来、深冬は毎日放課後の学校で売春を強要されていた。昼間ではなく放課後である理由は、せめて授業には出たいと願い出た結果である。男達も昼間まで授業をサボるようになったら怪しまれるかもと、それは受け入れてくれた。

まぁ昼間する必要はなくとも、放課後にしなければならないというだけでも十分絶望的なのだが……。

やるべきこと、やらされること、それはわかっていた。

ただ、それでも訊かずにはいられなかったのだ。もしかしたら今日こそは違うかもしれないという僅かな希望のために……。

だが、そんな希望は存在なんかしていない。

「……それで、今日の相手は誰なんですか？」

軽く絶望を抱きつつ、絞り出すように尋ねる。

「今日？　今日は……この人だよ。さぁ、入っていいですよ」

柏木が呼びかけると保健室の戸が開き、室内に客が入ってきた。

「う……嘘……」

その客を見た途端、思わず深冬は声を出してしまった。

理由は単純だ。その相手は深冬がよく知っている相手——クラスの担任教師である三影（みかげ）だったからだ。

「どうして……」

深冬は三影のことを尊敬していた。真面目で生徒想いな先生だと思っていたからだ。実際、禿げた頭にでっぷりとした身体という見た目の割に、深冬以外のクラスメート達からの人気だって高い。菜月だって『担任が三影先生でホントよかったよねぇ』と時折口にしているくらいである。

そんな尊敬できる先生が――

「本当に如月だ。柏木……いいんだな？　本当に如月とやっていいいんだな？」

これまで深冬を犯してきた男達とまったく同じ表情を浮かべている。

まだなにもしていないというのに、ズボンの上からでもハッキリとわかるほど肉棒を勃起させてもいた。

「もちろんですよ三影先生。先生が好きなように、滅茶苦茶に、遠慮なく……如月を犯しちゃってください♪」

ってことで俺は失礼しますね」

「そうか……そうかそうか！　くくく」

保健室から柏木が出て行く。室内には深冬と三影だけが残された。

「先生……こんなの、嘘ですよね？」

思わず口にしてしまう。

「嘘？　なにを言ってるんだ。嘘なわけないだろ。このために結構な金を払ってるんだぞ。だから……しっかりサービスするんだぞ如月ぃ♪」

ペロッと先生は舌舐めずりをした。

肉厚のたらこ唇をガマガエルみたいな顔をした先生が舐める――それだけでゾゾッとしたものが背筋を駆け抜けていく。

「ひっ」

反射的に小さく悲鳴だって漏らしてしまう。

それに対し三影は更に楽しげな表情を浮かべつつ、パイプベッドに腰を下ろす。身体が太っているせいで、ギシッと今にも壊れそうなほどにベッドが軋んだ。

「それじゃあまずは……フェラからしてもらおうか」

「そ、そんなこと……」

「できるよなぁ？」

「う……ううう……」

(こんなの嘘……絶対嘘……嘘じゃないといけない……

いけないのにぃ）

目の前の先生はなにを思っても消えてはくれない。どうしようもないほどにこれは現実だった。

拒絶することはできない。

拒絶すれば柏木が持っている映像が出回ることになる。それに、三影だってなにをしてくるかわからない。選択肢などないのだ。

ゆっくりと先生に近づいていく。その上で、彼の前にしゃがみ込んだ。ゆっくりと手を伸ばし、ズボンを脱がす。露わになった下着も下ろす。それによりペニスが剥き出しになった。

「うっぷ」

途端に強烈な匂いに鼻腔が襲われる。生臭い刺激臭だ。嗅ぐだけで吐きそうになってしまうほどに臭い。この匂いの原因は、間違いなく亀頭にびっしりとこびりついている恥垢にあるだろう。まるでチーズのようにチンカスが幾重にも積み重なっていた。一体いつから洗っていないのだろうか？

「こんなこともあろうかと、半年は放置したままなんだ。ちんぽを洗うのは女の口で……それが先生のポリシーなんだよ」

訊いてもいないことを、聞きたくもないことをベラベラと口にしてくる。

「……私、先生は立派な人だって思っていた……なのに……」

泣き言だって口にしたくなってしまう。

「やっとこの日がきた。ずっと犯してやりたかったんだ」

絶望感を嘲笑うような言葉を、先生はあっさり口にする。

「ずっと……嘘……」

「嘘じゃないさ。キミは、もっと自分の魅力を認識した方がいいな。きっとキミを犯したがってる生徒や先生は多いと思うぞぉ」

囁くように口にしながら、三影は深冬の頭を撫でてきた。

　その手つきはどこまでも優しい。なんだか安心感さえ覚えてしまいそうになる。しかし、それ以上に――

「さぁ、その口で先生のちんぽを綺麗にしてくれ」

　おぞましかった。

　だが、最低で最悪であっても、逆らうことはできない。

（したくない。したくない。どうしてこんなことしなくちゃいけないの？　私は……みんなを守ってきたのに、それなのに、なんでこんなことを……）

　あまりに理不尽だ。

「うう……うううう……」

　自然と涙が零れ落ちてしまう。

　ポロポロと泣きながら、ゆっくりと目の前でヒクつく肉槍に深冬は唇を寄せていった。

「ふっちゅ……んちゅぅ」

　まずはペニスにキスをする。

「おふぅっ！」

　三影の口から心地よさそうな吐息が漏れた。それと同時に肉棒がビクビクッと激しく震える。

「ひっ！」

　気色悪すぎる反応に反射的に顔を離してしまう。

「ダメだぞ如月。しっかり続けるんだ。お前は優秀な生徒なんだから、これくらいのこと問題なくできるよなぁ？　ほら、もっとちんぽにキスをしろ。そして、先生のチンカスを全部舐め取ってくれ。できるな？　さぁ、はいと答えろ」

　答えたくなどない。

「……は、はい」

　けれど、思いとは裏腹に、震えながらも深冬は頷いた。

『客のお願いにはすべて応えろ。拒絶は許さない。拒絶したら……わかってるな？』

　客を取ることになった初日に柏木にそう言われたからだ。逆らうことはできない。

（したくない……したくない……でも、するしかないから……）

「はっちゅ……ふちゅうっ」

もう一度肉棒にキスをした。

それだけでペニスは激しく打ち震える。やはりどこまでもおぞましい反応だ。それでも今度は顔を離すことなく口づけを繰り返した。その上で舌を伸ばし――

「ふっちゅ……んっれろ！　ちゅれろっ！　れっろぉ！　れろっれろっれろっ……んれろぉ……」

肉棒を舐めた。

舌先で恥垢を穿るように搦め捕る。

（苦い……不味い……気持ち悪い）

強烈な苦味と、吐きそうになるほどの臭みが伝わってくる。強烈すぎる気色悪さに肌が粟立っていく。それでも舌を蠢かし続けた。いや、ただ舌で舐めるだけではない。

「んっも！　もぶっ！　んっも！　もっもっ！　おもぉおお」

ペニスを根元まで咥え込みもした。

「ふっじゅ！　むっじゅ！　むじゅっぽ！　じゅっぽ！　じゅぽっじゅぽっじゅぽっじゅぽっ――んじゅぽぉおおっ」

口唇で肉竿を締めつけながら、頭を前後に振って肉棒全体を扱き上げていく。

「んっじゅ！　ふじゅるるるるぅっ」

同時に頬を窄め、下品な音色が響いてしまうことも厭わず、激しく啜り上げもした。

肉先から溢れ出す先走り汁や、気持ち悪いチンカスを嚥下していく。コリコリとした塊が喉を通り過ぎていく感覚が、震えてしまうくらいに気色悪かった。

「これは、最高だ。如月、やはりキミは優等生だなぁ。まさかフェラまでこんなに上手いとは！　これは先生、我慢できそうにないぞぉ！　だから、だからなぁ！　行くぞぉっ！」

激しい口淫に先生は鼻息を荒くしたかと思うと、深冬の後頭部を両手で掴み、まるで膣でも犯すかのような勢いで腰を振りたくってきた。

「おぶっぼ！　むぶぼぉおっ！　ぼっぼっぼっぼっぼっ――おびょぉおお！」

（激しい！　ズンズンす、ごい！　奥！　喉の奥……何度も！　何度もな、んども……突かれちゃってぅう！　苦しい！　止まって！　先生！　死んじゃうから止まってぇえ！）

変身していない状態で口腔をオナホのように扱われるのはあまりにも苦しい。まともに声を出すこともできないので、くぐもった悲鳴を漏らしつつ、視線で行為の中断を訴える。

だが、上目遣いは、男の興奮を更に煽り立てる結果にしかならない。

「あぶぼっ！　んっぼ！　ぶぼぉお！　おっおっ……おんんっ!!」

ゴリゴリと喉奥が何度も叩かれる。激しすぎる動きに、幾度となく視界が明滅した。

（殺される。先生に突き殺されるぅ！　もう、許して……やめてくださいぃ）

心からの願いだった。

しかし、頭の中でなにを思ったところで、興奮しきった男は止まってなどくれない。更にストロークを大きなものに変えてくる。

ただ、腰を振り続けてくるだけではなく、時には突き込んだ状態のままゴリゴリと喉奥を抉るように、亀頭を蠢かしてきたりもした。

（大きくなってる！　どんどん大きくなってきてるぅ）

蹂躙に合わせて肉棒が肥大化を続ける。ペニスから伝わってくる熱気も更に増幅していった。口内が火傷してしまいそうなくらいだ。

（これ……まさか……まさかぁあ！）

何度も男達と関係を持ってきたからこそ、射精が近いことを理解させられてしまう。

「やっべ……ぼう、やべでぇええ！」

（出されたくない！　射精……いやぁあああ！）

心の底からの訴えだった。

「射精（だ）すぞ！　射精（だ）すぞぉおおっ!!」

しかし、どんな言葉も届きはしない。

教師という仮面をかなぐり捨て、牡として抽挿速度を上げてくる。一突きごとに肉槍を更に肥大化させてきた。

「うぉおおおおおっ！」

どびゅっぼ！　ぶびゅぼっ！　どっびゅ！　どっびゅるるるるるぅ！

「あぶぼぉお！　んっぼ！　ぶぼぉおおお！」

欲望のまま、口内に白濁液を撃ち放つ。

「あっぷ！　んぶうう！」

（量が多すぎる……む、無理ぃ！）

一瞬で口内が満たされてしまう。

呼吸さえも阻害されそうになるほどの射精量に、無理矢理頭を引いた。先生の押さえを振り切り、口腔から肉棒を引き抜く。

結果——

どっびゅ！　ぶびゅうう！

「あぅう！　あっつ……はぶっ！　んぶぅうう！」

まだ続いていた射精を、顔面で受け止めることとなってしまった。

髪に、額に、頬に、制服に、白濁液がぶちまけられ、染み込んでくる。顔中が精液でパックでもされてしまったかのように白く汚された。

「あううう……うぐぅうう……」

（こんなの……酷すぎるぅ……）

ただ呆然と身体を震わせる。

「き、如月ぃいいいっ！」

しかし、絶望している時間などなかった。

三影は我慢できないというように鼻息を更に荒くしてきたかと思うと、深冬の小柄な身体を抱き上げ、ベッドに押し倒してきた。その上で容赦なくスカートを捲り、ショーツを横にずらす。射精直後とは思えないほどにガチガチに勃起したままの肉棒が、ドジュウウゥッと蜜壺に突き入れられた。

「はっひ！　んひんんんっ！」

根元まで挿入される。肉先が子宮口に当たるのがわかった。

「やっ！　い、いやぁあああっ!!」

（こんな……先生に……先生にまで犯されるなんてぇ！）

膣中に肉棒の感触が広がる。蜜壺がゴツゴツと凹凸があるペニスの形に変えられた。それだけで身体は、愉悦としか言えない感覚を覚えてしまう。そんな状況が耐え難いくらいにおぞましい。だから深冬は藻掻いた。なんとか三影から逃げようとする。しかし、逃げることは許さないとばかりに、三影はでっぷりと太った巨体で深冬の小柄な身体を潰してきた。

三影の全身を濡らす汗が深冬にも染み込んでくる。ヌルついた感触が気持ち悪い。噎せ返りそうになるほど強烈な体臭がおぞましかった。全身が三影に埋もれていくような気さえする。

「種付けプレスだ！　教え子に種付けプレス！　ふひぃい！　ずっと、これをずっとしたかったんだぁ！」

どっじゅ！　ずどっじゅ！　どじゅっどじゅっどじゅっどじゅっ——どっじゅぅううううっ!!

鼻息を荒くしつつ、三影はピストンを開始した。パイプベッドが今にも壊れそうなくらいに軋む。

「はぉお！　んぉおおっ！　こ、んな……はげ……し！　そ、れに……潰れる！　わ、たし……先生に潰されちゃ、い……ますぅ！　ど、いて！　先生……どいて……く、だ……さひぃい！」

「だが、それが気持ちいいんだろう？　わかってるぞ如月！　お前は感じてる！　その証拠に先生のちんぽを今にも引き千切りそうなくらい締めつけてきているからなぁ！　ほら、これがいいんだろう？　ふひぃい！」

どんな訴えも先生には届かない。三影は蹂躙を止めるどころか、どんどんピストンを激しいものに変え、より膣奥にまで肉槍を突き入れてきた。子宮を潰さんばかりに何度も叩いてくる。そのたびに三影の体重がより強く深冬にかけられた。

「おっおっ！　ふぉおおっ！」

（つ、ぶれる……潰される！　私……ホントに先生に潰されて……死んじゃう！　でも、なんで？　どうして!?　苦しいのに……い、や……なのにぃ！　この……重いのが、圧迫されるのが……気持ち……いいっ！）

圧死させられてしまうのではないかとさえ思えるほどに三影の身体は大きい。息もできなくなるほどだ。

しかし、その重さによる苦しみが大きくなればなるほど、より性感を覚えてしまう自分もいた。

そうした愉悦を深冬が覚えていることを理解しているかのように、三影のピストンは激しさを増していく。

いや、ただ腰を振ってくるだけではない。時には深冬の顔が先程ぶっかけられた精液に塗れていることも厭うことなく、キスまでしてきた。

「はっじゅ！　んじゅっ！　むっじゅ！　んじゅうっ!!」

（口の中……先生の舌でかき混ぜら、れてるぅ！　グチユグチュって……こんにゃ……こんにゃのぉ！　頭のな、かまで……ぐちゃぐ、ちゃに……さ、れてるみたいで……気持ち……んひぃい！　もっと気持ち……よ、く……なっちゃ……う、のぉお！　いいっ！　こっれ、いひぃいい♥）

濁流（だくりゅう）のように流れ込んでくる快感に抗うことができない。どうしようもないほどの性感を覚えてしまい、無意識のうちに両手で三影の背中を、両脚で腰を、ギュッと強く抱き締めてしまった。

「如月ぃいいっ！」

三影も更に深冬を圧迫してくる。

同時に突き入れられた肉棒が更に大きく、熱く、膨れ上がってきた。

「お、おきくなってる！　それ……に……ふひんん！　こっれ、あっじゅ、いぃいい！　おちんちん、しゅっごく……あ、つくて……これって……ま、さか……まさか……だ、す？　射精するんですかぁ⁉　しゃ……せい、するつもり……にゃんでですかぁ⁉」

「そうだ。射精すぞ！　たっぷり如月の膣中に注いでやる！　先生の赤ちゃんを孕ませてやるからなぁ！」

「ひいいっ！　だっめ！　や、めて！　それは……しょれだけはぁ！　イッちゃう！　い、ま……出されたら……射精されたらわ、たし……イッちゃいます！　だ、から……やめて……ださ、な……いでぇえ！」

「イケばいいんだ！　さぁみせるんだ！　如月が膣中出し絶頂する姿を先生に見せるんだぁああっ！」

叫ぶと共にこれまで以上に深く――子宮口を押し開き、その中にまで、肉槍を突き入れてきた。

「ほひぃいいいいっ♥」

強烈すぎる一撃により、視界にバチッと火花が飛び散る。蜜壷が衝撃に反応するようにキュウウウッと収縮した。言葉とは裏腹に、肉体では射精を求めるようにペニスをきつく締めつける。肉襞で竿を搾り上げ、子宮で亀頭を吸い上げた。

「たっぷり注いでやるぞぉおお！」

「や、いやぁあああああ♥」

そうした肉体の求めにペニスは応える。射精が始まった。

どっびゅる！　ぶびゅるるるるるぅ！　どっびゅどっびゅどっびゅどっびゅどっびゅ――どっびゅるるるるるっ‼

「はひぃいっ！　出てる！　直接し、きゅうに……ドクドク流れ込んでく、るぅう！　はぉおっ！　おおお！　んぉおおおおっ‼」

（染みる！　熱い汁が私に染み込んでくる！　子宮が……一瞬で精液でいっぱいにさ、れるのぉお！　ふぉおおっ！　んぉおおおおっ！）

　子宮が満たされる。下腹が精液でタプタプになっていく。それが堪らなく心地いい。頭がおかしくなりそうなくらいに気持ちいい。

（耐えられない……こっれ、気持ちよすぎる！　感じすぎ……る、のぉお！　すごいの……お、さえ……られなくてぇ！　イッく！　私……イクっ！　また……イクっ！　イクイクイクー――）

「いっぎゅぅうう♥♥♥」

　どうしようもないくらいに強烈な絶頂感が爆発する。

「ほひぃい！　いいっ！　こっれ、ほん……とに、気持ち……いひのぉ♥　おっおっおっ――んぉおおおっ♥」

　快感にのたうちながら、より強く三影の身体を抱き締めた。更に肉壺でキツくペニスを締めつけもする。最後の一滴まで射精してと肉体で訴えた。

　それに応えるように三影は射精を続ける。

「ま、だ……射精（で）てる！　まだドクドクしてるぅ！　こんなの……止まらない！　イクのとめ、ら……れ、なひですぅう♥　いひっ！　いひぃいい♥」

　続く射精に後押しされるように絶頂感に絶頂感が重なる。永遠に続くかのような快感の渦に対し深冬にできることは、ただただ流され続けることだけだった。

「はっお……ふほぉおおお……♥」

　やがて全身から力が抜けていく。

「ふひぃいい……最高。最高だったぞ如月ぃ」

　巨体に押し潰されたまま脱力した深冬の頭を、三影が何度も撫でてきた。下品な牡の笑みを浮かべながら……。

　耐え難いほどにおぞましい。

　そして――

（なんで……どうして？　私……私は……守ろうと……みんなを守ろうとしてきた……の……に……。なんでみんなは……先生は……私に……こんな、こんな酷いことをするのぉ？）

　恨めしかった……。

＊

「ふー♥　ふー♥　ふぅうう♥」

今日も犯されて、犯されて、犯された。

三影に犯されてから数日。毎日、毎日、毎日、深冬は沢山の男子生徒や大人達に犯され続けた。繰り返し膣中に射精され続けた。

何度も絶頂させられ、何度も人としての尊厳を破壊された……。

既に今日の相手は保健室から出て行っている。室内には深冬だけが残されていた。

服は一切着ていない。脚は蟹股状態だ。ぱっくり開いている膣口からは、ゴポリゴポリと精液が溢れていた。

（どうして……私がなにをしたの？　なんで……こんな目に遭わないといけないの？　なんでなの？）

守ってきた。自分は守ってきた。それなのに……。

自然と眦からは涙が溢れ出してしまう。

「――苦しそうね」

そんな時、声が聞こえた。

美しい女の声だ。

「え？　だ、誰？」

気怠さを感じつつも身を起こし、周囲を見回す。

すると、一匹の蝶が飛んできた。

いや、一匹だけではない。

二匹、三匹、四匹――その数はどんどん増えていく。

「なに……これ……？」

戸惑っているとそれらの蝶が一つになり――

「んふふ、お久しぶりね……エクセルショコラ」

レヴィエラへと変化した。

「なっ！　え……エクセル――」

慌てて変身しようとする。

しかし、それは許さないとばかりにレヴィエラは近づいてきたかと思うと、ギュッと深冬の上半身を抱き締めレヴィエラは敵だ。しかし、抱き締められていると、なんだか心地いい。安心感さえ覚えてしまう。

「私はね、苦しんでいる貴女を慰めにきたの。あまりに可哀想だったから」

「そ、んなこと……信じられるわけが……だって、貴女は……」

敵だ。人々を苦しめている存在だ。

「そうね、私は貴女にとって倒すべき相手ね。でも、私にだって心はあるの」

「ここ……ろ？」

「そうよ。だって、私は別に襲いたくて、この世界の人間を襲ってるわけじゃないんだから。私達にはエナジーが必要なの。だから仕方なく襲ってる。そうする以外にないからね」

切なげな表情が浮かぶ。嘘をついているようには思えない。

「だから、当然私にだって心はあるのよ。苦しんでいる

てきた。

これまで無理矢理自分を抱いてきた男達とは明らかに違う。優しさを感じさせる抱擁だった。労りを感じさせるような抱き締めとでも言うべきかもしれない。伝わってくる体温も温かくて、なんだか凄く心地よかった。

しかも、ただ抱くだけではなく、優しく頭まで撫でてくる。

「え？　あ……えっ……？」

どう対応していいかわからず混乱する。

「なにを……考えて……」

「なにって……貴女が可哀想だと思ったからよ。人間って……なんて酷い存在なのかしらね。貴女はみんなのために頑張っていたというのに」

「――あ」

深冬が抱いていた、菜月ですら気付いてはくれなかった不満を言い当ててくる。その上で慰めるように身体を優しく包んでくれる。

貴女を見ていられないと思う心くらいはね」

「心が……」

「そう、だから……本当によくこれまで耐えてきたわね」

改めて頭を撫でられた。もっと強く抱き締められた。

途端に心地よさが大きくなる。安心感も膨れ上がっていく。

(安心？　そんなの感じるなんてあり得ない。だってレヴィエラは敵で……。でも、だけど……それでも……)

わかってくれている。自分の苦しみを唯一レヴィエラだけが……。

そう思ってしまった瞬間、自然と涙が溢れ出した。敵と二人きりという状況だというのに、ボロボロと子供みたいに泣いてしまう。同時にもっと優しくしてと訴えるように、自分の方からレヴィエラを抱き締めさえもしてしまう。

そんな深冬の想いに応えるように、レヴィエラは優しく抱き続けてくれた。


その上で——

「もっと貴女を慰めてあげる」

そっと囁いてきたかと思うと、深冬のアゴに手をかけ、顔を上げさせてきた。そのまま顔を寄せてくる。

「んっ……んんんっ」

結果、深冬はレヴィエラとキスをすることとなってしまった。

しかも、そのキスは一度だけではない。

「ふっちゅ……んっちゅ……ちゅっちゅっちゅっ……ふちゅぅう」

何度となく口づけは繰り返される。口唇と口唇が繰り返し重なり合った。更には舌まで挿し込まれる。

「んっちゅる……むっちゅ……ふちゅっ！　んっちゅる……んじゅっ！　はっふ……んふぅう！　ふっふっ……んふぅうう」

グチュグチュと口内がかき混ぜられた。

(これ……キス……気持ち……いい……)

ここ数日繰り返されてきた男達による乱暴なキスとはまるで違う。どこまでも優しく、深冬を気遣うような口づけだ。

伝わってくる唇の温かさもなんだかとても優しい気がする。流れ込んでくる口臭は、男達の不快なそれとはまるで違い、とても甘く、安らいだ気分になれるものだった。

堪らなく心地いい。レヴィエラは敵――そんな現実が溶かされていく。

（もっと……したい……）

自然とそんな欲求が膨れ上がり、気がつけば挿し込まれた舌に自分からも積極的に舌を絡めてしまった。

「はっふ……ふちゅるる……んんっ！　むっふ……はふぅうう」

（気持ちいい……。このキス、すごくよくて……身体中から力が抜けてく……。いい……いいのぉ……♥）

繋がり合った唇と唇の間から唾液が零れ落ちてしまうことも厭うことなく、ひたすらキスを続けた。

そんな濃厚すぎる口づけに反応するように、全身が――特に下腹部がジンジンと熱く火照り始める。秘部からジュワッと愛液が溢れ出ていくのが自分でもわかった。

（濡れてる……。私、濡れちゃってる）

もどかしさを感じる。

セックスの快楽を覚えてしまっている肉体が、ペニスを求め始めていた。ほとんど無意識のうちに、ヘコヘコと腰を振ってしまう。

「欲しい？」

そうした動きに気付いたレヴィエラが、一旦キスを中断し、唇と唇の間に唾液の糸を伸ばしながら、問いかけてくる。

ハッキリなにが欲しいのか？　とは尋ねてこない。だが、レヴィエラが言いたいことはすぐに理解できた。反射的に頷きそうにもなってしまう。

「なにも……いらない」

だが、相手は敵だ。頷くわけにはいかず、首を左右に振る。

「嘘を言ってはダメよ。これが欲しいんでしょ？」

けれど、レヴィエラは引かなかった。口元を妖艶に歪めて微笑んだかと思うと下腹からソレを――ペニスを生やした。

長さ二〇センチほどの肉棒だ。太さだって五センチ近くはあるかもしれない。肉竿には幾本もの血管が浮かび上がり、亀頭部は今にも破裂しそうなほどにパンパンに膨れ上がっていた。

ここ数日深冬を犯し続けてきたどんな男達の肉槍よりも立派なペニスである。一目見ただけで、思わずゴクリッと息を呑んでしまった。蜜壺に感じていた疼きが更に大きくなっていく。

「……な、なんで？　どうしてそんなものが……」

「ちんぽを生やす――それくらい簡単にできるってことよ。ほら、これをおまんこに挿入れて欲しいんでしょ？」

「……そ、そんなこと」

「本当に？」

ヒクッヒクッとレヴィエラは肉棒を震わせた。その動きから目を離すことができない。餌を前にした犬が唾液を零すみたいに、肉穴からより多量の愛液を分泌させることとなってしまう。

「遠慮する必要なんかないわ。素直になればいいの。我慢したって苦しいだけでしょ？　さっきも言った通り、私は貴女を慰めにきたの。耐える必要なんかない。貴女はただ、ただ、私に甘えればそれでいいの」

改めてレヴィエラが身体を抱き締めてくる。ギュッと肉棒が下腹に押しつけられた。ペニスの熱気が伝わってくる。

「でも……私は……エクセルショコラ……。貴女達からこの世界を守るのが……大切な役目……」

「そう、その通りね。でも、この世界に守る価値なんてあるの？　この世界の人間は貴女を苦しめてきたじゃない」

「だけど、それでも……」

「素直になるの。人間は欲望に塗れた存在でしかない。守る価値なんてない。だから、貴女はなにも我慢する必要なんかない。素直に自分の欲望のままに生きればいいのよ。ほら、これが欲しいでしょ？」

　肉槍をただ下腹に押しつけてくるだけではなく、先端部や竿部で肉花弁をグジュッグジュッと擦り上げもしてきた。

「はっふ……んふっ！　あっあっ！　んぁあああ」

　それだけで感じてしまう。強烈な快感で膝がガクガクと震え、思わずこの場にへたり込みそうになってしまう。

　それと共によりもどかしさも膨れ上がってきた。

　ただ擦られるだけでは足りない。この愉悦を膣奥でも感じたい――などということまで考えてしまう。

　そうした想いを訴えるように、無意識のうちに上目遣いでレヴィエラを見つめてしまった。

「さぁ、どうして欲しい？」

「それは……そ、れは……」

　受け入れてはいけない。レヴィエラは敵なのだ。この世界の人々を苦しめている存在なのだ。

（でも、本当にこの世界に守る価値なんてあるの？　だって……だって……）

　苦しめられた。何度も辛い目に遭わされた。守ってきたのに……。どんなに酷い目に遭っても、みんなのためにという想いで戦ってきたのに……。

「裏切ったの。この世界の人間は貴女を裏切った。だから……もういいでしょ？　悪いのはあっち。貴女はなにも悪くない。貴女が彼らを切り捨てるのは当然のことなのよ」

　ゆっくりと深冬の背後に回り込みつつ、レヴィエラが言葉を重ねてくる。

　耳元での言葉だが、脳内に直接語りかけてきているようにさえ、聞こえる。

そのせいだろうか？　なんだかそれら一言一言がとても心地よく聞こえた。

（その通り……レヴィエラが言う通り……）

裏切ったのだ。

（守ってきた。私はずっとずっと……でも、みんなは私を……）

どんな目に遭わせてきた？　どんなに酷いことを……。

（許せない。許せるわけがない。悪くない。私はなにも……悪いのは……）

自分を傷つけてきた者達……。

「欲しいでしょ？　ちんぽ挿入れて欲しいでしょ？」

問いかけが重ねられる。

「挿入れて……欲しい……です」

拒絶することは――できなかった。

「よく言えました♪　それじゃあ、貴女の願いを叶えてあげる♥」

レヴィエラがどこまでも妖艶に笑う。

そして、深冬を四つん這いにさせたかと思うと、背後から肉槍を膣口に押し込んできた。

刹那――

（なっちゃん……）

一瞬菜月の姿が脳裏に浮かんだ。

しかし、レヴィエラを止めようとは思わない。

挿入れて――そう訴えるように、潤んだ瞳で敵を見てしまう。

菜月の姿が消えていく。

そして――

ずっじゅ！　ずぶじゅううっ！

「んぁああ！　あっあっ！　はぁあああ！」

レヴィエラは背後から、一切躊躇することなく、ガチガチに勃起した肉槍を根元まで、一気に蜜壺に挿し込んできた。

「は、いって……ふひん！　挿入ってる！　膣中に……おちんちん挿入って……んひいい！　いいっ！　気持ち……いい……ですぅ♥　こっれ、すごく……すっごくよくて……わ、たし……私ぃ！　挿入れられた！　挿入れられただけで……イッちゃいま、すぅう♥」

　後背位での結合——強烈な快感が迸る。

　これまで感じたことがないほどの愉悦が走った。頭の中まで犯されているかのような肉悦に、全身を激しく打ち震わせる。

　同時にもっと肉棒を感じさせてと訴えるように、きつく膣壁でペニスを締め上げもした。

「んふうう……絡みついてくるおまんこの感触堪らないわ♥　この快感、もっと味わわせてもらうわね。そして、貴女にも最高の愉悦を刻み込んであげる。はっふ……おっふぅう！　おっおっおっ——おんんん♥」

　深冬の求めに応えるようにレヴィエラも腰を打ち振るい始める。ドジュッドジュッドジュッドジュッドジュッと激しく膣奥を亀頭で叩いてきた。

（これ、あああ……これ！　これなの！　これが……欲しかったのぉ♥）

　尻とレヴィエラの腰がぶつかり合う。一突きごとに膨れ上がる先端から伝わってくる快感——それだけでなんだかとても幸せな気分にさえなれる。

「はひんん！　激しい！　そ、れに……おちんちん、どんどん……ほふぅう！　どんどん大きくなって……きて、ま、すぅ♥　いいっ！　すっごい！　こっれ、すっごく気持ちよくてぇ！　またイク！　わ、たし……またす、ぐに……イッてしまい……ま、すぅう♥」

「構わないわ。イキたいならイキなさい。私に貴女のアクメ姿を見せるのよ♪　その時は私も出してあげるから。欲しいでしょ？　ザーメンドクドク流し込んで欲しいでしょう？」

「はひっ！　はひぃいいっ！」

　否定できず何度も首を縦に振った。

　実際欲しかった。心の底から射精を求める自分がいた。

　肉体でもそうした心からの想いを訴えるように、子宮口を亀頭に吸いつかせる。

（もっと刻んで。もっとおちんちんちょうだい♥）

肉襞で竿をキツく搾り上げる。それと共に、レヴィエラの動きに合わせて自分からも腰を振った。

「くふぅう！　最高ね！　出る！　これは……射精るわ！　貴女の膣中にたっぷり注ぎ込んであげる♥」

「き……て、きてください！　出して！　沢山……た、くさん……お願いしますぅううっ♥」

本能のままに射精を懇願する。

ドッジュウッと子宮が歪みそうなほど、更に奥にまでペニスが叩きつけられた。

「ほひぃいいいっ‼」

目の前が真っ白に染まる。

それと共に射精が始まった。

「おっふ……んふぉおおっ♥」

肉棒を、全身をビクビクと震わせると共に、レヴィエラが容赦なく濃厚すぎる白濁汁を子宮内に流し込む。


「でって……る♥　んひぉおお！　わ、たしの膣中に……ドクドク流れ込んで……き、て……ますぅ！　いいっ！　こっれ、いいっ！　熱いの……せ、いえき……本当に気持ちよ、くてぇ！　イックく！　わた、し……イキます！　イッちゃいます！　おおお！　イクイクイク――イっくぅううう♥」

広がる熱気が快感へと変換され、あっさりと深冬は絶頂に至った。

「はぁああ！　いいっ！　射精……いひぃいい♥」

目を見開き、口を開け、舌を伸ばす。まさに絶頂顔としかいえない無様な表情を曝け出しながら、頭がおかしくなりそうなレベルの快感にただひたすら打ち震えた。

「しゅ……ごひぃいい……」

「んふふ、はふぅうう……。とてもよかったわよ♥」

熱い吐息を吐き出しながら、改めてレヴィエラが唇を寄せてきた。

「はっちゅ……んちゅうう……」

唇と唇が重なり合う。

自分からも積極的に、敵のキスを受け入れていた。

（ああ……本当に気持ちいい……♥　それに、これ……なんだかすごく……安心できる……）

男達に犯された後に感じたものは、大きな辛さだった。

しかし、今は違う。

レヴィエラは敵だけれど、心の底から安堵できてしまう自分がいた。

「気持ちいいでしょ？　幸せでしょ？」

囁くような問いかけが向けられる。

「……は、はい」

否定なんかできず、頷いてしまった。

「んふふ、その快感を、幸福感を……貴女の相棒にも教えてあげたいんじゃない？　この世界には守る価値なんかないってことも」

「なっちゃん……にも？」

「そう……貴女の大切な、なっちゃんにも……。ね、そう思うでしょ？」

ジッとレヴィエラが見つめてくる。赤紫の宝石のような瞳――見ていると吸い込まれそうな気分になって、なにも考えられなくなる。

そして――

「はい……そう思います」

気付けば深冬はレヴィエラの言葉に頷いてしまっていた……。

＊

（みふゆちゃんに話を聞きたいのに……）

拳をギュッと握り締めつつ、街を見る。

街中には何体もの怪人達がいた。帝国の兵士を引き連れた化け物達が暴れ回っている。大勢の人々を傷つけている。

できることならば深冬の身になにが起きているのかを

知りたい。ここ最近の深冬の様子は明らかにおかしかったから……。

しかし、この状況では話を聞く暇などない。

（この戦いが終わったら無理矢理にでも聞き出すから……）

一応これまでもそれとなく尋ねたりはしている。しかし、答えははぐらかされてしまっていた。

それに何故かはわからないけれど深冬に対する違和感が長続きしない自分もいた。心配しているはずなのに、きっと大丈夫だろう――そんなことを考えてしまうのだ。自分以外のなにかに、自分の心が誘導されてしまっているかのように……。

だからこそ、今日こそは絶対に――と思っていたのだ。

（早くやっつける！）

街の人々のために、深冬ちゃんのためにっ!!

決意を込め、怪人達を睨む。

目の前にいる敵集団――その中央部には巨大な塔のようなものが作られていた。その塔に向かって、怪人や兵士達に襲われた人々の身体から吸い出されたエナジーが集束している。

「あれがみんなの命を吸ってる！　放置はできない。絶対に壊さないと！　だから、みふゆちゃん！」

「うんっ」

この場には当然、深冬も一緒にやってきていた。

真剣な表情で怪人達や塔を睨んでいる。

（うん……今は大丈夫そう）

そんな深冬の姿に少しホッとした。だが、安堵できていたのは本当に僅かな時間でしかない。すぐに菜月は表情を引き締めると――

「エクセルチェンジッ!!」

深冬と共にエクセルシフォンへと変身を遂げた。

「さぁ、アレを壊すよっ!!」

拳を握り締め、すぐさま走り出そうとした。

だが、その刹那――

で……一緒に、幸せになろうね♪」

そう言って、シフォンにとっては見慣れた、どこまでも優しげな微笑みを浮かべるのだった……。


「ごめんね、なっちゃん」

「えっ？」

背後から突然深冬――ショコラに掴まれてしまった。

「ショコラ……なにをっ⁉」

「……ブリザーディックダイナーッ‼」

ショコラの身体からエナジーが溢れ出す。青い光にシフォンの身体が包み込まれた。それと同時に投げられる。シフォンの身体は容赦なく地面に叩きつけられることとなった。

「あぐぅううっ！」

強烈な痛みが走った。呼吸さえも阻害される。まともに動くこともできなくなってしまう。

「な……なんで？　しょ……こら……？」

苦しみつつ、ショコラを――大切な相棒を見た。

そんなシフォンに対し、ショコラは――

「これも全部シフォンの――なっちゃんのためなの。なっちゃん……もう、戦いなんかやめよう。そして、二人

「これも全部シフォンの――なっちゃんのためなの。なっちゃん……もう、戦いなんかやめよう。そして、二人で……一緒に、幸せになろうね♪」

　街を襲ってきた無数の帝国兵士と怪人達により、大勢の人々が苦しめられている。怪人が街中に作り出した巨大な塔に、襲われた人々のエナジーが集束している。

　そんな最悪な状況から街を守るために戦おうとしたシフォンに、ショコラが攻撃を仕掛けてきたのだ。

「わたしのため？　幸せになろうって……なにを……言ってるの？」

　自分を攻撃し、身動きが取れなくなるほどのダメージを与えてきたというのに、どこまでも優しげな表情を浮かべているショコラ。そんな彼女を、シフォンは呆然と見つめる。

「そのままの意味だよ、なっちゃん。このまま戦い続けても私達は幸せになんかなれない。ただ、辛いだけ。だってさ、人間には守る価値なんてこれっぽっちも存在してなんかいないんだから」

　普段のショコラならば絶対に言わないはずの言葉だというのに、答えに淀みはない。表情も本当にいつも通り。一見すると普段通りのショコラにしか見えない。

　だというのに、強烈な違和感を覚えさせられる。

「守る価値って……でも、だけど……わたし達はそのために戦って……。そのためにこの力を授かったんだよ」

「うん、そうだね。その通り。でも、人間は最低な存在。エルゴネア帝国なんかよりもずっとずっと……ね」

「帝国よりも最低って……なんでそんなこと……」

「教えてもらったの。レヴィエラ様にね♪」

　ショコラがレヴィエラの名を口にする。

「レヴィ……エラ？」

　呆然とショコラを見る。

「レヴィエラ様が言っていたの。人間は欲望に塗れた存在でしかない。守る価値なんて――ないって」

ショコラの表情はうっとりとしており、なにかに陶酔しているようにも見えた。いや、なにかなんて曖昧なものではない。言葉を聞けばわかる。

「そうか……レヴィエラになにかをされたんだね。ダメ……ダメだよ！　レヴィエラなんかの好きにされちゃダメ!!」

レヴィエラに対する怒りを抱えつつ、必死にショコラに訴える。正気を取り戻してという強い想いを向ける。

「ううん……違うよ、なっちゃん」

けれど、ショコラは首を横に振って否定した。

「私を変えたのは人間……そう、人間なの」

「はっ？」

一瞬、言葉の意味がわからなかった。

「にん……げん？　それって、どういう意味？」

呆然としながら、改めて問いかけるような視線をショコラへと向ける。


「そのまんまの意味だよ、なっちゃん。私を変えたのは人間達。あの最低な連中なの」

ふふふっとショコラは笑う。笑みに反応するように、唐突にどこからか瘴気のようなものが周囲に充ち満ち始めた。

徐々に瘴気が集束し、空にスクリーンのようなものを創り出す。そこに映像が表示された。映し出されたのはあられもないショコラの姿だ。

「なに……これ、どういうこと？」

意味がわからない。ただ呆然とスクリーンを見る。

映るショコラは――当然、変身状態である。ただ、胸元は大きく開き、胸の谷間どころか乳首まで見えてしまっていた。スカートも捲れ、下半身が露わになっている。ショーツも穿いていない。女にとって最も隠さなければならない部分が剥き出しだった。

そんな状態のショコラがいる場所は、学校の教室だ。

無残といってもいい姿をしている彼女を、見慣れた男子生徒達が取り囲んでいた。しかも、彼らはズボンを穿いてはいない。下半身が剥き出しの状態だ。露わになった肉棒は、すべてガチガチに勃起していた。

『ほら、ご奉仕始めろよ』

男子の一人がショコラに命じる。

『……はい。わかりました』

命令に対し、逆らうことなくショコラは頷く。男子の前に跪き、少し躊躇しつつも『んっちゅ』とペニスにキスをした。

肉槍と艶めいた唇が密着する。肉棒が嬉しそうに激しくビクンッビクンッと震えた。

そうした反応にショコラは驚いたのか、一瞬だけ身体を硬くする。だからといってペニスから顔を離そうとはしない。それどころか、一回だけでは足りないとでもいうように『ふちゅっ……ちゅっちゅっちゅっ』と繰り返し、ペニスに口づけをしていった。

そして小さな口を大きく開き、肉槍を口で咥え込むと――

『ちゅっぽ……んじゅっぽ！　じゅぽっ！　じゅっぽ！　じゅぽっじゅぽっじゅぽっじゅぽっ――んっじゅぽ！　ふっじゅる……んじゅる！　ちゅっじゅるるるるるるぅ！　んっふ……んんんんっ！』

頭を前後に振り、口腔全体でペニスを扱き始めた。しかも、ただ擦り上げるだけではない。頬を窄めて激しく啜り上げる。下品な音色が響いてしまうことや、口端から唾液が零れてしまうことも厭う素振りはない。

『美味しいか？』

男子がニヤつきながら問うた。

『お、おいひいでしゅ……しゅごく大きくて、熱くて……んっじゅ……むじゅう！　く、くわへてりゅられれ、あ、あしょこも濡れてしまいましゅぅ』

問いかけに対し、信じ難い答えを口にしつつ、ショコラは丁寧に、丹念に、ペニス全体を舐め回していく。

そんな光景を、シフォンはただ見せつけられた。

（ど、どういう……こと？　……これ、慣れてる？）

ショコラが肉棒に対し嫌悪感を持っているだろうことは、眉間に寄った皺や、どこか悲しげな目ですぐに理解することができた。しかし、嫌がってはいるけれど、奉仕に関して手慣れていることがシフォンにもすぐに理解できた。

「何度もしてきたように見えるでしょ？」

ずっと一緒に過ごしてきた相棒だからだろうか？　シフォンの考えを読んだかのように、ショコラが囁きかけてきた。

「そ……れは……」

だが、その通りだとは答えられない。

「大丈夫だよ、なっちゃん。だって、なっちゃんが思ったことは事実なんだからさ」

「じ……じつって……それって、つまり……」

「うん、そうだよ。何度も……何度もしてきたの……うん、させられてきたの、ああいうことをね」


ショコラが映像へと視線を移す。つられるようにシフォンも、もう一度最悪な光景を見た。

『うおお！　出る！　出るぅううっ!!』

男が限界を迎える。腰を、全身を、ビクビクっと震わせながら、ショコラの口内にドクドクと精液を射精した。

『んんん！　おっぶ！　むぶぅううっ!!』

ショコラはそれをすべて口で受け止める。射精量はかなり多いらしく、まるで餌を溜めた小動物みたいに、頬が内側から膨れ上がった。

『はぁああ……最高だったぜぇ』

満足そうな顔で男はショコラの口腔からペニスを引き抜く。

その光景を見て、シフォンはショコラが精液を吐き出すものだと思った。当然だ。あんなものを口内に流し込まれて耐えられるわけがない。

だが、考えた通りにはならなかった。

『あっぷ……んっ……んんんっ』

ショコラが顔を上へと向けたからだ。それは精液を吐き出すまいとしているかのようだった。

「……なんでなの？」

このような状況にショコラが陥っている意味が理解できず、思わず疑問を口にしてしまう。

「ん？　ああ、吐き出さない理由？　それはね、なっちゃん。この映像みたいなことを何度もさせられて、そういう風に調教されちゃったからだよ」

「ちょう……きょう？」

何度もさせられた？　こんなことを？

頭の中が真っ白になってしまう。

そんな呆然とするシフォンに見せつけるかのように、映像内のショコラは男子生徒に差し出されたワイングラスを受け取った。そして、その中に口腔に溜まった精液を吐き出していった。

『んぇぇえ』

男子達はそうした光景に歓声を上げつつ、更なる奉仕を求めるように腰を振るような仕草を見せた。それを確認したのか、自分から新たな男にショコラは近づいて行く。やがて直接命令されたわけでもないというのに、当然のように再びペニスを咥えた。

そのまま男子達全員に奉仕を行っていく。グチュグチュ、ジュボジュボという淫靡な音色をひたすら響かせる。そして、再び射精された精液を口で受け止め、ワイングラスへと溜めていった。

数分もしないうちに、集まった数十人分の精液がグラスに溜まる。その量は、今にもグラスから溢れ出てしまいそうなほどに多量だった。なみなみと注がれたミルクセーキのようにさえ見える。

『さぁ、飲めよ深冬……いや、エクセルショコラ♪』

映像を見ているだけで、吐きそうになるほど醜悪なグラスをショコラは持たされる。そんな彼女に対し、見慣れた、毎日なにかしらの話だってしている同級生の一人が、容赦ない命令を下した。

命令を受けたショコラはジッとグラスを見つめたまま、固まった。

どうするべきか？　迷っているようにも見えた。しかし、やがて意を決したように一度息を吸う。途端に気持ち悪そうな表情に変わった。多分、精液の臭いをモロに嗅いでしまったのだろう。

それでも、ショコラは決意したような表情でグラスを見つめ続ける。

「だ、ダメ！　そんなのダメだよっ‼」

そこでシフォンはようやく映像内の相棒が、なにをしようとしているのかを悟った。思わず制止の声を上げる。

ただ、そうしたところで映し出されたショコラが止まるはずもなく――

『んっぎゅ……ごきゅっ……ごっきゅ……ごきゅっごきゅっごきゅっ……』

やがて白濁液グラスに口をつけ、喉を上下させ、ゴクゴクと白濁液を嚥下し始めた。

『うっぷ……んげっほ！　げほっげほっ……げほぉっ！』

途中、精液が喉に引っかかったのか、何度も咳き込む。そのせいで白濁液が鼻からもビュッと溢れ出した。男子達がそれを見てゲラゲラと笑う。辛そうなショコラに対する気遣いなど一切ない。

『んっんんっ』

それでも、ショコラは止まることなく、白濁液を飲み干すまで続けた。

やがて、グラスが空になる。

『ううう……げぷぅっ』

グラスから口を離したショコラの口から下品な音が鳴り響く。男子達が更に沸く。

シフォンからすれば腸が煮えくり返りそうなほどに、おぞましい光景だ。だというのに映像内のショコラは弱々しくはあるけれど、男子達に対しにっこりと笑みを浮かべ――

『ご、ごちそうさま……でした。お……美味しい……はふぅう……ザーメン、ありがとうござい……ま、したぁ……』

　絞り出すように礼の言葉を口にしたのだった。

「どうして？　なんで御礼なんて……」

　あんなことをされて礼を言う意味が理解できない。

「簡単なことだよなっちゃん。そうするようにずっと教えられてきたから。だから、命令なんてされなくても、自然と口をつくようになってたんだよ。身体に染み込むほどに……ね」

　身体に染み込むほどに、調教された――一体何度？　何回？　どれだけこんな目に遭ってきたのだろう？　自然とシフォンの眦から涙が溢れ出した。胸が締めつけられるように痛む。

　あまりに酷すぎる映像だ。こんな光景、もう見たくなどない。

　だが、映像は終わらない。終わってくれない。射精を終えたというのに男子達のペニスはガチガチに勃起したままだ。

『さぁ、ここからが本番だぞ』

　男子の一人が床に寝そべる。

『はい……わかって……ます』

　口端から精液を垂れ流しつつ、ショコラはゆっくりと男子に跨がった。

『それでは、次は私のおまんこでちんぽのご奉仕を――』

「やめて！　もう、やめてぇええええっ!!　この映像を消してぇっ！」

　もう見ていられない。絶叫する。

「どうして？　私は知ってもらいたいんだよ。私がどんな目に遭ってきたのかを」

「わかった……わかったから……。もう十分理解できたからっ！」

　涙目でショコラを見る。

酷すぎる光景だった。大切な幼馴染みの人としての尊厳がズタズタに……。

彼女がどんな目に遭ってきたのか。何故、人を最低と言ったのか――理解させられてしまう。吐き気さえこみ上げてきた。

「そっか……。わかってくれたのならいいよ」

ショコラはにっこりと笑う。すると、その笑みに合わせるように、瘴気と映像は簡単に消え失せた。

「酷すぎる……なんであんな慰み者みたいなことに？なのに、どうしてわたしは気付くこともできなかったの？　みふゆちゃんのことなのに……何故なの⁉」

大切な友人。相棒。家族みたいな幼馴染み――異変があれば気付けたはずだ。気付けなかったわけがない。なのに、わからなかった。異変を悟ることができなかった。自分で自分が理解できない。

「別に自分を責める必要なんかないよ、なっちゃん♪だって――レヴィエラ様が気付けないようにしてたんだから」

自分を責めるシフォンに対し、ショコラがレヴィエラの名を口にした。

「え……なん、で……」

思考が飛ぶ。呆然としてしまった。

「……ど、どういうこと⁉」

しかし、すぐに正気を取り戻し、ショコラに言葉の意味を問う。

「簡単なことだよ。なっちゃんが私の異変に気付くことができなかったのは、ぜ～んぶ、レヴィエラ様がそうしてたから」

「――え？」

頭の中が真っ白になる。言葉の意味が理解できなかった。

「レヴィエラ様が認識阻害の魔法をかけていたの……これを使ってね♪」

という言葉に合わせるように、一羽の蝶が出現した。

0:24:52/1:35:09

「あ……それって……」

見覚えがある。これまで何度も見てきた美しい蝶だ。

「そういえば……」

思い出した。

何度も、そう、何度も、深冬の様子をおかしいと思った時のことを……。でも、そのおかしさはすぐに気のせいだとか、きっと大丈夫だという思考にかき消されてしまっていた。

その時に見たのが……この蝶だ。

「この蝶が……わたしにみふゆちゃんの異変を気付かせなかった？　それって……つまり……レヴィエラが……」

やらせた？　ショコラに対して行われた酷いことの黒幕がレヴィエラ？

「あ……あぁあああああ！」

強い怒りがわき上がってきた。レヴィエラを放置などできない。絶対に倒さなければならない。

「許さない‼　絶対……許さないっ‼」

全身から力が溢れ出す。絶対近くにいるはずだ。探し出して倒さないと‼

「ダメだよなっちゃん。レヴィエラ様に手出しはさせないから」

だが、そんなシフォンの身体を、相棒であるショコラが背後から脇に腕を回し、羽交い締めにしてきた。先程受けたダメージもあり、その拘束を引き剥がすことができない。

「放して！　お願い放してっ‼　どうして……ショコラ……みふゆちゃんっ‼　なんでなの？　なんであんな奴の味方をするの？　レヴィエラのせいで、みふゆちゃんは酷い目に遭ったんでしょ？　それなのに……」

「うん、そうだね。その通り。でも、レヴィエラ様がしたことには、意味があるから。レヴィエラ様はね、私に教えてくれるために酷いことをしたの」

「な、な……にを？」

「人に守る価値なんかないってことをだよ。人は……人間は本当に最低な存在。ただただ、自分の欲望を叶えることしか考えてない。怪人となにも変わりはしないの。私はそのことをこの身を以って知った。だから、もう、辞めたの。人を守ることを……。そして、自分が、ううん、自分と……なっちゃんだけが幸せになれることをしようって、そう決めたの」

淡々と、自身の想いを囁いてくる。本心からの言葉だということは、幼馴染みだからこそすぐに理解することができた。

だが――

「違うっ！　それは違うよ、みふゆちゃんっ!!」

受け入れることができない。受け入れるわけにはいかない。何故ならば、ショコラの考えは間違っているからだ。

「確かにみふゆちゃんは酷いことをされたかもしれない。でも、それはあいつが……レヴィエラがっ!!」

「違うよ」

ショコラは首を横に振った。

「あれは全部、みんなが自分の意思でしたこと。レヴィエラ様は関係ない。人はね、本当に最低な存在なんだよ」

「それこそ違うよっ!!」

認めることなどできない。

「ううん、違わない。人は最低で最悪な存在なの。それを……なっちゃんにも教えてあげるね」

「おし……える？　わたしに？　なにをっ？」

なんだか嫌な予感がした。血の気が引いていく。

すると、その予感は当たりだというように――

「グオオオオオオオッ!!」

ビリビリと空気さえ振動させるような咆哮が響いた。

「――な、なに？」

思わず声の方向へと視線を向ける。

そこには、体長三メートルほどはありそうな怪人がいた。ゲームに出てくるオークを思い出させるような巨人だ。そんな怪人がシフォンを見ていた。

股間を――勃起した肉棒を剥き出しにした状態でだ。いきり立ったペニス。その長さは一メートルほどはあるかもしれない。太さだって、シフォンの太股くらいはありそうなほどだった。赤ちゃんの頭ほどの大きさはありそうな亀頭部は、今にも破裂しそうなくらいパンパンになっていた。肉茎には幾本もの血管が浮かび上がっている。

「な……なにを……するつもりなの？」

予想はついている。つかないわけがない。それでも問わずにはいられない。

「もちろん。あれで、なっちゃんを犯すんだよ。なっちゃんの処女を……。そして、それを見てもらうの……みんなにね」

「み、んな？」

どういう意味だと視線で問うと、ショコラは周囲を見回した。つられるようにシフォンも視線を周りへと向ける。

すると、この場には大勢の人々が集められていることに気付いた。

「なんだ？」

「なにを始めるんだ？」

エルゴネア帝国の戦闘員達によって無理矢理動員されたであろう人々が、自分達を取り囲んだ状態で戸惑っている。彼らに、怪人によって陵辱されるシフォンを見せつけるつもりらしい。

「な、なんの……なんの意味があってそんなことを……」

「だから言ったでしょ？　人が最低で最悪だってことを教えてあげるって。そのためにだよ……。ふふ、大勢の人の前で女になる。それってどんな気持ちなんだろうね、なっちゃん♪」

にっこりと、どこまでも純粋な笑みでショコラは笑った。

その笑みに反応するかのように、巨大な怪人がゆっくくりとシフォンへと近づいてきた。

巨人の歩みに合わせて、肉槍がブルンッブルンッと揺れ動く。あまりに異様な光景だ。あんな巨大なものが自分の膣中に挿入るなどとは、とてもではないが思えない。あんなものを挿入れられてしまったら、死んでしまうのではないか？　とさえ考えてしまう。

「や、こ、こないでっ！　こないでっ‼　やめて！　お願い、みふゆちゃん！　放して！　お願いだから！　こんなことさせないでっ‼」

だから懇願する。必死にショコラに願う。

必死に羽交い締めにしているショコラの拘束から逃れようと藻掻くシフォン。

ショコラと比べると小さめな胸が足掻きに合わせて揺れた。スカートが捲れ、白い太股も露わになってしまう。ショーツだって見えてしまう。そうした姿を晒してでも、なんとかこの状況からは逃れなければならない。

しかし、やはり身体に力は入らない。拘束からは逃げられない。

「怖いよね。わかる。その気持ちは私もすっごくわかるよ。でもね、これは全部なっちゃんのためなの。だから、我慢しててね」

正気を失っているショコラには、どんな言葉も通じはしなかった。

やがて怪人が、抑え込まれるシフォンを見下ろす位置にまで到達した。ゆっくりと手を伸ばしてくる。

「あっ！　うあぁあああっ！」

片手で簡単に腰を掴まれ、持ち上げられてしまう。巨人に対し、小柄な少女は、まるで玩具の人形のようだった。

「くうう！　放してっ！　放せっ‼　放せぇえええええ！」

叫び、藻掻く。

だが、どんな言葉も通じはしない。

「グゴオオオオオッ‼」

怪人は再び吠えたかと思うと、スカートを捲り上げた上で、容赦なくシフォンのショーツを破り捨てた。まだあまり陰毛が生えそろってはいない秘部が、剥き出しにされてしまう。

「「「お、おおおっ！」」」

途端に周囲に集められた人々の中から、歓声のような声が上がった。男達の視線が、一斉にシフォンの秘部へと集まってくる。

「い、いいのかこれ？　見ていいのか？」

「無茶苦茶可愛いまんこだな。すげぇ綺麗だ」

見るだけではなく感想まで口にしてくる。

「や、やだっ！　見ないで!!　見ないでぇええっ！」

女にとって最も大切な部分を、不特定多数の人々に見られるなんて耐えられない。慌てて悲鳴を上げる。

しかし、どれだけ訴えても、男達は視線を外してはくれない。目を見開き、鼻息を荒くしながら、シフォンの股間を注視してくる。

「なんで……どうして……」

見ないでと言っているのに、何故誰も言うことを聞いてくれないのだろう？

「人なんて……そんなものだからだよ」

疑問に答えるようにショコラが笑った。

「ち……違う！　違うよ！　みふゆちゃんっ!!」

「ううん、なにも違わない。すぐに……なっちゃんだってその現実を知ることができる。それはきっと凄く辛いことだと思う。でも、それを知って。そして、人なんて見捨てよう。そして、私と一緒に幸せになろう」

いつも一緒に遊んでいた時の顔で、そんな言葉を口にしてくる。

それと同時に——

ぐちゅうっ！

「くひっ!!」

怪人は腰を掴んだシフォンを、まるでオナホのように扱い、巨大ペニスの先端部を秘部に押しつけてきた。

肉棒の熱気が股間に伝わってくる。火傷してしまうのではないか？　とさえ思えるほどに、亀頭は熱く火照っていた。

「あ、や……ダメ！　無理だって！　こんなの大きすぎる！　こんな大きいの……挿入るわけない。こんなの壊れる。わたしのあそこが……裂けちゃう。死んじゃうよ。だから……無理！　やめて……やめさせて……お願い！　お願いだから」

藻掻いてもダメージが残っているせいで怪人の拘束から逃れられない。そんな状況でシフォンができることは、許しを請い願うことだけだった。

だが、どんな願いも届きはしない。懇願するシフォンに対し、ショコラが向けてきたのは、最高の笑顔だった。

「大丈夫だよ、なっちゃん。私達の身体は普通の人間なんかよりよっぽど丈夫なんだから。だから、こんな程度で死んだりなんかしないから。寧ろ、きっと最高の快感を得ることができるよ。よかったね。そんな最高のちんぽで初めてをできるなんて、なかなかない経験だと思うよ♪」

そして、怪人の腰が突き上げられた。

メリッ！　メリメリメリィッ!!

「あっぎ！　んぎっ！　ふぎぃいいいっ!!」

大きすぎる亀頭によって、膣口が拡張されていく。無理矢理に肉穴が押し開かれ、異物が膣中へと侵入してきた。

「挿入って……ふっぐ！　んぐぅううっ!!　こっれ、は、いって……き、て……るぅう！　あぐあっ！　んぎぁああ！　無理っ!!　これ、ホント無理！　こんな大きいの無理!!　初めて！　わ、たし……初めてなのにこ、んな……のぉおおおおおおっ!!」

以前にも怪人に酷い目に遭わされたことはある。けれど、膣を犯されるのはこれが初めてのことだ。だというのに、この肉棒はあまりにも大きすぎる。先端を少し挿入れられただけなのに、身体が股間を中心に二つに引き裂かれてしまうような感覚が走った。

「み、ふゆちゃん……こんなの無理だからぁっ！　お願い……やめ――んぐぅう！　やっめ、させて……お願いぃっ！　ほんどに死んじゃう！　ほ、んどにわ、だし……おっ！　おおおおおおおおお！　し、んじゃう……が、らぁっ‼」

本気で死さえ覚悟させられるような状況だ。必死にショコラに救いを求める。

「大丈夫だよ、なっちゃん。無理なんてことはない。さっきも言った通り、変身してるんだから。それになっちゃん、女の子は赤ちゃんだって産むことができるんだよ。おちんちんくらいなんでもないから。まぁ、赤ちゃんってていうにはちょっと大きいかもしれないけど。でも、それでも、辛いのは最初だけだから、すぐに気持ちよくなれるからね」

けれど、友人は、幼馴染みは、相棒は、シフォンを救ってくれない。それどころか、どこまでも楽しそうな表情さえ浮かべている。

「私が感じることができた快感をなっちゃんにも教えてあげる。最初はイヤかもしれない。でも、すぐに……その快感を幸せに思えるようになる。一緒に幸せになろうね」

「ち、がう！　こんなの幸せな、んかじゃ……な、いぃいいいいっ‼　だっめ！　これは、ダメぇえええ！」

なにを訴えても今のショコラには届かない。

(だったら、自分でなんとかして、助ける。わたしがなんとかするしかない！　この状況をなんとかして、助ける。わたしがみふゆちゃんを助けるんだ！　だ、から……これ以上、挿入れさせたりな、んか……しない！　絶対にと、めて……みせるぅ‼)

とはいえ、身動きは取れない。この状況で挿入を止める手段は、一つしかない。

「ふっぐ！　んぐっ！　ぐっふぅううううっ‼」

下半身に力を込める。そうすることで秘部を収縮させ、奥へ奥へと進もうとする肉棒を締めつけ、抑え込もうとする。

「抵抗するんだ。でも、そんなの辛いだけだよ」

「ぐぅう！　んぐぅうう！　それでも、そ……れでも……みふゆちゃんをた、すける……ためにぃい！　あっぐ！　んぐぅうう！」

自分のためだけではない。すべてはショコラのために――そんな想いで抵抗を続ける。

だが、そうした必死さを嘲笑うかのように、怪人は腰をより突き上げてきた。いや、ただ腰を上げてくるだけではない。人形のように握ったシフォンの身体を下へと降ろしもしてくる。

結果、必死に引き締めていた膣壁が押し開かれ、より奥へ奥へと肉棒が侵入してきた。

胎内が燃え上がりそうなほどの熱気が膣を通して伝わってくる。ペニスの表面にはイボのようなものがついており、それらがゴリゴリと膣中を削るように擦り上げてくる。


「すっげぇ、あんなデカいのが挿入(はい)るのか」

集められた観衆の呟く声が、シフォンの耳に届いた。

「あれ、マジで死ぬんじゃないか？」

鼻息が荒くなっているのがわかった。

「まんこ……開きすぎだろ」

肉棒だってガチガチに勃起させている。

周囲の人々が一斉にゴクリッと息を呑む音が聞こえた瞬間、衆人環視下で陵辱されているという現実が、シフォンに突きつけられる。

「あ、や……み、見ないでっ！　こんな姿……お願いだ、から……んおぉおおおおっ！　見ない、でぇっ‼」

誰かに見られながら犯される。初めてを奪われそうになっている。改めて意識させられると、再び羞恥が膨れ上がってきた。

だが、やはりどんな言葉を向けたところで、人々は視線を外してはくれない。それどころかこれまでよりも更に、肉槍を挿し込まれた秘部を注視してくる。

(見られてる……見られながら犯されてる……こんな、こんなのって……)

強烈な絶望感がシフォンの心に広がっていった。

そのせいだろうか？　少しだけ下腹部に込める力が抜けてしまう。

ずどじゅううっ！

「ほっぎ！　ひぎぉおおおおおおっ!!」

結果、より肉棒が奥へと侵入し、やがて膣奥のなにかにコツンッと当たった。

「お……おえ!?　あ、これ……あだってる？　な、なに？」

まだ一番奥までは挿入ってはいない。自分の身体だからこそ、それが理解できる。だというのに、触れている。間違いなく膣中のなにかにペニスが……。

「あ……これ、ま、さか……嘘でしょ？　まさかこれって……」

呆然と目を見開くと、ショコラがこちらの身に起きている事態に気付いたらしく、フッと口元に微笑を浮かべた。

「ああ、当たってるんだ。なっちゃんの処女膜に……」

「しょ――」

再び血の気が引いた。

純潔の証。まだ、シフォンが女ではなく、女の子である証だ。その大切なものに、怪人のペニスが触れている。

「やめ……お願い……お願いだから！　こんなのいやっ！　こんな初めてイヤっ！　お願い！　それだけはやめて！　もう、これ以上はぁっ!!」

「こんな初めて……そうだよね。イヤだよね、なっちゃん。気持ちはすっごくわかるよ。私の初めても最低だったから。だけどね、最低で辛いのは本当に最初だけだから。少し、我慢するだけだよ」

「み……ふゆちゃん……」

ショコラの言葉とは思えない。

だが、そんな言葉を口にするようになってしまったほどに、ショコラはこれまで酷い目に遭わされてきたのだろう。そう考えると胸が引き裂かれそうなくらいに痛んだ。

「あああぁ！　力……ちか、らをぉおおっ!!」

処女を奪われたくはない。ダメージは、まだ残っている。全力を出すことはできない。それでも、身体の中に残っているだろうエナジーをすべて集束させようとする。今できる全力で、怪人の拘束から逃れようとする。

しかし、その刹那――

「グオオオオオッ!!」

怪人は吠えたかと思うと、トドメとばかりにこれまで以上に激しく、強く、腰を突き上げてきた。

ブヂッ！　ブヂブヂブヂイイイイイッ!!

「はっぎ！　ひぎぃいいいいいいいっ!!」

大切なものが、処女膜が、引き千切られる音が聞こえた気がした。身体が裂かれるような痛みが走る。結合部からは破瓜の血が溢れ出した。それと共に下腹部が、ボゴオッと内側から膨れ上がる。あまりに巨大すぎるペニスが子宮口さえも押し開き、子宮内部にまで侵入してきた。

「あぐぉお！　は、おっで！　おっおっおっ!!　は、いってる！　んぉおおおおおっ!!　わだ、ぢ……の……しぎゅう！　おおお！　し、ぎゅうにまで、おちんちん！　おぢんぢんがはいってりゅう！　ふぉおお！　んぉおおおおっ！　おっおっ、おぉおおおおおっ!!」

膣だけではなく女にとって最も大切な器官まで、初めてだというのに蹂躙されてしまう。子宮が破られ、内臓まで犯され、腹を突き破られてしまうのではないか？

そんなことまで考えてしまうほど強烈な刺激だった。

「酷いよね。こんなの最低だよね。こんな目に遭ってまで戦いなんて、したくないよね……なっちゃん」

苦しみはわかっているよ――と言うように、ショコラが優しく囁きかけてくる。これまでと変わらず自分を想ってくれていることがわかる言葉だ。だが、それでも、受け入れるわけにはいかない。

「こんなこ、とで……わたしは……ふぐぅうう！　お、折れたりなんか、し……ない！　わたしは……守る！　みんなを……人を守るっ‼　この力は……そのためのものなんだから！　みふゆちゃんだって……そ、れは……わかってるでしょ？　だ、から……お願い正気に……んぐうう！　しょ、うきに……戻ってぇええっ‼」

必死に訴える。ショコラの——深冬の心の奥底まで届くように……。

「……みんなを守るための力……。確かに……。うん、そう。そうだね。なっちゃんが言う通り。私の力は……エクセルショコラへの変身の力は、すべてみんなを救うためのもの……。そうだね」

「そ、うだよ……。だ、から……」

僅かだが希望が見えた気がした。

「でも……そんな私をみんなが酷い目に遭わせた。私は守ろうと思ってたのに、私に酷いことをした。だから……守る価値なんかない。何度も言ってるよね？　なっちゃんも、いい加減それを理解して。ほら貴方も、なっちゃんに教えてあげて」

しかし、希望はあっさり砕かれる。

「ウオオオオオオッ‼」

ショコラの視線と言葉を受けた怪人が吠える。同時に——

どっじゅ！　ずぶっじゅぅうう！　どっじゅぅうう！　どっじゅどっじゅどっじゅどっじゅ——どっじゅぅううううっ‼

「ふぉおおおっ！　んっお！　くぉおおおっ！　おっおっおっおっ——んぉおおおおおおっ‼」

蹂躙が始まった。

ただ挿入れるだけでは満足できないというように、怪人が腕でシフォンの身体を上下に揺さぶってくる。まるで、オナホールでも扱っているかのような動きだった。

巨大すぎる肉槍が、膣を擦り上げてくる。膨れ上がったカリ首でゴリゴリと子宮壁や膣壁を削るように刺激しながら、亀頭で何度も子宮奥を叩いてくる。

そのたびにシフォンの下腹が、何度もボコッボコッと膨れ上がる。

「おおお！　おな、か……破れる！　死ぬっ‼　ごっれ、ほんどに……じ、にゅぅう！　おおお！　どまっで！　無理！　む、り……らがらぁあ！　どまってぇえ！　おにぇがひ！　おにぇがひら、がらぁああ！」

子宮奥を突かれるたび、強烈な刺激によって視界にバチッバチッと火花が飛び散った。一突きごとに意識が飛びそうになる。それは本気で命まで削られているような気がしてしまう衝撃だった。

だから訴える。止まってくれと必死に懇願する。

「だってさ」

すると、まるでシフォンの願いを受け入れたかのように、ショコラが怪人にそう笑いかけた。

「あっふ……おふぅうう」

その笑みと言葉に従うように、怪人がシフォンを揺さぶる動きから、激しさが消える。ゆったりとした動きに変わった。

「あ、これ……みふゆちゃん……」

やっぱりショコラは自分を助けてくれる――そんな希望を僅かだが抱いてしまう。

だが、現実はそんなに甘いものではなかった。

「怪人さん。たっぷり馴染ませてから、激しく犯してあげてね♪」

ショコラのものとは思えない言葉が紡がれる。

「ごおおお！」

怪人が答えるように吠えた。

ずっじゅぶ！　どっじゅぶ！　ずじゅぶうう！

「はひぉおお！　ゆっくり！　ゆっくりな、か……かき混ぜて……しっかも、これ、おおお！　また、まった……はげ、し……くぅう！‼」

ゆったりとした動きで、肉棒を蜜壺に馴染ませつつ、徐々に徐々に、再びシフォンの身体を上下に、大きく、激しく揺さぶるというものへと変化させたのだ。

「だっめ！　おほぉおお！　こっれ、ごれ、どめで！　無理！　まだ……ズンズン……しゅごぐなってぎだぁ
あ！　無理！　死ぬ！　壊れる!!　やめで！　やめざぜでぇえええ！」

心から必死に請い願うシフォン。

しかし、なにを口にしたところで、今度はショコラが止めてくれることはなかった。当然、怪人の行為も続く。いや、ただ続くどころか、シフォンの身体を上下に振るのに合わせて、自分からも腰を振りたくってくる。

「おおお！　もっど！　もっどおぐまでぇええ！」

より膣奥に肉槍が突き入れられる。しかも、ただ抽挿運動を続けてくるだけではない。

「おお、ぎぐ！　んぉおおっ！　こっれ、ごれっ！　おぢんぢん！　なが、わだ……ふぉおおっ！　わ、だぢの……ながで、おおぎぐなっで……んぉおお！　あぢゅぐなっで、ぎ、でるのぉおおっ！」

「んふふ、そろ……そろ？　それっで……しょ、れっで……まざが……まざがぁああ！」

一突きごとに肉槍がより膨れ上がってくる。ただでさえ熱かったペニスの熱気も更に上がり、下腹から全身が燃えそうなほどの熱が伝わってきた。

「あおおお！　らっめ！　だめぇえ！　しょれが……おんん！　しょ、れ……だけは……ダメなのぉおおっ！　んぉお！　おっおっ、ふぉおおお！　や、べでぇええ！」

射精が近いことを理解する。

出される。こんな醜い怪人の精液を、直接子宮に流し込まれる——考えるだけで、絶望的な気分になってしまう。

「ゆるじで……それは……しょれだけはぁあ！　おにぇがひ……もう、や、べでぇえええっ！」

それでも、言葉で願うことしか今のシフォンにできることはない。必死に許しを請う。

だが、やはりそんなものは通じない。ショコラや怪人に届くわけもなく——

「グオオオオオオッ!!」

怪人は一声吠えると、ドジュウウウッとトドメとばかりに強烈な一撃を突き込んできた。

「ふひょぉおおおおおおっ!!」

強烈すぎる一撃に、目を見開きマヌケとしか表現できないような悲鳴をシフォンは響かせる。

その瞬間、ドクンッと肉槍が脈動し、射精が始まった。

どっぴゅばぁあああ! どびゅっぶ! ぶびゅううううっ! どっぴゅどっぴゅおっぴゅどっぴゅ——どっぴゅるるるるるるるるるるるぅううう!

「おほぉおおお! でっで、ででりゅ! んぉおお! こつれ、ごれ、でで、ででりゅぅう! おっおっおっおっおっ! なっか、わだ、ぢのながに、でで……りゅ……のほぉおおおおっ!」

凄まじい量の白濁液が注ぎ込まれる。

ただでさえ肉棒によって膨れ上がっていた下腹部が、更にボゴッと盛り上がり、まるで妊娠でもさせられてしまったかのように、膨張してしまうほどの量だ。

「おなが……あぉおお! おなが、やぶ、れりゅ! しぎゅう……おまんこ……あぢゅい! ふぉおお! あ、ぢゅいのぉおお! 無理! こんな……多すぎて……子宮は、れつ……しぢゃうのぉおおっ! おっほぉおおお!」

子宮だけでは受け止めきれない。膣まで一瞬で白濁液に満たされる。いや、膣でさえも容量は足りず、やがて結合部からブシュウウウゥッと外に白濁液が噴出した。

「くぉおお! おっおっ……んぉおおおっ……」

それだけの射精によって感じる圧迫感によって、意識まで飛びそうになってしまう。ドクンッドクンッと膣中で痙攣するペニスに合わせるように、シフォンも肢体を何度となく打ち震わせた。

「はっあ……あぁあああ……」

全身から力が抜けていく。

「すっげ、ザーメンが噴水みたいだ」

「あんなセックスしたら、もう普通のセックスできないんじゃないのか？　初めてなのにもう、ガバマンだろ」

見ていた男達の呟きが聞こえる。

「がぱ……まん？　あ、あああ……そんな、そんなぁああ！」

絶望的な言葉だった。自分がこれまでの自分とは違うものに変えられてしまったような気さえしてしまう。

「……ホント、酷いことを言うよね。だから、あんな人達……人間なんて守る価値はないんだよ」

吐き捨てるようにショコラが呟いた。

「なっちゃんだってそう思うよね？　あんな人達もう、見捨てたいでしょ？」

悲鳴を上げるシフォンに対し、ショコラが笑顔を向けてくる。

「そ、んな……こと……そんなことはぁああっ!!」

必死に首を左右に振った。

怪人に犯されている。守ろうとしてきた人々に、無慈悲な視線を向けられている——最低で最悪な状況だ。ただ、それでも、ショコラの言葉を認めることはできない。それを認めてしまったらすべてが終わりだから……。

「本当になっちゃんは頑張るね。でも、人への気持ちは変わらなくても、犯されることは気持ちよかったでしょ？」

ぐったりとしたシフォンに、ショコラが笑顔で問いかけを向けてきた。

先程の感覚を嫌でも想起させられる。

肉棒は硬く、熱く、どこまでもゴツゴツしていた。自分の身体に、膣に、あの感覚がハッキリと刻み込まれてしまっている。

未だに膣奥に、子宮に、精液の熱気が染み込んできているのも感じる。

「そ……んなこと……な……ない……」

思い出してしまった感覚、それを必死に言葉を搾り出し、否定した。

「こ……んなの……んっふ……くふぅうう……ふうっふうっ……んふぅうう……た、だ……はふぅうう……ただ、つ、らいだけ……気持ちよくな、んか……ない……ないから……だ、から……」

こんな無駄なことはやめて――言葉だけではなく、視線でも、今にも泣きだしそうな表情でも、必死にショコラに訴えた。

「うん……そうだよね。気持ちいいわけないよね」

対するショコラはあっさりと頷いた。

「――え？　あ、そ……それじゃあ……」

こちらの言葉を受け入れてくれた。もしかして洗脳が解けたのだろうか？　僅かだが希望が生まれる。

だが――

「だってさ、初めては痛いだけだもん。本当に気持ちがいいのはここから。なっちゃん……これからだよ。これから、なっちゃんは知れるの。私が感じてきた快感を……幸せを、そして……守ろうとしてきた人に裏切られる不幸を……」

続いた言葉は絶望だった。

それと共に再び、怪人が腰を振り始める。シフォンの身体を上下に揺さぶり始める。一回射精した後とは思えないほどに硬く、熱く、屹立(きつりつ)した肉槍で、またしても蜜壺を蹂躙してきた。

どっじゅぶ！　ずじゅっぶ！　どじゅぼっ！　ずっじゅぼぉ！　どっじゅどっじゅどっじゅどっじゅ、どっじゅううう！

「おっひお！　んひぉおお！　うぞっ！　まだっ!?　んぉおお！　ま、た……にゃのぉおおっ！　おっおっおっ！　くぉおおおおっ！」

「そう、まただよ。一回射精したくらいで満足なんてしてくれないんだよ」

　精液で満たされた子宮と膣が同時にかき混ぜられる。大きく開いたカリによって、膣を満たしていた精液が外に掻き出された。

「くほぉおお！　おおお！　こんな、連続……れ、んぞくなんて……無理！　今度こそ……わだぢ、こ、んどこそ……死ぬ！　死んじゃうのぉっ‼」

　当然先程も感じた痛みと苦しみが綯い交ぜになった刺激が、またしても肉体を襲ってくる。

「大丈夫。死なないから。それに、辛いのも終わり。本当にここからは気持ちよくなれるからね」

「そ、んな……わけがぁああっ！」

　本当に苦しくて、辛いだけだ。これがよくなるなんて思え――

「え？　あ……え？　な、なに？　これ、なにぃいいいっ⁉」

　ないと思った瞬間、シフォンの身体に異変が起きた。


「ど、ういうことなの？　なんで？　おおお！　こ、んな、ごんな大きいのに、死んじゃいそうなく、らい……ふと、いのに……犯され……おがされでるの、に……どうじで？　にゃんでなの⁉　あああ、苦しいのが消えてく……ううん、そ、れ……だけじゃ……な……ぐで……おおお！　これ、きもぢ……い……い？　わだぢ……きもぢよく、なっぢゃっで、る……のぉおおっ⁉」

　突き込みに合わせて、甘く痺れるような刺激が走る。それは、間違いなく愉悦を伴った感覚だった。

「ほら、気持ちいいでしょ？」

　にっこりとショコラが笑う。

「ち……ちがっ！　あぉおお！　ち、がうっ！　そんな……ふひぃいいい！　そ、んなこと……ないっ！　おっおっおっ！　こ、んなのが……気持ちいいわ、けが……ない！　な、いのぉお！　違う！　違う違う違う！　ち、が……うぅううううっ！　ふぉおお！」

　認められるわけがなかった。認めることなどできるわけがない。

　否定する。ショコラや怪人に対してだけではない。自分自身にも言い聞かせるように、気持ちよくなどないと繰り返す。

　しかし、そんな言葉を嘲笑うかのように、怪人の抽挿速度が増していくのに合わせて刻まれる、愉悦としか言えない感覚もどんどん膨れ上がっていった。

「んっく……ふくぅううっ！　んっんっんっ！　んふぅううう!!」

（いい……これ、気持ち……いいっ！　否定できないくらい……感じてる！　わたし……感じちゃって……る、のぉおお！　でも、だけど……でもっ！　だっめ……流されちゃダメ！　こんなの間違ってる！　絶対……絶対の……ぜった、い……にひぃいいいっ!!）

　それでも必死に抵抗する。なんとか流されまいとする。

　そんなシフォンの抵抗を嘲笑うかのように、怪人の身体が変化した。怪人の股間部からもう一本、新たなペニスが出現したのだ。

「へ……あ、なに？　もう一本？　な……んで？」

　意味が理解できない。ペニスは普通一本しかないはずだ。

　それなのに、もう一本。しかも、大きさは今、膣を犯しているものに勝るとも劣らないほどの巨棒だ。

　そんなペニスが、グジュッと肛門に押しつけられた。

「んひんっ！　な、なにっ⁉」

（どういうこと？　なんでもう一本？　しかも、お尻に？　なんで？　あ、まさ……か……まさか……まさかぁああ！）

「だっめ！　それはダメ！　それだけはダメぇええ!!」

　怪人がなにをしようとしているのかを本能的に察知し、絶叫する。

「最高の快感……味わってね♪」

　そんな彼女に、ショコラの弾んだ声が向けられる。

　同時に――

どっじゅぼぉおおおおっ！

「んひぉおおおおおおっ!!」

肛門にも、肉棒が突き立てられた。

膣を犯す肉棒に勝るとも劣らないほど太い巨棒によって、本来ならば排泄するためだけの器官が拡張される。小さな肛門が、膣穴と同じくらいにメリメリと押し広げられた。

「うっぞ！　ごんな……うぞぉお！　おじり！　おっおっ!!　お、じりまでなんでぇえ！　んほぉお！　死ぬ！　ごんどごぞ、じぬぅう!!」

二つの肉穴を同時に犯される。

先程まで以上に強烈な圧迫感が走った。肉棒と肉棒によって、膣と肛門の間にある肉壁（にくへき）が潰される。それはまるで、自分の身体がペニスによって挟み込まれ、押し潰されていくような感覚だった。塞がれているのは膣と肛門だというのに、呼吸さえ阻害されるような苦しみが走る。

しかし、感じるものは苦痛だけではなかった。

（ど、んぉおお……どういうこ、と……なの？　これ、お尻……な、のにぃ！）

以前にも一度怪人によって肛門を陵辱され、肉体に愉悦を刻み込まれてしまったせいだろうか？

「おおお！　な、に……どうじで？　ごんな……じぬ！　おぉおおおお！　死、んじゃいそう……な、のにぃい！　いいっ!!　ご、れ……ぎもぢが……い、ひ……のぉおおおおっ!!」

肉体は明らかに性感としか言えない感覚も抱いてしまっていた。

「グオオオオッ!!」

そうした反応に歓喜するように、怪人は咆哮を上げると同時に再びシフォンの身体を上下に揺すると共に、自らも腰を振り始める。

どじゅぼ！　ずじゅっぽ！　どっじゅ！　どじゅっどじゅっどじゅっどじゅっ――どっじゅぅううううっ!!

「くっほぉおお！　んほっ!!　ふほぉおおお!!　こんな、うぞぉお！　あぞご！　おまんごど、お、じり……同時！　ど、うじににゃんでぇえ！　ふほぉおお！　子宮だ、けじゃな、ぐで……おじりの……おぐにまで……はいってぎで、るのぉおおおっ!!」

腸奥にまで肉槍が侵入してくる。ゴリゴリと内臓を削るように刺激しつつ、肉壁越しに子宮が更に圧迫される。

「すり……つぶされりゅぅうう！」

自分のすべてがペニスでグチャグチャにされるような感覚だった。

しかし、感じるものは苦しみではない。腰を振られれば振られるほど、肉壺や尻をかき混ぜられればかき混ぜられるほど、刻み込まれる快感としか言えない感覚がどんどん大きくなっていく。

「にゃ……んで、どうじでぇえ!?　おおお。こっれ、わだぢ……ちっが、違う！　違うぅううううっ!!」

けれど、認めることなどできない。

犯されて感じるなんて絶対にあってはならないことなのだ。必死に否定する。違うと口にすることで、なんとか愉悦を抑え込もうとした。

「ダメだよなっちゃん。我慢なんかしないで。素直になって」

ショコラが優しく囁きかけてくる。

「が、まんなんか……じで、な、いぃっ!!」

「ダメ。嘘ついたってわかるんだから。我慢したって辛いだけだよ。それにほら、みんなだって、なっちゃんが素直になることを期待してる」

「み……んな!?」

抽挿に合わせて身体を揺さぶられつつ、なんとか視線を周囲へと移すと――

「感じてるんだろ！　わかってるんだから我慢とかするなよ」

「見せてくれ！　お前が感じまくってる姿をさぁ！」

「聞かせてくれよ喘ぎ声っ!!」

周囲に集まった人々が——男達が、ギラギラした視線をシフォンへと向けていた。全員鼻息を荒くしている。それどころか、ズボンのジッパーを降ろし、剥き出しにした肉棒を自分の手でシコシコと扱いていた。

犯され、悶えるシフォンを見て、全員が自慰をしていたのだ。

「な……んで、どうじで……どうじでなのぉおおっ⁉」

信じられない。信じたくない光景だった。

(わた……しは……守ろうと……みんなをま、もろうとしてる……のに、どうして？　なんで……みん、なは……あぉおお！　そんな、そんな酷いことをす、る……のぉおおっ⁉)

まるで周囲の男達全員に犯されているかのような気分になってしまう。守ろうとしてきたはずの人々に裏切られているかのような気さえした。

「……辛いよね。苦しいよね」

そうした想いを理解しているかのような言葉をショコラが向けてくる。

「みんなのために私達は戦ってる。だけど、みんなは全然わかってくれない。みんな、自分のことしか考えてないの。怪人と同じケダモノなんだよ」

「そ、んな……こ、とは……」

人だ。彼らは人。ケダモノなんかじゃない。

「ううん……あいつらはケダモノ。その証拠を見せてぁげる」

そう言うと、ショコラは自分のスカートに手を添えたかと思うと、少しだけ捲り上げた。白いショーツを剥き出しにする。その上で、フリフリと男達に対して尻を振ってみせた。

「お！　おぉおおおおおおっ‼」

それを見た男達が、獣のように吠える。そして、一斉にショコラへと走り寄り、彼女の身体を押し倒した。

「な……にをっ⁉」

驚くシフォンの目の前で、ショコラを押し倒した男の一人が、容赦なくショーツを剥ぎ取る。そのままペニスをドジュブッと膣へと突き立てた。

「あっ！　んぁあああ！　きたぁあああ♥」

やがて相棒の口から、牝の声としか思えない愉悦の悲鳴が響き渡る。

「犯す！　犯してやるぅううっ‼」

挿入しただけでは終わらない。すぐさま男は腰を振り始める。

「あっは……んはぁあ！　あっあっあっあっ！　うご、いてる！　んんん！　おまんこ、ジュボジュボされてるぅ！　んひぃい！　あっあっあっ！　いいっ！　こっれ、いひぃいいいっ‼」

陵辱に合わせてショコラが喘いだ。

正常位で犯される。ジュボジュボと数度腰を振られるだけでショコラの肌は桃色に染まり、全身からは汗が溢れ出した。ムワッとした女の発情臭も周囲に漂い始める。

一目で犯されることに喜んでいることがわかった。

それでも——

「んぉおおっ！　だっめ、や、めて……おっおっおっ！　しょ、こらに……手を出さないでっ！　んひぉおお！　ショコラに、は……酷いこと……くほぉおお！　し、ないでぇええ！」

友達で、仲間で、相棒で、家族——自分が一番大切に想っている相手が犯される姿なんて見たくはない。怪人に肉壺を蹂躙されつつも、行為の中断を必死に訴える。

だが、ショコラを犯す男は、怪人となんら変わりはなかった。

なにを訴えても腰を止めはしない。それどころか、どんどんピストン速度を上げていく。しかも、ショコラを陵辱するのはその男だけではない。

周りの男達の一人がショコラの手にペニスを握らせる。他の男もショコラの上に跨がり、乳房と乳房の間に肉棒を挿し込んで、腰を振り始めた。

「はふぅう！　犯される！　私の全身がみんなにグチャ

グチャにされちゃってるぅ！　あっ♥　あっ♥　あっ♥　あはぁあああ♥　ほら、ほら……なっちゃん……見て、変わらない。なにも……んんん！　変わらないでしょ？」

犯されつつ、笑顔を浮かべ、心地よさそうに喘ぎながら、ショコラが見つめてきた。

「怪人と一緒。人は……んんん！　なにも怪人と変わらない。け、だもの……なの！　あっあっあっ！　どんな言葉も通じない。ただ、じ、ぶんの欲望を叶えることしか考えて……な、いんだよぉ！　んひんんんっ！　はひっ！　い、いひぃい♥　だか、らね……守る価値なんて、ないの……これっぽっちもね」

男の突き込みによって、身体を前後に揺さぶられつつ、ショコラが囁く。

その言葉が脳髄にまで染み込んできた。確かにその通りかもしれない――と、心がぐらついてしまう。

「ち……がう……それは……違う！　人は……人！　ケダモノじゃない！　んっあ！　はぁあ！　あっあっ……あぉおお！　んっふ、くほぉおお！　ちが、うのぉおお！　人は、ひ、とは……おっおっ――か、いじんじゃないっ!!　だから……聞いて……お願いっ!!　もう、ショコラに手出しをし、な、いでぇえ！　おぉおおおっ!!」

それでも、人は守るべきものだ。怪人とは違う。だから、聞いて欲しい。お願いだから――願いを込めて必死に訴えるシフォン。

しかし、止まらない。なにを口にしても、男達はショコラを犯し続けた。どんどん抽挿速度を上げ、腰を振るたびに肉棒を膨れ上がらせていく。

そんな人々とシンクロするように、シフォンを犯す怪人もどんどんピストンを激しいものに変えてきた。

「んっほぉおお！　お、大きく……おごぉおお！　お、おぎぐ、なっで……りゅのぉおお！　んぉおおおっ!!　おぢんぢんが、わだぢのながで……おじりで、もっどおおぎぐぅう！　ごれ……ごれっで、まざが……まじゃがぁあぁ！　だ、す？　まだ……まらだじゅつもりなのぉおっ⁉」

ピストンの激しさに比例するように、膣と肛門を犯す肉棒が肥大化する。熱気もどうしようもないほどに増してくる。

「だっめ、ら、めぇえ！　おにぇがい……や、めで……おにぇがひらがら……もう、だじゃないでぇえ！　今……今……また、しゃ……せい……されたらぁ！」

先程膣中（なか）に流し込まれた精液の熱気を思い出す。あの瞬間の快感——再びあれを刻み込まれてしまったら、今度こそ耐えられない。間違いなく絶頂させられてしまうだろう。

「やっだ……いぎだぐ……んぉおお！　いぎだぐな、ひのぉお！　だがら、だがらだじゃないでぇえ！　おにぇがひ……おにぇがひじまじゅぅう！　ゆるじで……やべでぇええっ‼」

心からの願いだった。

だが、なにを訴えても怪人は止まらない。それどころかピストン速度をどんどん上げてくる。

それに合わせて、ショコラを犯す男達の抽挿も、更に激しいものに変わっていった。

「はんん！　激しい！　それに……ちんぽ、すっごく大きくなってるぅ♥　い、いいよ……射精して！　はぁああ！　出してぇえ♥　膣中（なか）に……わたしのな、かに注いで！　わたしにザーメン……ぶっかけてぇ♥」

シフォンとは違い、ショコラは積極的に射精を求める。どこまでも快感に素直に従う。

（ああ……ショコラ……気持ちよさそう……）

相棒のそうした姿に、なんだか羨ましささえ感じてしまった。

刹那、ドジュウウッ——と、これがトドメだとばかりの一撃が加えられる。

「おひぃいいいいいいっ‼」

膣と肛門、二つの肉穴の奥の奥にまで肉棒が侵入してきた。凄まじい一撃により、視界が真っ白に染まる。

同時に、射精が始まった。膣と直腸に向かって、一度目の時よりも更に多量の白濁液が注ぎ込まれる。

どっびゅばぁああ！　ぶっびゅ！　どっびゅぅうう！ぶびゅぼっ！　どっびゅるるるるるるるぅうう！

「んほぉおおっ！　きった！　またきた！　しぎゅうに、おまんこに……そ、れに……お尻にも……ドクドク、あじゅいのぎだぁあああっ!!」

ただでさえ膨れ上がっていた下腹部がより膨張するほど多量の精液が膣に注ぎ込まれる。直腸に流れ込んでくる。その量は直腸だけで受け止められるようなものではなかった。胃の中にまで流れ込んでくる。いや、胃ですらも突破し、食道に、喉に、そして――

「うぼぇぇえええええっ!!」

口から白濁液を吐き出すこととなってしまった。

（おおお！　全部！　わたしの身体ぜ、んぶに……精液が流れ込んでぎで、るぅう！　吐いてる！　精液ゲロ……はいぢゃってるのぉおお！　ごんな。ごどってぇええ！　れも……れも……れもぉおお！）

あまりに苦しく、あまりに無様だ。しかし――

（いい！　きもぢ……いひぃいい♥　無理！　こんなの我慢無理ぃ！　よぐで……よ、じゅぎで……いぐっ！いっぎゅ！　ふほぉおお！　いぎゅいぎゅいぎゅいぎゅ――いっぎゅ……のほぉおおっ！　おっおっおっおっ――んぉおおおおおおおおっ♥♥♥）

快感が爆発した。

最低で最悪な状況だけれど、愉悦を抑え込むことができない。

（よじゅぎるぅうう♥）

膣と肛門で脈動し続けるペニスにシンクロするように全身を痙攣させながら、愉悦に溺れた。

そんなシフォンと怪人にシンクロするように、ショコラを犯す男達も射精を始める。ショコラの膣に白濁液を流し込み、顔や身体にドッビュドッビュと精液の雨を降らせた。

「はぁあああ……あっぷ……んぶぅうう！　出てる！　ああ……いいっ！　いひぃい♥　イッく……こんあの……イクっ！　あっあっあっ……わ、たし……イクっ！　イクの……イッちゃうのぉおお♥　あああ……んぁあああ♥」

精液の熱気に後押しされたかのように、ショコラも達する。

白濁液に塗れた顔をうっとりと蕩かせながら、隠すことなく性感を訴える。

（ああ……みふゆちゃん……凄く……幸せそう……）

その姿は、なんだか羨ましささえ感じてしまうほどに、幸福感に満たされているように見えた。

「オオオオオ」

やがて満足したのか、怪人が腰を引く。

ジュボンッとペニスが尻と膣から引き抜かれた。

「おおお！　で、でりゅ！　これ……でりゅぅううううっ!!」

ブシャアアアアッ!!

途端に膣と肛門から凄まじい量の精液が、噴水のように溢れ出す。

「くほおお！　こっれ、いぐっ！　うぞっ!!　いっぐ！　んぉおお！　ブシュって！　ぶじゅって……だしゅ……だ、げで……いぎゅっ！　わ、だぢ……いぎゅの！　いっぢゃ……う、にょぉおお！　んっほぉおおおおっ!!」

途端に耐え難いほどの肉悦が走った。

精液を噴出させる感覚さえも気持ちいい。どうしようもないほどの絶頂感に流されるがまま、ただただ身悶え続けた。

怪人はそんなシフォンの身体を、もう興味がないというように地面に投げ捨てる。シフォンはドシャッと脚をひっくり返ったカエルのように開いた状態で、地面に倒れた。

「おっおっ……ふぉおおおっ」

噴出の勢いは弱まっていく。

ただ、それでも、ゴポゴポと二つの肉穴からは精液が溢れ出し続けた。

「なっちゃん……気持ちよかったでしょ？」

倒れたまま動けなくなってしまったシフォンに、精液塗れになったショコラが近づいてくる。

「あ……そ、それは……」

「よかったよね？」

「う……ううううう……」

重ねられる問いに対し、否定しきれず、首を縦に振ってしまった。

「だよね。ねぇ、なっちゃん……。その快感を受け入れよう」

「うけ、い……れる？」

「そう……。素直になるの。もっと快感が欲しいって……。我慢なんかする必要はない。これからは、私と一緒に……ただただ、気持ちよさだけ求めていこう。誰かを守るなんて考えない。そうすれば私達はきっと幸せになれるから」

「しあ……わせ……」

脳髄にショコラの言葉が染み込む。

それとほぼ同時に——

「んふふふ♪」

この場にレヴィエラが出現した。

とても楽しげな表情を浮かべている角を生やした紫色の髪の女。腰まで届くその髪を風でなびかせ、大きな胸をタユンと揺らしながら、じっとりとした視線を、倒れたシフォンへと向けてきた。

「いいザマね、エクセルシフォン……。本当に最低な姿。でも、これでわかったでしょう？　戦いなんてやめなさい。私達に逆らうことなんてやめるのよ。だって、人には守る価値なんかないのだから……。貴女だってそれを理解したでしょう？」

出現したレヴィエラが、ショコラの言葉を引き継ぐように囁いてくる。

ショコラを変えてしまった憎むべき相手だ。絶対に許せない相手だ。

けれど、そんな敵の言葉が、頭の中にすんなりと入ってくる。心に染み込んでくる。

「人は最低で最悪の存在――そうでしょう？」

「そ……れは……それは……」

興奮の目で自分を見てきた男達を思い出す。

ショコラを犯した男達を思い出す。

彼らはシフォンとショコラのことなどこれっぽっちも考えてはいなかった。ただただ、自分の欲望を満たすことだけしか……。

(守る価値……あるの？　苦しんでいるわたし達のことなんか誰も考えてくれてない。それなのに守る意味なんてあるの？)

心が揺らいでしまう。

「こちらにきなさい。私の言葉を受け入れるの。そうすれば、貴女は幸せになれる。ショコラと一緒に……」

「ショコラ……みふゆちゃんと……二人で幸せに……」

「そうだよ。なっちゃん……二人で幸せになろう♪」

二人で一緒に幸せになる――とてもとても素晴らしいことだと思った。そうなりたいと心から思う。

そして、その想いを叶えることは可能だ。レヴィエラを受け入れる。ただそれだけでいいのだ。

「さぁ……」

レヴィエラが手を差し伸べてくる。

「あ……あああ……あぁあああ……」

その手に向かって、ゆっくりとシフォンも手を伸ばしていった。

手と手が触れ合いそうになる。

だが、その刹那、手が止まった。

それと共に、脳裏に思い浮かんできた。大切な人達のことが……。

学校の友達。先生、両親の姿が。

それに――

げる。
シフォンの手が止まったことに、レヴィエラが首を傾
「どうしたの？」
純粋な、どこまでも純粋な笑顔だ。
今、ショコラが浮かべている笑みとは違う。
笑顔の深冬の姿が……。
『なっちゃん♪』

「わた……しは……」

そんなレヴィエラを真っ直ぐ見つめると共に——

「負けない！　こんなことで負けない!!　絶対に……守る。みんなを守る！　守るの！　これは……エクセルシフォンの力は——そのためのものなんだからぁあああああっ!!」

叫んだ。心からの想いを！

カアアアアアアアアアアアッ!!

途端に全身から強烈な輝きが放たれた。

「なっ！　う、ぐぁあああああっ!!」


その輝きを受けたレヴィエラが吹っ飛んでいく。

「え……あ……うぁあああ！」

ショコラも悲鳴を上げ、頭を抱えて苦しみだした。

「みふゆちゃん」

呻くショコラの身体を抱き締めようとする。

「くううっ！　まさかまだ抵抗するなんて、まだ教育が足りなかったようね！　やってやりなさいっ!!」

しかし、それよりも早く、体勢を立て直したレヴィエラが怪人に命令を下した。

「ゴアアアアアッ!!」

それを受けた怪人が、巨大な腕を振り上げる。

「チッ！　まずは……貴方から！　はぁあああっ!!」

怪人の腕が振り下ろされるよりも早く、シフォンはその巨体の懐へと飛び込むと——

「ウォールブレイカーッッ!!」

エナジーを溜めた拳を撃ち放った。

ドガアアアアッ!!

「ぐごぁああああっ‼」

強烈な一撃を受けた怪人が吹っ飛ぶ。

「このまま終わらせるっ‼　シフォン――インフェルノォオオオっ‼」

倒す。怪人を倒してみんなを、ショコラを守る！　その思いで必殺技を解き放った。

強烈な連続攻撃を放つ。拳に、足に、エナジーを集束させ、すべてを怪人へとぶつけた。

「ぐごぁああああああ‼」

ウォールブレイカーを受け、体勢を崩した怪人では避けることなどできない。すべての攻撃が直撃し、そのまま怪人は光となって消滅した。

「まさかっ⁉」

想定外の事態だったのか、レヴィエラが驚きの声を上げる。

そんな彼女を無視して、すぐさまシフォンはショコラに駆け寄った。


「みふゆちゃん！　みふゆちゃんっ‼」

何度も名を呼ぶ。

「うううう！　あぁああああ！」

ショコラはまだ苦しそうだ。

シフォンから放たれた光の直撃を受けたことにより、心が酷く揺れ動いているように見える。

そんな相棒の身体をギュッと強く抱き締めた。

「な……なっちゃん？」

「みふゆちゃん……守ろう。一緒にみんなを守ろう」

想いを囁く。

「まも……る……でも、だけど……人は……」

「……本当に辛い目に遭ったんだね。ごめん。ごめんね、みふゆちゃん。気付いてあげられなくて本当にごめん……。でもね、それでも……守ろう。人間全部が酷いわけじゃない。思い出して、友達のことを、お父さんとお母さんのことを……」

強く強く、どんどん抱き締める力を強くしていく。

「みんな……みんなのこと……うあ……あああ……ま、もる……みんなを……でも、あああ……人は……幸せは……守らないと……だけど、苦しいのは……も、もう……

……」

「大丈夫。もう、苦しくなんかならない。だって、わたしがいるから……一緒にいるから……。一人じゃない。わたし達は二人なんだから……だから、みふゆちゃん、お願い！　正気に戻って！　みふゆちゃん――深冬ぅううううっ!!」

想いを伝えるように叫ぶ。

それと共に再び身体から光が溢れ出し、ショコラの身体を包み込んだ。

そして――

「……ありがとう、なっちゃん」

ショコラが笑った。

「みふゆちゃん……ショコラ？」

一度身体を離し、まじまじとショコラを見る。

するとショコラはにっこりと笑ってくれた。見慣れた笑顔で……。

「もう、大丈夫だよ。シフォン。戦おう、二人で……そして、みんなを守ろう！」

先程までのショコラとは違う。

間違いなく、みんなを守る正義のヒロイン――エクセルショコラだった。

第5話

　エクセルシフォンとエクセルショコラ――燦然可憐な二人が並び立つ。

　レヴィエラによってショコラは堕とされてしまった。だが、シフォンの想いが、願いが、通じたのだ。

　充ち満ちた力によって、ボロボロにされてしまった衣装も再生している。

（ショコラが元に戻ってくれた。もう、絶対に――）

「負けないっ!!」

　一人じゃない。二人だ。敗北なんてあり得ない。

「レヴィエラ……貴女を倒します」

　破壊された街の中で、ショコラが真っ直ぐ敵を見据えた。シフォンも同じようにレヴィエラへと敵意を向ける。

「これは……正直驚いたわね。まさか、あの状態から元に戻るなんて想定外よ。ただ戦闘力があるだけじゃなく、そこまでの精神力まで持ち合わせているなんて考えてもいなかったわ。でも……」

　レヴィエラの口元に笑みが浮かぶ。

「正気を取り戻したところで私に勝つことなんてできないということを教えてあげるわ。そのために……貴女達の身体をもらう、心を殺す」

　言葉と共にレヴィエラの全身から瘴気が溢れ出した。ねっとりと身体にレヴィエラの力が絡みついてくる。途端にゾクリと背筋が冷えるような感覚が走った。なんだかとても嫌な感じだ。

　心を殺すという言葉にも不気味なものを感じざるを得ない。

　だが、それでも――

「なにをどうするつもりかは知らないけど、貴女の好きにはさせない！　ショコラと一緒なら絶対に負けないいんだから!!」

「シフォンが言う通り！　二人揃った私達は無敵ですっ!!」

「無敵ね……ふふ、さて、それは――どうかしらぁぁあっ!!」

言葉と共にレヴィエラは両手をシフォン達へと向け、集束させた魔力を撃ち放ってきた。強大な力がまるで弾丸のような速度で迫りくる。

だが――

「見えてるっ!!」

変身によって強化された動体視力は、どんな速度の攻撃でも見切る。シフォンとショコラは二人揃って向かいくる魔力弾を回避する。同時に、まずはシフォンが地面を蹴った。アスファルトが抉れるほどの衝撃と共に、一瞬でレヴィエラとの距離を詰める。

「――なっ!?　速いっ!!」

予想外の速度だったのだろう。レヴィエラは驚きに目を見開いた。そんな彼女に対し、グッと強く拳を握り締める。

「ライトニング――ピアース!!」

強大なエナジーを込めた拳を突き放つ。

「チッ!!　無駄よっ!!」

だが、レヴィエラはギリギリのところでその一撃を回避した。敵の動きもなかなかの速さと言っていいだろう。

だが――

「想定通りですっ!!」

こちらは一人ではない。二人なのだ!!

「ダッシュグラップル!!」

回避によって僅かに体勢が崩れたレヴィエラとの距離をショコラが一気に詰め、身体を掴んだ。

「リフトアップスラムっ!!」

そのままレヴィエラの身体を持ち上げる。

「なっ!?　くっ！　放しなさいっ!!」

この状況はまずいと思ったのか、レヴィエラがなんとか拘束から逃れようと藻掻いた。しかし、ショコラは決して敵を放さない。それどころかその身体を掴む腕にギュッとより強く力を込めたかと思うと――

「ショコラコレダーッ!!」

両手を通じてレヴィエラの肉体に多量の電気を流し込んだ。

バッヂイイイイイイイッ!!

「あっぎ！　んぎぃいいいいいいっ!!」

レヴィエラの口から悲鳴が上がる。

「ダイビングバックドロップっ!!」

更なる追撃を加える。敵の身体をショコラは容赦なく投げた。

ドゴオオオオッ!!

「あっぐぅううううっ!!」

レヴィエラの口から苦痛の悲鳴が漏れる。地面に打ちつけられた身体が、その凄まじい衝撃によって上に跳ねた。

「まだまだだよっ!!」

攻勢はこれで終わりではない。レヴィエラは絶対に倒さなければならない敵なのだ。だから容赦はしない。


「ショコラッ!!」

「うんっ!!」

二人で見つめ合い、頷き合うと、ギュッと手を握り合った。その上で空いた手をレヴィエラへと向け、掲げる。

「スター――」

「――ライト」

「『エクスキューションッ!!』」

二人の力を合わせて放つ最大の必殺技を解き放った。

カアアアアアアアアアッ!!

「なっ!!　あっ！　うぁぁあああああああっ!!」

強烈な輝きがレヴィエラの身体を包み込む。これまで以上に大きな悲鳴が響き渡った。

そして――

「あっく……くぅううう……」

レヴィエラが地面に倒れ伏す。

苦痛の悲鳴を漏らしつつ、身体をヒクヒクと震わせた。

ダメージはかなり大きそうだ。身動き一つ取れない状態に見える。

「このままトドメを刺させてもらうっ‼」

身動きが取れない相手を更に攻撃をするということに、少しだけ躊躇いを覚えもする。だが、攻撃を止めるつもりはない。レヴィエラによってこれまで大勢の人々が苦しめられてきたのだ。そして、放っておけばこれからも犠牲者は出る。故に、絶対にここで倒さなければならない。

だが、その刹那だった。

「――えっ⁉」

レヴィエラの身体が輝きを放った。

それと共にレヴィエラの身体が変化する。

紫だった髪は黒に変わり、頭部から伸びていた角も消えた。身に着けている服も、胸元や腰回りが露わになっていたボンデージのような衣装ではなく、ごく普通のスーツだ。

「え……あ、なに……ここ？」

そして、戸惑うような言葉を口にした。

「わ……たし、なんでこんなところに？　っつ！　痛い……なんで？　これ、私……怪我をしているの？」

変わった姿はただの人間にしか見えない。

表情も弱々しいものだった。

「え？　どういうこと？」

一体なにが起きたのだろうか？　戸惑わざるを得ない。

反射的に事態を問うように相棒を見る。しかし、ショコラもひたすら困惑している様子だ。

「え、あの……貴女達は？」

レヴィエラだった女性が、シフォン達を見て首を傾げる。まるで事態を掴めていない様子だ。戦闘の記憶は持っていないらしい。

「……これ、どうする？」

一旦集束させていた力を解き、ショコラに問う。

「それは……えっと……」

ショコラも一度構えを解いた。

刹那――

「力はある。でも、まだまだ子供ね。この程度のことで簡単に騙される」

女性が身を起こし、邪悪としか言えない笑みを浮かべた。同時にその身体は一瞬で元のレヴィエラに戻る。

「なっ――くぅうっ!!」

慌てて再び構えを取ろうとした。

ショコラももう一度拳にエナジーを集束させようとする。

だが、一度力を消してしまったのがまずかった。

「遅いっ」

最初から奇襲するつもりだったらしいレヴィエラの動きの方が速い。

「エルゴネア――ダークエンドッ!!」

ゴアアアアアアアッ!!

強大な闇がレヴィエラの身体から解き放たれる。

そして、シフォンとショコラの身体は闇の中に呑み込まれ、そのまま意識さえもあっさりと失ってしまった。

＊

「う……ううう……一体……なにが？」

それからどれだけの時間が過ぎただろうか？　ゆっくりとシフォンは意識を取り戻す。意識がハッキリとしない状態のまま、周囲を見回した。だが、周りを見てもなにもない。あるのはただただ広がる闇の空間だけだ。いや、それだけではない。唯一目に入ってきたのは――

「ショコラッ!!」

相棒の姿だった。

ショコラの首には枷がはめられている。いや、首だけではない。両手もだ。前屈み状態で腰を突き出すような体勢のまま、拘束されてしまっている。身に着けている衣装はボロボロであり、乳房などが見えてもいた。

慌ててそんな相棒を救うために動こうとするのだが

――

「うっぐ……あ、これはっ⁉」

行動することはできなかった。理由は単純だ。ショコラと同じようにシフォンも拘束されてしまっていたからである。当然衣装もズタズタで、胸や腰回りも剥き出しだ。

「し……ふぉん？　あ……え？　なにが起きて？」

ショコラも意識を取り戻した。

そしてすぐに状況に気付き、シフォン同様戸惑いの声を上げる。

「二人共目覚めたみたいね」

そのまま二人揃って状況をなんとかしようと、必死に藻掻き続けていると、聞き慣れたレヴィエラの声が響き渡った。聞こえてきた方を見る。

「レヴィエラッ‼」

「ふふ、気分はどうかしらぁ？」

ニヤつきながらレヴィエラが問いかけてくる。

「これは……どういうことですか？　それにここは一体？」

そんなレヴィエラを真っ直ぐショコラが見据えた。

「どういうことって……言ったでしょ。貴女達の身体をもらう、心を殺す――と。これは、そのための下準備よ。貴女達はもう、私から逃れることはできない」

クスクスとどこまでも楽しそうにレヴィエラは笑う。

「逃れることはできないって……わたし達を舐めないでっ‼　はぁっ！　はぁあああああああああああああっ‼」

より強大な力を発揮しようとする。

しかし――

「あ……これ……うくぅうう！　吸われる！　力がぁああ」

エナジーを放出した先から、拘束具によって力が吸われてしまった。どうやらこの拘束具はただ動きを制限するだけではなく、力の吸収も行っているらしい。

「無駄よ。その拘束を解くことはできない。貴女達はもう、私の玩具なの♪」

　そう口にすると共に、レヴィエラはパチンッと指を鳴らした。すると、その音に合わせるように、レヴィエラが四人に分身した。

「増えた⁉」

「そう、増えた……ふふ、さぁ、終わりの始まりよ」

　ゆっくりと四人のレヴィエラは近づいてくる。二人がシフォンの眼前と背後に、残り二人が同じようにショコラを挟み込むように立った。

「な、なにをするつもりですか？」

　レヴィエラがなにを考えているのかわからないのが怖い。けれど、恐怖を必死に抑え込み、表に出すことなく、ショコラが敵を睨む。

「なにって……貴女達の心を殺す下準備よ。これを使ってね」

　問いに対して敵はにっこりと微笑んだかと思うと、再びパチンッと指を鳴らした。するとその音色に合わせて四人のレヴィエラが身に着けていた衣装が消える。生まれたままの姿が曝け出された。

　両手に収まりきらないほど大きな乳房が、プリンッと大きく膨らんだ張りのあるヒップがシフォン達の視界に映り込む。いや、それだけではない。そんな胸や尻以上に目についたものは、レヴィエラの股間から伸びる長さ三〇センチ近くはありそうなほど巨大なペニスだった。

　肉槍は当然のようにガチガチに勃起している。亀頭は今にも破裂しそうなレベルで膨張し、竿部分には幾本もの血管が浮かび上がっていた。

「おちん……ちん？　なんで？　というか、それを使ってなにを？　まさか……」

　怪人によって受けた陵辱を思い出す。

「そのまさかよ。心を殺す──そのためにまずは、このちんぽで貴女達をたっぷりと犯して犯して、犯しまくってあげるわ♥」

　正解♪　というようにレヴィエラはどこまでも楽しそ

うな表情を浮かべたかと思うと、シフォンとショコラのスカートを捲り上げると共に、ショーツを容赦なく破り捨ててきた。

二人の秘部が、尻が、剥き出しにされてしまう。

「なっ！　そんなのダメ！　そんなの許さないっ‼」

「やめて！　やめてください！　こんなことっ‼　私も許しませんよっ‼」

慌てて二人揃ってこれまで以上に強い敵意をレヴィエラへと向けた。

だが、そうしたところで圧倒的優位な状況にいる敵は止まってなどくれない。

「そんな姿で許さないとか言われても滑稽（こっけい）なだけね。さぁ、始めるわよ」

艶やかな声でそう告げてくると共に、剥き出しになった二人の尻――肛門にグチュッと肉先を密着させてきた。

「んんん！　そ、そこはっ⁉」

「そっちは……違いますっ‼」

「いいえ、なにも違わない。私の目的は貴女達のアナルをちんぽで滅茶苦茶にすること……。さぁ、たっぷりケツまんこの快感を味わいなさい♥」

両手で尻が掴まれる。それと同時にレヴィエラは一切容赦することなく、腰を突き出してきた。

「んっほ！　くほぉおおおっ‼」

どっじゅ！　ずぶっじゅぅううううっ‼

「おんんん‼　お尻！　お尻にぃっ‼」

肛門が拡張され、肉槍が直腸へと侵入してくる。下腹部に火傷しそうなほどの熱気が広がると同時に、内臓がきつく圧迫された。

「裂ける！　おし、りが……裂けるぅ‼　抜いてっ！　こんな……ぬい……てえぇ！」

「無理です‼　やめて……おおお！　これは……ダメですぅっ‼」

二人揃って肉棒を引き抜いてくれと訴える。

「ふふ、抜いてなんて嘘をついてはダメよ。本当はもっと奥まで挿入れて欲しいのでしょう？　ちんぽでケツまんこ犯されて、貴女達、感じまくっているのでしょう？　それくらい、わかっているわよ♪」

だが、どんな言葉を口にしても、レヴィエラは聞き入れてなどくれない。それどころか、挿し込んだ肉槍をより肥大化させたかと思うと、これまで以上に腸奥へと突き入れてきた。

「んっお！　ほぉおおお!!」

(これ、子宮……お尻側から子宮を押されてるぅ)

ゴリッと肉壁越しに膣奥が圧迫される。途端に全身に走った感覚は、身体中が蕩けそうになるほどの愉悦としか言えない感覚だった。

尻を犯されるのはこれが初めてではない。その際に刻まれたものは屈辱や苦痛だけではない。快感としか言えない感覚を、身体はどうしようもないくらいに覚えてしまっていた。

その記憶が蘇ってくる。全身を包み込むような愉悦が広がる。自然と肉棒を歓迎するかのように肛門を引き締めることさえしてしまう。

それはシフォンだけではない。ショコラも同様の様子だった。

「あおお！　な、んで……こんな……ダメなのに……おっおっおっ！　思い出す！　身体が思い出して……んひんんっ!!　あああ……いいっ♥　いいのぉ♥　おっおっ……おんんんっ!!」

これまで散々陵辱を受けてきたせいなのか、ハッキリとした喘ぎ声が口から出てしまう。

「でしょ？　最高でしょう？　ほら、ほらほらほら！　思い出しなさい！　ちんぽの快感を♥」

身悶えるショコラの姿にレヴィエラは歓喜の表情を浮かべつつ、容赦なくピストンを開始した。その動きには一切加減などない。最初から全開――まるでペニスでショコラを突き殺そうとするかのような激しいグラインドだった。

どっじゅ！　ずどっじゅ！　どっじゅどっじゅどっじゅどっじゅどっじゅ――どじゅううううう！

「んぉおおっ！　ふっほ！　おほぉおっ♥　はげ、じっ！　こっれ、はげじずぎるぅ♥　ほひぃいい！　いいっ！　きもぢぃいっ♥　だっめ！　感じるなんて、ら、め……なのにぃっ♥　おっおっおっ！　お、さえ、られない！　声が……ほひぃいい！　声がでぢゃうのぉ♥　おんんんっ!!」

ギッギッギッと拘束具が軋んだ音色を響かせるほどの激しい突き込みに合わせて、ショコラが啼く。肉悦によってドロドロになった悲鳴を響かせる。

「だっめ……耐えて！　ふぐぅうう！　ショコラ……た、えるのぉおっ!!」

このまま流されてはいけない。レヴィエラの好きになるわけにはいかないのだ。必死に声を絞り出す。ダメだと、耐えろとショコラに語りかける。

「耐えるなんて無理よ。それを貴女にも教えてあげる♪」

そんなシフォンを嘲笑うかのように、肛門を犯すレヴィエラは笑うと――

ずっじゅ！　どじゅっ！　ずどっじゅぅう！

「おっひ！　んひぉおおっ！　おっおっおっ！　くほぉおおっ!!」

シフォンの直腸をかき混ぜるように腰を振り始めた。

「おおお！　こっれ……こんな……嘘っ!!　うっそ、で、しょぉお!?　ほひぃい！　なんで……どうじでごんなぁ！　あっあっあっ！　い、いひっ！　こっれ、おちんちん……きもぢ……いひぃいっ!!」

途端に抗わなければならないという意志さえも、あっさり溶けそうになるほど強大な肉悦が刻み込まれる。

「ほ～ら、気持ちいい♪」

「なっ……ちっが……違う！　そんな、お尻……くひぉお！　お、尻でなんて……感じない！　わだ、ぢは……きもぢよぐなんで、にゃら……ないのぉおっ！　んぉおお！　ふほぉおおっ!!」

必死に首を左右に振ってレヴィエラの言葉を否定した。敵に対してだけではなく、自分にも言い聞かせる。

(感じない。感じてはダメ！　気持ちよくなんて……なら……ない！　なっちゃ……だ、め……なの……それ、なのにぃいい!!)

しかし、どれだけ口で否定したところで、突き込みに合わせて刻み込まれる快感は消えてなどくれない。それどころか、抽挿が激しさを増せば増すほど、悦楽は積み重なるようにしてどんどん肥大化していった。

ただ、それでも――

「んっふ……くふんん！　ふうっふうっ……んふぅううっ!!」

必死に唇を引き締め、なんとか嬌声だけは抑え込もうとする。

「なかなか頑張るわね。でも、快感に……ちんぽの素晴らしさに抗うことなんか絶対にできないわ♪」

抗い続ける姿をどこまでも楽しそうに見つめてくると共に、もう一人のレヴィエラが眼前に立った。目の前に肉棒が突きつけられる。

「な……にゃに……を!?」

一体なにをするつもりなのか？

疑問を抱いた次の瞬間――

「がぼっ！　んぼぉおおっ!!」

シフォンの口腔にガチガチに勃起したペニスが突き立てられた。

いや、シフォンに対してだけではない。

「おぼっ！　んぼぉおおっ!!」

レヴィエラは容赦なく、ショコラの口も肉槍で犯す。

「おっおっ！　んぉおおっ!!」

(これ、きてる……喉の奥まできちゃってる！　い、きが……できない！　死ぬ！　ダメ……これ、死んじゃう!!)

首元がボゴッと内側から膨れ上がるほど、奥にまでペニスは侵入してきた。あまりに深すぎる。一瞬視界が真っ白に染まり、当然のように呼吸も阻害された。走るものは苦しみだ。

だが、それだけではない。

（これ……なんで？　どういうこと!?　苦しい……おちんちんで突き殺されちゃいそう……な、のに……おぉおお！　いい……いひのぉお！　口の中までまんこにさ、れた……みたいに……かんじぢゃう……のぉおお♥）

犯されているのは口でしかないというのに、まるで膣を犯されているかのような快感を、シフォンの肉体は覚えてしまっていた。

「おぶぉお！　にゃんで……ぐひ……ぐひまれ……まんこになってるみ、だひに……感じぢゃい……まじゅうう♥　おおおっ！　くほぉおお♥」

ショコラも同じように愉悦を覚えてしまっているらしい。苦しそうな表情を浮かべつつも、瞳はトロンと蕩けてしまっている。

「んっふふふ、私のちんぽには極上の魔力が込められているの。女の身体をどこまでも発情させる最高の力が……。これを、尻で、口で、たっぷり味わわせてあげるわね♪」

もちろん挿入だけで終わりではない。

どっじゅぼ！　ずじゅぼぉお！

「がぶぼっ！　んっぶぼ！　おぶぼぉおっ！　んぉおお！　おんっおんっおんっおんっ――おんんんっ♥」

「んひぉおお！　ごっほ！　ぶぼぉお！　おぼっ！　んぼぉおお♥」

すぐさま腰を振り始めた。

頭を手で掴みつつ、まるで膣や尻を犯すような激しさで口腔を突いて、突いて、突きまくってくる。遠慮などまるでない。気遣いなど一切存在しない。まるでオナホールでも扱うかのような勢いだった。

繰り返し喉奥に巨棒が叩きつけられる。ドジュッドジュッと根元までペニスを突き込まれるたび、あまりに強すぎる衝撃で視界が幾度となく明滅した。

激しさに比例するように苦しみもより大きくなっていく。だが、感じるものは当然苦しみだけではない。寧ろそれ以上に、身体は愉悦を覚えてしまっていた。

（これ……大きくなる！　どんどん気持ちいいのが大きくなって……あああ、だっめ！　感じたくない！　気持ちよくな、んて……絶対……絶対なりたくな、いのにぃ！　どうしてなのぉ!?　抑えられない！　いいの！　おちんちん……気持ちがよすぎるのぉ♥　まるで……わたしの全部がおまんこにされちゃったみ、たいに……感じちゃうのぉ♥）

直腸と口腔——二つの肉穴を蹂躙するピストンの勢いが増せば増すほど、愉悦が肥大化する。耐えねばという心が蕩け、この快感に身を任せたいという思いが、どうしようもないくらいに膨れ上がってきた。

それを無意識のうちに身体で訴えるように、レヴィエラの抽挿に合わせて自分からも僅かだけれど腰を振ってしまう。腸奥や喉奥を突かれるたび、もっとこのペニスの感触を味わいたいとでもいうかのように、肛門を引き締め、口唇で強く肉竿を挟み込んでしまった。

「おぶぉお！　いっぐ！　おびゅうう！　わだ、ひ……もう……おっぶぼ！　んぶっぽ！　ぼぶぼぉお！　いっぢゃ、い……まじゅぅう♥」

遂にはショコラが絶頂を訴え始める。

「らっめ……じょ……ごら……ごっごっごっ！　りゃ……めぇえ！」

流されてはいけない。負けてはならない——想いを相棒に必死に訴えた。

だが、そう口にするシフォン自身も——

（だっめ……こんな……気持ちがよ、すぎる！　イクっ!!　私も抑えられない！　こんなの……いい！　よすぎる！　きも、ちが……よすぎて……いっぢゃう！　ほぉおお！　いっぢゃ、う……のほぉおお♥）

肉悦を抑えきれそうになかった。

ピストンが激しさを増せば増すほど、肉棒が肥大化すればするほど、絶頂感も膨張していく。耐えねばという意志だけでは抑えきれないほど強大なものへと変わっていく。

「はふうう……ケツまんこも、口まんこも、どちらも最高の締めつけよ！　おふぅうう……これは、私も我慢できそうにないわ。だから、んっんんっ……射精してあげる。貴女達の尻に、口にたっぷりザーメンを注いであげるわ♥　そして、ほふぅう……みんなでイキましょうね♪」

「だ、だっめ！　それは……しょれら……げは——おぼぉお！　んっぼ！　ぶぼぉお！　おっおっおっ——んぉおおおおおおおおおおおおっ♥」

じゅっどじゅう！　どっじゅぶ！　ずじゅっぶ！　どじゅぶっどじゅぶっどじゅぶっどじゅぶっ——どっじゅぶぅううっ!!

ダメだという訴えを遮るように、レヴィエラのピストン速度が上がった。シフォン達の肉体を壊そうとしているのではないか？　そんなことさえも考えてしまうレベルの勢いだ。

だが、激しすぎて苦しいのだけれど、その苦しみが堪らなく心地いい。

（イク！　こんなの本当にイク！　もう、無理！　む、りぃいい！）

「おっ♥　おっ♥　おっ♥　おっ♥　おほぉおおっ♥」

二人揃って絶頂へと駆け上がっていく。

そして——

「くっふ、で……出るわ♥　おおお！　んぉおおおっ♥」

どっびゅばぁあ！　ぶっびゅ！　どびゅうう！　どっびゅどっびゅどっびゅどっびゅ——どっびゅるるるるるるるるるるるるるるぅううっ!!

四人のレヴィエラが一斉に射精を開始した。シフォンとショコラの口に、肛門に、まるで蛇口を捻ったかのような勢いで凄まじい量の白濁液を注ぎ込んでくる。

「あぶぼっ！　んびゅぼぉおおっ♥」

（出てる！　ドクドク精液でってる！　流し込まれてる

ぅ♥　すっごい！　凄い量！　こっれ、多すぎる！　精液……多すぎて、お腹が破れそう！　おぼれ、ちゃ……いそう……な、のぉおおっ!!）

射精量は尋常ではない。

直腸に直接流し込まれた精液と、食道から胃の中に注ぎ込まれる精液――二本のペニスから放たれた白濁液によって、シフォンとショコラの下腹部は一瞬で妊娠でもしているのではないかとさえ思ってしまうほどに膨れ上がった。

（し……死ぬぅっ!!）

本気で溺れ死んでしまうのではないか、腹が破裂して死んでしまうのではないか、などということだって考えてしまう。しかし、そうした死の予感以上に――

（でも、こっれ、死ぬのに……死んじゃうのに……いいっ♥　死にそうなのが気持ち……いひっ♥　よくて、これ、よじゅぎでぇええ!!）

肉体は快感を覚えてしまっていた。津波のように快楽が全身に広がる。抗うことなどできはしない。

（い……いぐっ！　わだぢ……いぐっ！　おおお！　いぐの……こんなの……無理！　我慢、で、きるわけがない！　いぐっ！　いぐいぐ――いっぐのぉお♥　ふっほ！　おほぉおおおっ♥）

流されるがままに絶頂に至る。より多量の精液を絞り取ろうとするかのように、ギュウウッと肉棒を引き千切りそうなほどに締めつけながら、意識さえも吹き飛びそうになるほどの肉悦に、狂ったように身悶えた。

「おぶぼおお！　いぎゅっ♥　いっぎ……まじゅっ♥　ふほぉおお！　いぎゅうう！　いっぎゅいっぎゅ――いっぎゅ……のほぉおお♥　おんっおんっ――おんんんっ♥♥♥」

シンクロするようにショコラも達する。

ブシュウウッと秘部から失禁でもしているかのように愛液を撒き散らしながら、壊れた玩具みたいに肢体を幾度も震わせ、歓喜の悲鳴を響き渡らせた。

「はふぅう……最高♥　二人共最高だったわぁ♥」

肉悦に悶え狂う姿に四人のレヴィエラは心の底から嬉しそうな表情を浮かべつつ、腰を引く。口と肛門から、射精を終えた肉棒がジュボンッと引き抜かれた。

「おっぶぇっ！　おぇえぇ！　うえぇぇええ」

「げっろ……げろぉおおおっ!!」

口腔が解放されたことにより、二人揃って白濁液を嘔吐する。

「あらら、もったいない」

たっぷり精液を吐き出した口から漏れる吐息は、自分でもわかってしまうほどに精臭に塗れてしまっていた。

「おっ！　あっ……これっ！　おおお！　こ、これはぁああ!!」

吐き出すのは口からだけでは終わらない。

次に膨れ上がってきたのは――

「も、漏れる……お尻！　おんん！　お、尻から……漏れる！　精液……もれ、ちゃ……い、ますぅう!!」


強烈な便意だった。

下腹が膨らむほど精液を流されたのだ。ある意味浣腸をされたに等しい。直腸に溜まった熱汁が、外に向かって流れ出ようとする。

「おおお！　こっれ、トイレ！　ほひぃいい！　と、いれに……おおお！　トイレにいか、せ……てぇええ!!」

我慢などできそうにない。このままでは精液便を漏らすこととなってしまう。こんな外でだ。そんなの耐えられない。恥ずかしすぎる。

だから懇願した。レヴィエラが敵だということも忘れ、トイレに行かせてくれと請い願う。

「ん？　漏れちゃいそう？　トイレに行きたい？」

「い、行きたい！　行きたいですぅうっ!!」

ショコラが何度も首を縦に振った。シフォンと同じように便意を感じているらしい。

「なるほどなるほど。まぁ、気持ちはわかるわ。外でうんちなんて絶対にしたくないものねぇ。恥ずかしすぎる。

人としての尊厳が死んでしまうわ。うんうん、だから、トイレに行かせてあげる」

パチンッとレヴィエラが指を鳴らした。

それにより、首と手を拘束していた枷が外れる。身体が自由になった。

「あ、こ……これならっ!!」

レヴィエラがこちらの願いを聞き入れてくれるとは思いもしなかった。想定外と言ってもいい。なにか裏があるかもしれない。けれど、それを考える余裕などなかった。

フラつきつつ、二人揃って近くにトイレがないかと動き出そうとする。

「ああ、待った。ちょっと待ちなさい」

そんなシフォン達をレヴィエラが引き留めた。

「行きたいならトイレに行っても構わないわ。でも、私はそれをオススメしないわよ」

ニヤつきながらそんな言葉を向けてくる。

「オススメしない？　ど、どういう意味？」

なんだかとても嫌な予感がする言葉だった。一体レヴィエラはなにを考えているのだろうか？　問いかけつつ、真っ直ぐレヴィエラを見つめる。

それに対する敵の答えは――

「簡単なことよ。トイレに行ったら貴女達……死ぬわよ」

実にシンプルなものだった。

「――は？　死ぬ？」

一瞬頭の中が真っ白になる。言葉の意味が理解できなかった。

「それ……ど、どういう意味……ふっく……んんん……なんですか？」

必死に便意を我慢しているらしく、脂汗を流しながら、震え声でショコラがレヴィエラに意を問う。

「そのままの意味……ああ、とは言っても、死ぬのは貴女達の心だけよ。身体は生き残るから安心しなさい」

「ここ……ろ……だけ……死ぬ？」

「そう、わかりやすく今風に言わせてもらうと――人格排泄ね」

「じ、んかく……排泄？」

呆然とする。やはりすぐには理解できない。しかし、それは僅かな時間だった。言葉を頭で咀嚼（そしゃく）する。

「身体から……心だけがなくなるってこと？」

「そういうことよ。最初に言ったでしょ？　貴女達の身体をもらう、心を殺すって。文字通り、貴女達の肉体をいただかせてもらうわ」

「なっ……や、そんな……そんなの嫌っ！　そんなの……絶対に……いやぁ!!」

血の気が引く。

心だけを殺され、身体を人形のようにされるだなんて、考えるだけで恐ろしさに身体が震えてしまう。

「そうよね。嫌よね。だったら、絶対に排泄をしてはダメ。耐え続けないとね。ずっとずっと、うんちを我慢し続けないとね♪」

悲鳴を上げるシフォンを見て、レヴィエラが笑った。とても楽しそうな顔だ。けれど、悪魔のようにしか見えない。

「が、まんし続けるって……む、無理……そんなの絶対無理……で、すぅう！　でき……る、わけが……ふうっふうっ……な、ない……。そんなの無理ぃ」

ショコラが悲鳴を上げた。

それはその通りだ。排便とは生理現象なのだ。耐え続けることなどできるわけがない。

「確かにその通りね。ずっと我慢なんてできるわけがない。つまり、貴女達は助からない。貴女達はうんちになって死ぬの」

まさに死刑宣告だった。

「う、んちになって……死ぬ？　やだ、そんな……そんな死に方絶対に嫌だぁ！」

怖気が走る。人としての尊厳などない。考え得る限り最も残酷な死に方としか思えなかった。

「死にたくない？」

「し、死にたくないっ!!」

「死にたくないですぅっ!!」

問いかけに対し、相手が敵だということも忘れて、死にたくないと訴える。縋るような視線さえ向けてしまう。

「そっか、まぁ……それはそうよね。だったら、貴女達に助かるチャンスをあげましょうか」

んふふっとレヴィエラは楽しそうに微笑んだかと思うと、パチンッとまたしても指を鳴らした。

「え……あっ！　うぁあああああ!!」

「なに？　あ、熱い！　これ、か……らだが……熱い！　はぐうう！　すっごく……あつ、い……のぉおおっ!!」

途端に身体――下腹部が燃え上がりそうなほどに熱く火照り始めた。ジンジンと疼きもする。それと共に股間から、メリメリッと音を立てて、ペニスとしか言えない肉棒が生え、伸びた。

「な、これ……おち……んんん！　おちんちん!?」

長さ二〇センチ近い肉槍が、シフォンとショコラの下腹にて屹立する。ペニスをくっつけられたという感覚ではない。身体の一部だ。自分の身体から伸びているものだということがハッキリ認識できた。

同時に強烈なもどかしさのような感覚が走る。

この肉棒に触れたい。ゴシゴシと擦りたい――そんな欲望が膨れ上がる。そうした感覚に流されるみたいに、ヘコヘコと腰だって振ってしまった。

「なんですか？　こ、れは……!?」

「なにって……もちろんナニよ。おちんちん、ちんぽ……んふふ、本来ならば男にしかないものを生やしてあげたの」

「な、なんで……一体、なんのために……ですか!?」

「死にたくないんでしょ？　だから、それで助けてあげるの」

イタズラっ子みたいな顔をしてレヴィエラは笑い続ける。シフォン達が戸惑う姿が余程楽しいらしい。

「た、すけるって……どういう……んんん……こ、こと!?」

便意と肉棒のもどかしさに身悶えながら、絞り出すように問いを重ねる。

「簡単なことよ。今から互いのちんぽを刺激し合いなさい。これまで、散々な目に遭ってきたのだから、ちんぽの弄り方はもうわかってるでしょ？　その知識をフル活用して相手を射精させるの。そして……先に射精させた方……そっちの命だけは、助けてあげる」

「——なっ」

レヴィエラの答えは、どこまでも残酷なものだった。

「射精させた方を助けるって……それじゃあ……んんん！　しゃ、せい……してしまった方は？」

「死ぬわよ」

シンプルな言葉が返ってきた。

思考が一瞬消える。ただただ、呆然としてしまう。

「助かるのは一人だけ」

「そ、んなのダメ！　ダメよっ!!　どっちかだけなんて……そんなの……二人一緒じゃないとっ!!」

受け入れられるはずがなかった。

「だ～め♪　一人助けてあげるだけでも本当にすっごい温情なんだからね。どちらかだけでも助かることを喜びなさい。まぁでも、助かるためには相手を射精させないといけないんだけどね。相手の命を吸って、生きるのよ」

「あい……ての……」

ショコラを見る。

ショコラもシフォンを見ていた。

二人揃って呆然と見つめ合う。

（ショコラを殺す？　そうしないと……助からない？）

ずっと一緒に過ごしてきた幼馴染み。子供の頃から家族みたいな存在だ。今では大切な相棒でもある。そんなショコラを殺す？

（無理……できるわけない。そんな、そんなことするくらいなら……し、死んだ方が……）

自分で自分のペニスを握って扱き、射精してしまった方がまだマシだ――そんなことを考える。

「……人格排泄……悲惨よ」

けれど、そうした心を読んだかのように、レヴィエラが囁きを向けてきた。

「ほら、見せてあげる」

同時に近づいてきたかと思うと、シフォンとショコラの頭に手を置き、魔力を発動させた。途端に映像が頭の中に流れ込んでくる。

見えたのは一人の女性だった。

気の強そうな顔をした女性が最初は『こんなの……私は負けないっ‼』と強気な言葉を口にする。しかし、しばらくすると――

『やだ……いやだぁあ……死にたくないっ！　死にたくないぃいいいっ‼　お願い、許してぇええっ‼』

泣きながら許しを請い始めた。

だが、女性がなにを訴えても誰も助けない。救わない。

やがて女性は『おっおっ！　おひぃいいいっ』と悲鳴を上げると共に、尻からぶりぶりとスライム状の便を排泄した。

そして――

『おっおっおっ……』

身体だけが残る。

瞳からは意志の光が消え、本当にただの人形のようにぐったりする。その脇にはほかほかと湯気を上げるスライムが……。

「これが……人格排泄の死に方よ。因(ちな)みに、あのスライムの方に意識は残り続ける。うんちとして生き続けることになるの。ああ、そっか、つまり、正確には死にはしないわね。というか、寧ろ……普通に生きるより長く生き続けられるかも。だって、スライム便には寿命がないから。でも、生きていて、意識はあっても……なにもできない。動くこともできず、ただそこにあるだけの存在になる。それでもいいの？」

「そ……れは……」

便として、ただ存在し続ける。

考えるだけで身が震えた。あまりにも怖すぎる。

「生きたいでしょ？　うんちになんてなりたくないでしょ？　だったら、自分がなにをすべきか……わかるわよね？」

ボソボソと耳元で囁きが重ねられ続けた。

改めて、ショコラを見る。ショコラのペニスへと視線を向ける。

対するショコラも、シフォンの肉棒を見ていた。

（やりたくない……。ショコラを殺したくなんかない。そんなことをするくらいなら、自分が……。でも、ああぁ……でも、やだ。やだぁあ！　あんな、うんち……うんちなんかになりたくない）

生きたい。生きたい――そればかり考えてしまう。

それでも、動き出すことはできない。

しかし、躊躇っている間にも――


ぎゅるっ！　ぎゅるるるるるるぅっ！

「んぉおおっ！　ふほぉおおおっ‼」

下腹が下品な音色を奏でた。途端に便意がより膨れ上がる。肛門がヒクヒクと痙攣し、クパッとゆっくり開き始めてしまう。直腸内に溜まった精液が固形物となって、そんな尻穴に向かって流れ出ようとするのがわかった。

「お……だ、め……くぉおおおっ‼」

慌てて括約筋に力を込める。必死に肛門を引き締めた。

（出る……こんな、少しでも気を抜いたら……漏れる！　我慢とか……む、りぃいいいいっ‼）

便意は強烈だ。耐えられそうにない。

「おおお！　くっほ……だっめ……やだ……出すなんてやだ！　死にたくない……あんな死に方……し、たく……なふぃいい！　おおお！　くほぉおお‼」

ショコラも同じような状況らしい。どこまでも必死な顔で便意に抗っている。そんな彼女の下腹では、ガチガチに勃起したペニスがビクンッビクンと震えていた。

（あれを……しゃ……せいさせれば……）

少なくとも自分は助かる。あんな最低で最悪な死に方をしないで済む。

（でも、それは……ショコラを……みふゆちゃんを……）

自分が殺すことになるのだ。そんなことができるのか？

「な、なっちゃん……おおおっ……くほぉおお……」

迷いに迷っていると、ショコラが絞り出すように名を呼んできた。

「な……なに？　ふぐぅうう……」

「……しよう。お互い、射精……させ合おう」

「なっ……でも、それは……」

「わかってる。私がなっちゃんを……なっちゃんが私を殺すことになるんだってことくらい……。でも、でもね……やらないと二人共、死んじゃう……。どっちも死んじゃったら……だ、れが……んふぅう！　誰がこの世界を守るの？　みんなを……守るの!?　だから、だからね……私達は、どちらかだけでも生きないといけ……ないの……」

「それは……」

確かにその通りだと思った。

なにもせずにいれば、二人とも便になって終わるだけだ。そして、自分達が死ねば、帝国を止める者がいなくなる。そうなれば世界は終わりだ。みんな死ぬことになる。死ななくとも帝国の奴隷にされてしまう。

だったら、それなら、どちらか片方は生き残るべきなのだ。

（わたし達は死んじゃいけないんだ。一人だけでも生き残らないと……。それが、世界のため……みんなのため……そう、みんなのためなんだ。だから……だから……）

したくないこと、辛いことだってやらなければならない。それがショコラを殺すことであっても……。

みんなのためという言葉が免罪符だった。

地面にへたり込んだ状態のまま、ショコラのペニスを見る。ショコラもシフォンのペニスを見つめていた。

そして、二人はどちらからともなく、互いの肉棒に手を伸ばした。

「はおっ！」

「んぉおおおっ‼」

ギュッと肉棒を握り合う。

ショコラの手の平でペニスが包み込まれた。柔らかな感触が伝わってくる。肉棒を握られただけでしかない。だというのに、まるで全身を抱き締められているかのような心地よさが走った。強烈な性感が走る。全身から力が抜けそうになるほどの快感だった。

そうした刺激に後押しされるように、強烈な尿意にも似た感覚が根元から肉先に向かってわき上がってくる。

（な、に……これ、なんか出そう！　おしっこ出ちゃいそう‼　まさか、これが……だっめ！　出すのはダメぇええっ‼）

本能的にわき上がってきたものが射精感だということを理解する。出したら終わりだ。出したら死ぬことになる。必死にその感覚を抑え込んだ。

「おっ……ふっ！　くっふ……んふぅううっ‼」

頭がおかしくなりそうなくらいのもどかしさに、全身と肉棒をビクンッビクンッと震わせる。もちろん、その快感に後押しされるように、便意もこれまで以上に膨れ上がってきた。

「おんんんっ！」

が、漏らすわけにはいかない。肛門を引き締め続ける。

そうした反応は――

「あおおお……これ……なんか、出ちゃいそう……んっく！　くふっ！　んふぅううっ！　ふうっふうっ……ふぅうっ‼」

ショコラも同じだった。

必死に口唇を閉じ、なにかを我慢するような表情を浮かべている。自分と同じようにわき上がってきた射精感に抗っているのだろう。

（凄く……ショコラ……みふゆちゃん、凄く必死だ……。こ、これなら……）

もう少し刺激すれば、射精まで導けるかもしれない。

（でも、それをしたら……）

ショコラが死ぬことになる。

一瞬躊躇いも覚えた。

しかし、そうした心を嘲笑うように、グギュルルルルッと下腹が下品な音色を奏でる。直腸から便が、自分の心が、排泄されそうになってしまう。

「くほぉおおおおっ！」

（だっめ……やらないと……やらなくちゃぁああ！）

ショコラのペニスに対する刺激を止めるわけにはいかない。そうなったら死ぬのは自分だ。便になるという最期──絶対にそんな死に方はしたくない。

（どっちかが生き残るため……だから、だから……）

「ごめん。ごめんね……みふゆちゃん……ごめん」

何度も相棒に謝罪しつつ、更に強く肉棒を握り締めると、シコッシコッシコッと上下に扱き始めた。

「おっひ！　ほひぃいいっ!!」

途端にショコラの口からマヌケと言っても過言ではないような悲鳴が漏れる。手の中でペニスが激しく震えた。

「おおお！　こっれ、すごい！　これが……おっおっ！　これがおちんちんのか、快感っ♥　ほひぃい！　しゅごい！　これ、しゅごいのぉお！　少し擦られるだけで……感じる！　わたひ……きもぢよぐ……なっぢゃうのぉ♥」

手の動きに合わせて肉棒がより肥大化する。伝わってくる熱気も強く、大きなものに変わった。

（凄い反応……これなら……）

もう少し擦るだけで射精に持っていけそうな気がする。

しかし──

「ふううう……わ、私だってぇえ!!」

シフォンに負けてはいられないとばかりに、ショコラも肉棒を扱き始めた。根元から肉先までを擦り上げてくる。しかも、ただ扱いてくるだけでは終わらない。時には強く握ったり、時には優しく揉みほぐしたり、時には肉先から分泌が始まった先走り汁を、指で伸ばすようにペニス全体に擦りつけてきたりもした。

「うっそ！　これ……おおお！　すごっ！　気持ち……いひぃいいっ♥」

愛撫に合わせて思考さえも蕩けそうなほどの快楽が走る。

（これ、上手い……どこを、どう弄ればおちんちんがかん……じ、るのかを……おっおっおっ！　し、知ってるみたいな動き！）

的確にペニスの敏感部が責められる。

大きく開いたカリ首を指でなぞるように刺激されると、必死に抑え込んできた射精衝動が、どうしようもないくらいに肥大化を始めた。

（そ、そうか……みふゆちゃんは、どうすればおちんちんが気持ちよくな、るのかを……理解してるんだ）

自分が知らないところでショコラは大勢の男達に犯され続けていた。奉仕を強要だってされていたはずだろう。だからこそ、肉棒への奉仕を理解しているのだ。

（だっめ……これは……このままじゃ……）

対するシフォンは経験が乏しい。陵辱はされてしまったが、ショコラほど長い期間ではない。

（みふゆちゃんは何度も犯されてきてる。だから、もしかしたら快感を耐える術だって知ってるかもしれない。そうなると……）

勝ち目は薄い。

先程見せつけられた女性の心が排泄される様を思い出す。

（や、だ……あれは、あんなのは嫌っ！　勝たないと……わたし……勝たないと！　あんなの絶対嫌なのぉ!!）

人格排泄からは絶対に逃れたい――思考がそれだけに染まっていく。

だから扱く。これまで以上に強くペニスを握り、ジュコッジュコッジュコッとより激しく肉槍を扱いて扱いて扱きまくった。

だが、やはり技工はない。本当にただただ、本能のままペニスを擦っているだけに過ぎない。

故に——

「んふうう！　おっおっおっ……くっふ！　んふぅううっ‼」

ショコラは感じてはいるものの、まだ射精までには余裕があるように見えた。

それに対しシフォンはというと——

（でっる！　これ、気持ちよすぎて……出ちゃう！　我慢できない！　おしっこ……みた、いのが……くる！　おちんちん……わき上がってくるのぉお♥　だっめ！　先に出すのはダメ！）

ショコラをなんとしてでも射精させなければならない。そのためにはなにをするべきか？　扱くだけではダメだ。それでは勝てない。であるのならば——

「ごめん……みふゆちゃん……わた、し……あんな死に方絶対、い、や……なの……だから……だからぁあああっ‼」

一つの決断を下す。

ショコラの身体をその場に押し倒した。

「え？　なっちゃん⁉」

唐突な出来事にショコラは驚いた様子で目を見開く。

「こうするしかないの……こうするしか……」

そんな相棒と自分自身に言い聞かせるようにブツブツそう呟くと共に、ショコラの肉先に自分の秘部を押し当て、腰を落とした。

じゅっずぶ！　ぶじゅぶぅううっ！

「おっひ！　おんんっ！　ふほんんっ！　は、いる！　みふゆちゃんのがわたしのな、かに……挿入って……くるぅ♥　んぉおおっ！　いいっ！　きもぢ、いひぃいいいっ♥」

蜜壺でショコラのペニスを咥え込む。

下腹に強烈な熱気が広がった。膣道が内側から押し広げられていく。膣中がペニスの形に変えられるのを感じた。肉棒の凹凸が膣壁越しに伝わってくる。その感触が、頭がおかしくなりそうなほどに心地いい。身体はどこまでも敏感になってしまっていた。

（い……きそう……でも、それは……ダメぇえっ!!）

当然のように絶頂感がわき上がってくる。けれど、必死に抑え込んだ。達してしまえばきっと射精もしてしまう。下手をすれば排泄だってしてしまいかねなかったからだ。

故に抗う。快感に抵抗しながら、ギュギュギュッとシヨコラのペニスを強く秘部で締めつけた。

「おひぉおおっ！　ぅぞっ！　これ、うぞぉおっ!!　はいってる！　はいっぢゃってるのぉお！　なっちゃんの……なっちゃんのおまんこにおちんちん――ちんぽがぁあっ♥　ふひぉおおっ！　いいっ！　こっれ、気持ち……よしゅぎるぅ！　ダメ！　なっちゃんこれダメぇえ！　出ちゃう！　おっおっおっ！　わたひ……こんにゃの……よすぎて……簡単にだ、し……ちゃう！　射精しちゃうから……抜いて！　お願い抜いてぇええっ♥」

相棒の表情が愉悦に歪む。射精しちゃうという言葉を証明するかのように、膣中(なか)の肉棒もより肥大化し、ビクンビクンッと痙攣を始めた。

「ごめん……みふゆちゃん……んん！　くっふ！　んふぅううっ!!」

できることならば願いを聞いてやりたい。だが、それをすれば自分が死ぬことになる。

「ごめん……ごめん……ごめんっ!!」

謝ることしかできない。

謝り、快感と便意に抗いながら、より強い快感を肉棒に刻み込むべく、腰を振り始めた。

ばちゅんっ！　ばちゅんっばちゅんっばちゅんっ!!

「んっお！　ほぉおおっ！　いいっ！　おっおっおっおっ――ほぉおおっ♥」

獣のような悲鳴を上げ、便意を必死に抑え込みながら、性器に性器を叩きつける。子宮口に届くほど奥にまでペニスを呑み込むたび、ギュッギュッギュッと蜜壺を収縮させて、竿全体を締めつけもした。

「締まる！　おまんこ締まるぅっ!!　なっちゃんの膣中……きつすぎて本当にで、ちゃぅぅう！　あああ、ダメ！　やだっ！　それはやだっ！　死にたくない！　あんな死に方……わた、し……したくないのぉ!!　ごめん……ごめん……なっちゃん……ごめんねぇえ!!」

シフォンの激しい責めに対し、ショコラは謝罪の言葉を口にした。それと共にエナジーを手に集束させる。

（な……なにを？）

この状態でなにをするつもりなのか？

そう考えた瞬間、集まったエナジーが一つの物体を作り出した。

ゴムでできたカップのようなものだ。色はピンク色であり、形は円筒である。生やされてしまった肉棒よりも多少大きい。そして、円筒には穴が空いていた。その穴の形は、まるで膣のようにも見えるが、一体なんなのだろうか？

「そ、れは？」

腰を振り、膣奥を叩きつつ、問うた。

「こ……れはね……こう使うのっ!!」

疑問に答えるように、ショコラがカップをペニスに近づけてきた。カップの底部分には穴が空いている。そして――

じゅずっぷ！　じゅぐぶぅううっ！

「んほぉおおおおっ♥」

その穴に、シフォンのペニスが呑み込まれた。

「にゃに……これ、にゃにぃいいっ♥」

カップの中はヌルついている。内部には幾重にも重なったヒダヒダがあった。それらがペニスに絡みついてくる。手で握られている以上の心地よさが走り、反射的に射精しそうにもなってしまった。

「んふううう！　こ、これってぇ!?」

　なんとか抗いはする。けれど、少しでも気を抜けば簡単に射精させられてしまうだろう。一体これはなんなのか？

「こ、これは……オナホール……だよ、なっちゃん。ちんぽを気持ちよくするもの……。男子達に何度も犯されてる時、こういうのがあるってこともぉ……んんん！　教えぇ……られ、たの……。ほ、ほら……おっおっおっ！　気持ち……んふぅうう！　き、もち……いいで、しょぉおっ!?」

　じゅぐ！　じゅずっぷ！　ぐっじゅぶ！　じゅぶっじゅぶっ――じゅぶぅっ!!

　挿入だけでは終わらない。ショコラはオナホールを上下に動かし始めた。ペニスを繰り返し擦ってくる。

「ふほぉおお！　こっれは……これはぁあああっ!!」

　快感が更に肥大化した。数度擦られるだけで、簡単に射精しそうになってしまう。これまで以上に強烈な射精感がわき上がり、肉棒が激しく跳ね回り、打ち震えた。

「でっる！　これは……出ちゃぅうっ!!」

「だ、出して……なっちゃん……射精してぇえ!!」

　射精を促すように、抽挿速度が上がる。刻まれる性感のまま、流されるがままに、精液を撃ち放ってしまいたくなった。

「だっめ！　死にたくないのぉおっ！　だ、から……だから……おおお！　んぉおおおっ♥」

　けれど、耐える。必死に抗いながら、射精感を誤魔化すように、これまで以上に激しく腰を振り、より奥深くまで肉棒を呑み込んだ。

「ほひぉおお！　吸いついてきてる！　ちんぽのさ、きっぽ……に……おひぉおお！　なっちゃんの子宮がぎゅうううってぇえ♥　んひいい！　よすぎる！　凄すぎるぅ♥　でっちゃう！　こんなの出ちゃうのぉお♥」

「出して！　みふゆちゃん……射精すのぉおっ！」

　腰を振るとそれに合わせて自分の肉棒だって動いてし

まう。オナホールの刺激がより強くなってしまう。それでも、ショコラを責めることを優先する。

あんな死に方はしたくない——ただ、それだけを考え、絶頂感に抗い続けた。

「だっめ……射精すのは……だ、すのはなっちゃん……なっちゃんなのぉお♥」

そうしたシフォンの強烈な責めに対し、ショコラがオナホの動きを激しいものに変えてくる。ギュウウッとカップ全体を握ることで、ペニスに対する締めつけもよりきついものに変えてきた。

「んほぉおおおっ!!」

バチイッと視界に火花が飛び散るほどの快感が走る。僅かだが尿道口がクパッとオナホの中で開きもしてしまった。

それでもまだ我慢する。我慢しながら腰を振る。相棒を射精させるために……。

(どうして……なんでこんなことになっちゃったのぉおお!?)

生きるために、互いのペニスを責め立て合う。互いを陵辱し合う。

ずっと一緒にいた友達、家族、相棒を……。

自然と眦からは涙が溢れ出してきた。それはショコラも同じだ。ショコラも泣いている。泣きながら、シフォンを責め続けてくる。

なんでこんなことをしているのか？　仲間なのに、家族なのに、どうして？

だけど、でも、それでも——

(死にたくない。死にたくないのぉおおっ!!)

ただ、その思いで、子宮口を開き、亀頭をより奥まで呑み込んだ。

「おおお！　これ、これはぁああ!?」

「出して……みふゆちゃんっ」

同時に肉襞の一枚一枚を竿に絡みつけ、搾り上げた。

「おひぉおお！　で、出る！　これは……でっる！　やだ……やだぁああ！　出したくない！　出したくな、いいい……のに……出ちゃう！　あああ……私……でっる！　出しちゃう！　もう……いっぐ！　いっぢゃうのぉおお♥」

「い、いって……みふゆちゃん……イッてぇええ‼」

グリグリと腰を押しつけ、根元から肉先まで、ショコラのすべてを圧迫した。

瞬間――

「おっ！　ふほぉおおおおっ♥♥♥」

相棒は限界に至る。

ペニスだけではなく全身を打ち震わせ――

どっぴゅ！　ぶぴゅっ！　どっぴゅぅうう！　どっぴゅどっぴゅどっぴゅどっぴゅ――どっぴゅるるるるるるるぅうっ‼

「ほぉおお！　きた！　でってる！　出てる！　ドクドク――みふゆちゃんの熱いの……ででりゅのぉお♥　ふほぉおおおっ♥」

射精が始まった。

ドクドクと凄まじい量の熱汁が子宮内に流れ込んでくる。シフォンの身体に染み込んでくる。

「んぉおおっ！　いいっ！　こっれ、いひぃい♥　膣中出しいい！　な、かだし……気持ち、よ……すぎてぇ！　イクっ！　わたひもイクぅう♥　でりゅ！　おおお！　でっりゅ！　でりゅでりゅ！　わら、ひも……だしゅぅううっ‼」

膣中出しされる感触が快感に変わった。最早抗うことなどできない。いや、射精させたのだ。抗う必要などない。だから、肉悦に逆らいはしなかった。広がる快楽に流されるがままに、シフォンも射精を開始する。

どっぴゅば！　ぶぴゅっ！　どっぴゅるるるるるるるぅうっ！

「んっほ！　おほぉおおおっ♥」

目を見開き、口を開け、舌を伸ばす――アヘ顔としか言い様がないほど無様な表情を晒しながら、ドクッドクッドクッとオナホの中に精液を撃ち放った。

「あああ……きもぢ……いひぃいいい♥」

ただひたすら心地いい。自分のすべてが溶けてしまいそうなほどの肉悦だった。

快感に狂ったように身悶える。

「あおお！　んぉおおおっ」

「とま、りゃなひぃいい♥」

二人揃って、ドクドクドクと、最後の一滴まで、精液をただひたすら撃ち放ち続けた。

あまりに精液量が多いため、結合部から蜜壺で受け止めきれなかった分が溢れ出す。オナホールも同様の有様だった。

「はへぇえええ……」

普段冷静で理知的なショコラが、どこまでも蕩けきった顔を晒す。目をトロンとさせながら、口を開いたその顔は、アホ面と言っても過言ではないほどに無様なものだった。

そしてそれは、シフォンも同様だ。

(きもぢよじゅぎる……にゃにも……考えられにゃひぃいい……)

身体中が脱力する。

結果——

「おっ！　ひぉおおっ！　んぉおおおっ!!」

便意に対する抵抗力も弱まってしまった。これまで必死に直腸内に収めていた汚物が、肛門に向かって流れ出す。溢れ出ようとする。

「はぉおお！　こっれ、漏れる！　もれぢゃうぅう!!」

ショコラも同様らしく、悲痛と言っていい悲鳴を上げた。

「いいわよ。さぁ、出しなさい。そして……その身体を私のものに♥」

そうした有様にレヴィエラが笑う。

「や、約束！　やぐぞぐぅううっ!!」

そんなレヴィエラに、懇願の視線を向けた。

「しゃ……せい、先に……射精させたぁあああ！　だがら、だ、がらぁあ‼　だずげで！　だじゅげでぇええっ‼」

最早意志だけで排便を止めることはできないだろう。となると、レヴィエラの慈悲に縋るしかない。

「ん？　ああ……約束ね。うんうん、そうよね。貴女は射精させた。自分が生きるために大切な仲間から精液を絞り取った。そこまでしたんだから助かりたい……そう思うのは当然よね」

「あ……あああああ……」

自分がしてしまった現実を突きつけられる。しかし、レヴィエラの言葉は事実だった。自分が生きるために、ショコラを……。

「そ、そう！　そうなのぉお！　だ、がら……らがらぁああ‼」

助けて欲しい。助かりたい。

「だ、ずげで……だじゅげであげで！　なっちゃんを……おにぇがひぃっ‼」

すると、そうしたシフォンの願いを後押しするように、ショコラもレヴィエラに対して懇願した。

「み……ふゆちゃん……」

「私……私だって……なっちゃんを射精させようと……し……ほぉおお！　しだのぉお！　だがら、だがらぁあ！　せめて、せめてなっちゃんだげでもぉお！」

「あ……あぁあああ……」

涙が溢れる。

こんなことを言ってくれる本当に大切な友達。幼馴染み。家族で相棒——やはり二人で生きたい。これからもずっと二人で……。

でも、そんな甘いことをレヴィエラは許してはくれないだろう。だから、だからこそ……。

「だずげでぇええ！」

ただただ、救いを求めた。

シフォンのそうした態度に対し、レヴィエラは何故か申し訳なさそうな表情を浮かべた。何故、そのような顔をするのか？　なんだかとても嫌な予感がする。

　そして、その予感は当たりだとでも言うように――

「ごめんなさいね。射精させたら助けるって言ったけど……あれはう・そ♪」

「――は？」

　頭の中が真っ白になった。

「私が貴女達を救うわけがないでしょ。帝国にとって敵となり得るのは貴女達だけなんだから。当然、生かしておくつもりなんてないの。ふふ、だからね、二人仲良くうんちになりなさ～い♥」

　どこまでも残酷な言葉だった。

「や……いやぁあああああ！」

　絶叫する。

　瞬間、更に便意が高まった。

「んっほ！　おぉおお！　んぉおお！　でっる！　これ……でりゅ！　ほぉおおっ！　でっぢゃう！　うんぢ……うんぢがでぢゃうのぉ!!」

「わかる！　こっれ、自分が……わた、しが……うんちになって……外に……出ちゃいそうになって、る……のが、わかるぅう！　やだ！　やだぁああ！　うんちになりたくない！　なりたくないですぅう!!　だずげで……おにぇがひしまじゅ……だじゅげでぐだざいぃいいい！」

「死にたくない！　死にたくないぃいいっ!!　許して！　お願いだからぁ！」

　二人揃って何度もレヴィエラに懇願する。

　世界を守ってきた。みんなを守ってきた。怖かったけれど、それでも必死に頑張ってきた。なのに、それなのに、こんな最期あり得ない。こんな終わり方だけはしたくない。

「お願い！　うんちになりたくないのぉお！　らがら……らがらぁあ！　せめて、せめて……普通に殺してぇええ!!」

　心からの絶叫だった。

「だ～め♪」

しかし、どこまでも敵は残酷で……。

「ふぉおお！　も、こっれ……我慢……で、きなひぃい」

肛門が内側から開いてしまう。それに合わせてゼリー状のスライム便がムリムリムリッと顔を出した。

「おおお！　やら……お願い……なんでも、にゃんでもじまずがら、これだけは……これだけはゆるじでぇえ！　おっおっおっ！　やっだ、出る！　ほんどに……で、ぢゃうのぉお！」

ショコラも同じように尻穴を拡張させる。

それでも二人揃って必死に括約筋に力を込め続けたのだが、そんなもので止められるはずがなかった。

「お……もう……」

「ら……めぇえええ！」

二人揃って限界に至る。

そして――

「ふほぉおお！　でりゅ！　うんぢ……でりゅ！　でりゅでりゅ……でぢゃう……のほぉおおおっ!!」

「おもらじ……うんぢ……おもらじぃい！　ふっほ！　おほぉおおおっ!!」

ぶっり！　ぶりぶりぶり――ぶりりりりりりぃいいいっ!!

排便が始まった。

二人の肛門から極太スライム便が排泄される。

「おおお！　いいっ！　ごれ、ぎもぢ……いひぃい♥」

「しにゅ！　ほんどに……しにゅうぅ！　にゃのに……それ、にゃ、のにぃい！　死ぬのに……きもぢが、い、ひ……のほぉおお♥　いいっ！　いいっ！　いっひぃいいいいっ!!」

自分の心が身体から離れていくのを感じた。だが、それがとてつもない解放感、絶頂感へと変換され――

「おおお！　いぐっ！　いぐっ！　いぎゅうううう♥」

「おっおっおっおっ――んぉおおおお♥♥♥」

二人は同時に達した。

身体中が快感に包み込まれる。

そして、二人の意識は真っ白になり、飛んだ……。


(え？　あ……え？)

それからどれだけの時間が過ぎただろうか？

シフォンは意識を取り戻す。

(なにが……起きて？　わたし……死んだんじゃ……)

ここは死後の世界なのだろうか？　戸惑いながら周囲を見る。

すると、目に飛び込んできたのは……。

「おっ♥　おっ♥　おっ♥　おっ♥　おぉおおお♥」

四つん這い状態で男に犯され、獣のような声を漏らしている自分の姿だった。

いや、自分だけではない。

「あっひ……ふひぃいい♥　ひっひっ……ひぉおおっ♥」

その隣ではショコラも犯されている。

(なんなの、どういうことなの⁉)

戸惑いつつ、男を自分から引き剥がすために動こうとした。だが、動けない。意識はあるのに身体が自由にならない。

(なんで⁉)

戸惑いつつ、周囲へと視線を走らせる。すると、鏡を見つけた。自分の姿だって映っているはずだ。一体なにが起きているのか？　鏡で自分自身を確認する。

(……嘘)

そして、絶望した。

映っていたのは赤いスライムだったからだ。

ドロドロのゼリーみたいな気持ちが悪い存在、それが自分だということを理解する。

そして、そんな自分の隣には、青いスライムがいた。

(み、みふゆちゃんっ⁉)

それが大切な相棒だということにすぐに気付く。

しかし、口がないので話すことはできない。身を動かすこともできない。当然ショコラも同様だ。相棒も話さない。身体を動かしもしない。ただただ、そこに存在しているだけだ。

生きている。生きているのになにもできない。

(こんなの……こんな……これじゃあ……)

死んでいるのと変わらない。

絶望感に包み込まれる。

「お、よさげなオナホがあるなぁ」

すると、四〇代くらいの頭がはげ上がり、身体をでっぷりと太らせた一人の男が近づいてきた。その男がシフォンを手に取る。

(なにを!? は、放し! 放して! 放してぇええっ!!)

心の中で絶叫する。

だが、当然男に届きはしない。

男はシフォンが意識を持っているなどとは到底思っていない様子で勃起した肉棒を剥き出しにしたかと思うと、容赦なくスライムの身体に突き入れてきた。

「おほぉお! この生温かいゼリーの感触が堪らん!」

男が歓喜する。

(やっ! いやぁあああああ!!)

ペニスを突き入れられる――あまりにおぞましすぎる事態だった。

だが、なにもできない。なにも……。

ただ、性玩具のように扱われる。

肉体も、スライムとなった心も、ただただ、道具として……。

「ふひぃい、ちんぽに絡まるぅ」

男はただただ気持ちがよさそうだ。

シフォンからするとひたすら気分が悪いだけである。

伝わってくる肉棒の感触にひたすら嫌悪感ばかりが膨れ上がった。快感すらない。だというのに、吐き気はこみ上げてくる。それほどに気持ち悪いのだ。

(やめて! やめてぇええ!!)

絶叫する。

どんなに叫んでも届きはしない。

「くっそ、みふゆは俺の女だったのによぉ。変なおっさんに先を越された。仕方ねぇ。俺もこれを使うかぁ」

シフォンの悲痛に気付くことなく、新たな男がやってきた。

見覚えがある男である。名前は柏木——同じ学校の男子生徒であり、ショコラを犯していた男だ。

柏木は青のスライムオナホール——深冬を手に取ると、ガチガチに勃起した肉槍をジュボッと突き入れた。瞬間、ブルンッと僅かだが青いスライムが震える。ショコラの絶叫が、苦しみが伝わってくるような動きだった。

しかし、そんな深冬を思う余裕は今のシフォンには存在しない。

(もうやめてぇえええ)

自分の中で肉棒が蠢いている。全身にペニスが混ざってくるような感覚に、ただひたすら絶望するしかない。

「はぁああ……このオナホ、無茶苦茶きついのがいいな。処女を犯してるような気分で最高だぞぉ」

うっとりと男が笑う。最高という言葉を証明するかのように、シフォンを犯すペニスは更に大きく、硬く、熱く、滾っていった。

「へぇ、こっちのオナホは包み込んでくるような感覚が堪らないって感じだ。結構道具によって違うんだなぁ」

柏木が興味深そうに呟きつつ、肉棒をこれまでよりも大きく膨れ上がらせた。

「やっべ、出そう」

「俺もだ」

二人が限界に達する。

(出すって……やめて！　それだけはぁああ！)

これまで以上に叫ぶ。

が、やはりどんな絶叫も届くはずもなく、ドクドクと精液が撃ち放たれた。

(出てる！　染み込んでくるぅう！)

熱汁が注ぎ込まれる。自分の全身に白濁液が染み込んでくる感触が耐え難い。けれど、なんの抵抗もできない。

ただ、ゴクゴクと精液を飲み干すことしかできなかった。

「吸ってる。このオナホ、ザーメンを吸ってるぞ」

「マジだ。すげぇ、ほら、見ろよ、引き抜いても全然精液零れないぞ。わざわざ洗う必要ないのか？　今時のオナホってこんな機能もついてるんだなぁ」

「そりゃそうだろ。二十一世紀だぞ！」

「いや、二十世紀生まれのおっさんの感想とか理解できないから」

柏木と男がくだらないことを言い合いつつ——

「まぁ、こういう機能がついてるなら、そっちも試したい。交換しよう」

などと口にした。

「おっさんとオナホシェアとか最悪なんだけど……でも、まぁいいぞ」

二人は軽口を叩きながら、シフォンとショコラを交換する。本当にただの道具のように……。

（やだ……助けて！　こんなのやだっ！　なんで、どうしてこんな目に遭わないといけないの⁉　悪いことなんてなにも……なにもしてないのに、なんでなの？　どうじでなのぉおお⁉　誰か……誰か助けて！　みふゆちゃん！　れ……レヴィエラでもいい！　お願いだから助けてぇええっ‼）

相棒だけではなく、敵にさえも救いを求める。

しかし、誰にも届かない。どんなに叫んでも、誰にも気付いてもらえない。

（やだ……やだ……やだぁあああああっ‼）

ただただ絶望が広がる。

終わることがない、永遠に続く地獄……。

（助け……お願い……助けてぇえええええっ！）

エクセルシフォンとエクセルショコラは、これからも永遠に生き続ける。

ただの物体として……。

描き下ろし

これはあり得た別の世界線……。


街の中心地がエルゴネア帝国に襲われた。

学校からの帰り道、偶然この現場に居合わせた菜月は人々を守るためにエクセルシフォンへと変身したのだが――


「うっく……くぅうう……」

呻き声を漏らしつつ、シフォンはガクッと膝を突く。

全身に痛みが走っている。変身服もボロボロだった。あちこち破れ、ショーツや乳房だって丸見えになってしまっている。

「うふふ、いいザマねぇ」

そんなシフォンの目の前に、レヴィエラが立つ。特徴的な紫色の髪をなびかせ、大きな胸をたゆんっと揺らしつつ、勝ち誇るように笑った。

「一人だけだとこんな程度なのね」

「くっ！　まだ……まだわたしはっ!!」

ショコラは委員会活動があり、まだ学校にいる。別行動になってしまった結果、敵の数に押し負けてしまった。

それでもなんとか立ち上がろうとする。負けるわけにはいかないのだ。ここで自分が負けたら、大勢の人々が不幸になる。それに、ショコラだって危ない。

「その状態でもまだ立ち上がろうとするのね。うふふ、それこそが貴女の本当の強さといったところかしらね？　で～も……んっふふふ、貴女はもう終わり。その強さを私の……エルゴネア帝国のために使ってもらうわよ」

「どっ……どういう意味!?」

「簡単なことよ♪」

微笑むと共に、パチンッとレヴィエラが指を鳴らした。

その音に反応するように、シフォンの真下に魔法陣が出現する。

「なっ――これはっ!?」

「エクセルシフォン……さぁ、変わりなさい」

カアアアアッ!!

魔法陣が闇の輝きを放った。

「あっ！　うあっ！　うぁぁあああ！」

その輝きにシフォンの身体が包み込まれる。

そして、光が止むと共に――

「イイイイイッ!!」

シフォンは奇声を上げた。

（え？　なに？　どういうこと!?）

意識はハッキリしている。なのに、勝手に声が漏れてしまった。

いや、それだけではない。

（動けない……。なんなの？　身体が勝手に……）

自分の意思に反し、身体が動き出す。キビキビとした動きで、シフォンは立ち上がった。

（なにが起きてるの？　痛みも全然感じないし……）

レヴィエラに与えられたダメージも消えている。自分の身に一体なにが起きているのだろうか？

（え……あ、なにこれ？）

ビルのガラスに映る自分の姿が視界に飛び込んできた。

そして、思わず目を見開く。

理由は単純だ。自分の姿が変わっていたからだ。

これまでのエクセルシフォンのものとは違う。

髪の色こそ変身状態のままだったが、身に着けているものは膝丈くらいまでの黒いズボンに、上半身は茶色いベルトのようなものをX字に装着している――というだけのものだった。

白い肌は剥き出しだ。いや、ただ肌が出ているだけではない。乳房だって丸見えである。

そして顔には黒いサングラスのようなもの……。

（これって……確か、エルゴネア帝国の……）

そうだ。この姿は知っている。

レヴィエラや怪人達が街を襲ってくる際に、いつも引き連れている戦闘員の姿だ。

(なんで……なんでわたしがこんなっ⁉)

思考は当然疑問に満たされる。ほとんどパニック状態となってしまう。

「イイッ！　イイイイッ‼」

しかし、まともに言葉を発することはできない。漏れ出てしまうものはひたすら奇声のみだった。

「あっははははは！　いいザマ！　いいザマねエクセルシフォン」

そんなシフォンの姿を、レヴィエラがゲラゲラと嘲笑してくる。

(なにを……なにをしたの？　わたしになにをしたのよぉおおっ！)

「なにをされたのか気になる？　簡単なことよ。私の魔術で貴女を栄えあるエルゴネア帝国の尖兵に変えてあげたの。我が帝国のために、この世界の人間を襲い、上質なエナジーを集めなさい。それが貴女の仕事……あっはは……あはははははは」

レヴィエラはどこまでも楽しそうだ。

対するシフォンは（しない！　そんなことしないっ‼）と頭の中ではレヴィエラの言葉を拒絶しつつも――

「イイイイッ‼」

身体では下された命令に応えるように、右手を突き上げた敬礼ポーズを取ってしまうのだった……。

＊

「助けて！　助けてぇえ！」

「うわぁあああ！」

街のあちこちで悲鳴が上がっていた。

エルゴネア帝国の戦闘員達が暴れ回っていたからだ。

「酷い……こんなの絶対許さないっ‼」

偶然この場に居合わせた深冬は、ギリッと奥歯を噛むと共に「エクセルチェンジッ」と変身ワードを口にすると、エクセルショコラへと変身を遂げた。青い髪に碧いリボン、そして腕にはゴツゴツのナックルを装備した変身ヒロインがここに降り立つ！

「世の闇を凜然と斬り裂く眩い光！　エクセルショコラですっ‼」

名乗りと共に走り出すと――

「リボルビングブローーッ‼」

力を込めた拳を振るい、何人もの帝国戦闘員を一撃で吹き飛ばした。

「おお！　凄い‼」

戦闘員に襲われていた人々が歓声を上げる。

「今のうちに逃げてくださいっ‼」

「ああ……ありがとうっ‼」

すぐさま人々は逃げ出していった。

ショコラは一人、この場に残される。

「おおおおっ‼」

そんなショコラを無数の戦闘員達が取り囲んできた。

その数は二〇近くいるだろう。一人で相手をするには少し多く感じる数だ。

（……なっちゃんがいてくれたら……）

いつもはほとんど常に一緒にいるというのに、今日に限って別行動だった。学級委員の仕事があり、深冬の帰りが遅れてしまったからだ。菜月は待つと言ってくれたのだが、申し訳なくて固辞してしまった。そのせいでこんな事態に……。

（でも、大丈夫。すぐになっちゃんだってきてくれるはず。それまでは私が時間かせ……ぎ……を……ええっ⁉）

思考は途中で中断された。

驚きで目を見開いてしまう。

その理由は単純だ。

戦闘員達の中に、一人だけ女性が混ざっていたからだ。

いや、女戦闘員自体は珍しくはない。これまで何度だって戦ってきている。けれど、今、この場にいる女戦闘

員は、これまで戦ってきた相手とは明らかに異なってい
た。その理由は服装だ。
これまで現れた女戦闘員は、女戦闘員専用の水着とか
ボンデージみたいな服装だった。だというのに、目の前
の女戦闘員は、男戦闘員と同じ服装をしている。結果、
乳房が丸出しという状態だった。
少し控え目な胸に、キュッと引き締まった括れがハッ
キリと確認できる。ツンッと少し上向きがかった白い胸
の先端をピンク色の乳首が鮮やかに染めていた。
(恥ずかしくないの？)
敵ではあるが、そんなことを考えもしてしまう。
(というか……どこかで見覚えがあるような……)
初めて見る気がしない。どこかで見たことがあるよう
な……。
(というか……あの髪色、なんか少し……)
ピンクの髪、シフォンに似ている——そう思ってしま
った。けれど、シフォンがあんな格好をするわけがない。
シフォンがエルゴネア帝国の戦闘員に紛(まぎ)れているなどあ
り得ない。
(でも、それでもやっぱり……)
似ている気が——
「うぉおおおおっ‼」
だが、それ以上女戦闘員について思考する暇などなか
った。
戦闘員達が一斉に突撃してきたからだ。
(……今は、戦闘に集中‼)
自分に言い聞かせると、拳を強く握り締め——
「パニッシュメントハンマーッ‼」
力を解き放った。
集束させた碧いエナジーを、ハンマーのように振り下
ろす。
ドガアアッ‼
「うがぁぁあああっ！」
その一撃だけで、数人の戦闘員達が吹っ飛んだ。

「まだまだですっ!! フレイムスマッシュッ!!」

数人倒したところで安心などしない。今度は自分から戦闘員達に飛び込み、技を放つ。敵は反応する暇さえなく、次々と倒れていった。

(ただの戦闘員程度なら、私一人だって!!)

怪人が相手でなければ問題はない。これならば菜月がくるまでの間、街を守ることは可能だろう。

「ダイビングバックドロップッ!!」

掴んだ戦闘員の一人を、数人の敵の塊に向かって投げた。敵集団はその直撃を受け、まるでボウリング場のピンのようにぶっ飛ぶ。まさにエクセルショコラ無双と言っても過言ではない状況だった。二〇近くいた敵は、あっという間に一人を残すだけとなる。

一人――そう、あの女戦闘員だ。

「イイイイッ!!」

女戦闘員は奇声を上げ、ショコラを睨みつけてくる――とはいっても、黒いサングラスのようなものをつけているため、実際の目線を確認することはできないのだが……。

「後は貴女一人です。もう、無駄な戦いはやめてください」

敵とはいえ女性一人だ。なんとなく警告を発する。

それに対し女戦闘員は「キイイイイッ」と再び奇声を上げると、逃げることなくショコラに向かって突っ込んできた。

「やっぱりそうなりますか……。だったら、すみません。倒しますっ!!」

向かってくる以上は容赦しない。街を守るためだ。

「はぁああ! ダッシュグラップルッ!!」

ショコラの方からも女戦闘員に向かって走る。両腕を広げ、敵の身体を掴もうとした。

だが、戦闘員の肩を掴もうとした刹那、敵はまるでその動きを読んでいたかのように、僅かに身を捩った。

「なっ!?」

伸ばした腕が空を切る。その上、女戦闘員を懐に入れることとなってしまった。

（でも……まだっ!!）

この状況からでもできることはある。

「フォースジャベリンッ!!」

エナジーを爆発させる。超至近で力を解放することで、接近してきた敵を吹き飛ばそうとしたのだ。

「キイイイッ」

しかし、女戦闘員はこの動きさえ読んでいたらしい。ショコラの力が発動するよりも速く、タンッと後方に飛んだ。

「え……嘘っ!?」

解き放った力は空振りとなってしまう。フォースジャベリンは緊急避難のための技だ。接近した敵を吹き飛ばすことで、体勢を立て直す時間を得るための技だ。それが回避されてしまった。

（まずいっ！）

すぐに体勢を立て直そうとする。

「キイイイッ!!」

だが、女戦闘員の行動の方が速かった。

またしても奇声を響かせながら、ショコラへと体当たりしてきた。

「あっぐぁあああああっ!!」

体勢が崩れてしまっていたので避けられない。思い切り突進の直撃を受け、ショコラは吹っ飛ばされてしまう。そのまま地面に打ち据えられたことで、勢いのまま何度もバウンドし、全身に強い痛みが走った。

「く……ま、まだっ!!」

それでもまだ動けないほどではない。すぐさま立ち上がろうとする。

しかし、それは許さないとばかりに、女戦闘員が倒れたショコラの背中を押さえつけてきた。いや、それだけではない。

「キイイイッ!!」

バチイイイイッ!!

「あっが……がぁあああっ!!」

女戦闘員が電流を流し込んできた。凄まじい衝撃が走る。痛みと共に全身が痺れてしまった。これではまともに動くことはできそうにない。

「キッキッキッ」

ぐったりとしたショコラを見て、女戦闘員は笑う。

すると、その笑みに反応するように女戦闘員の股間部が光り輝いたかと思うと——

「う……そ、なんで?」

ガチガチに勃起したペニスが出現した。

*

(どうして? なんでこんなものがわたしの身体にっ!?)

女戦闘員——シフォンは、ひたすら心の中で混乱していた。

自分の身体が自由に動かないだけではない。本来ならば女の身体にはないはずの、ペニスが突然生えたのだ。しかも、ただ生えるだけではない。それはガチガチに勃起していた。

長さは三〇センチ近くはあるだろうか？ 亀頭はパンパンに膨張し、肉竿には幾本もの血管が浮かび上がっている。今にも破裂してしまいそうなほどだった。

そんな肉棒をビクンッビクンッと震わせながら、シフォンはショコラの髪を鷲掴(わしづか)みにした。相棒の身体を無理矢理引き起こす。その上で、ショコラの口元へと勃起棒の先端部を向けてしまう。

(なにを……なにをする気なの？ ダメ……ダメだよ！ やめて！ ショコラに酷いことなんかしたくない！ やめて！ やめてぇええ！)

大切な相棒を傷つけるような真似は絶対にしたくない。必死に自分を止めようとする。けれど、なにを思っても、なにを考えても、身体を止めることはできず——

「や……やめっ——あっぼ！　んぼぉおおっ!!」

身体は一切容赦することなく、ショコラの口腔へと勃起棒をドジュボッと突き入れた。

（あっ……なにこれ……あああ……ショコラの口の中……あ、あったかい……）

亀頭が生温かな相棒の口に包み込まれる。途端に感じたものは、間違いなく心地よさだった。相棒の口腔を陵辱するという最低な状況だというのに「はふぅう」とうっとりとした吐息まで漏らしてしまう。

「おっ！　や……やっめ！　やべでっ……おっおっ！　ぐぼぉおっ！」

だが、シフォンとは対象的に、ショコラは苦しそうだ。当然だ。ショコラの小さな口に対し、シフォンのペニスはあまりに大きかった。ショコラのアゴが外れてしまってもおかしくはないレベルである。

（ショコラ……ダメ……これ以上は……くっ！　止まって……止まってぇええ！）

愉悦に溺れるわけにはいかない。なんとか身体の主導権を取り戻そうとする。けれど、やはり肉体は自由にはなってくれない。止まるどころか更にペニスを膨れ上がらせたかと思うと、亀頭を挿入れるだけでは満足できないと言うように、更に腰を突き出した。一気に根元まで、太すぎる、長すぎるペニスを、よりショコラの奥へと挿入する。

「あっご！　んごぉおおっ!!」

ボゴッとショコラの首元が内側から膨れ上がった気がした。相棒の目が見開かれる。相当苦しいのか、半分白眼を剥いてしまってもいた。

（あああ……ショコラ……。こんな……酷い。やだ……したくない！　ショコラに……みふゆちゃんにこんなことしたくないっ!!　お願い……お願いだからやめて！　身体……動いて！　わたしの言うことを聞いて！　本当に……本当に嫌なのぉっ!!　なのに……それなのに……

これ……これ……あああ……なんで？　どうして？　気持ち……いいのぉ？）

まるで自分のすべてがショコラに抱き締められているかのような感覚だった。明らかに愉悦を伴った刺激だ。腰が抜けそうなほどの快楽と言うべきだろうか？　イヤなのに、相棒を苦しめているというのに、心の深い部分では歓喜してしまっている。

唾液がペニスに絡みつく感触も心地いい。とても滑らかな感触にゾクゾクしてしまう。

そうした愉悦を訴えるように、ただでさえ大きなペニスが、更にムクムクと不気味に、淫らに、膨れ上がっていった。

いや、ただ膨張させるだけでは終わらない。

「キイイイイッ‼」

ショコラの頭を掴む手により力を込めたかと思うと、ただ挿入れるだけでは満足できないというように、シフォンは腰を振り始めた。

ずっじゅ！　どじゅっ！　ずっじゅぼ！　どじゅぼっ！　どっじゅどっじゅどっじゅどっじゅ――どっじゅぅううっ！

「あぶぼっ！　んっぼ！　おぼぉおおおっ‼」

まるで性処理玩具でも扱うかのような激しさで腰を振る。肉槍でショコラの口腔を蹂躙する。ペニスでショコラを突き殺そうとしているのではないか？　とさえ思えるほどの勢いだった。

「あっぶぼ！　ごぶぼっ！　ぶっぼぶっぼ――おぶぼぉおおっ‼」

激しい突き込みに合わせ、苦しそうな呻き声をショコラは漏らす。口端からは唾液が沢山溢れ出していた。あまりに痛々しい姿である。見ているだけでシフォンの胸は強く痛んだ。

いや、実際少しだが痛みも感じていた。理由はショコラの歯がペニスに当たるからだ。だが、今のシフォンの肉体は。その痛みさえも快感として受け止めてしまう。

（なんで……どうして？　したくない……。こんなこと、したいわけないのに！　ショコラを苦しめたくなんかない……の、にぃっ!!　止められない。腰が止まらない！　それどころか……あぁあ……なんで？　これ、ショコラの口……おちんちんで……ズボズボってすれば……うふぅう！　するほど……気持ちいいのが……どんどん大きくなる!!）

亀頭に口内の生温かい息が吹きかかる感触がいい。ショコラの鼻息を下腹に感じるだけで、身体がより熱くなっていくのを感じた。

そうした愉悦を身体で訴えるように、一突きごとにペニスを肥大化させていく。燃え上がりそうなほどに肉棒を火照らせていく。

（おおお！　なんか……これ、なんか……おしっこ！　わたし……はふぅう！　お、おしっこをしちゃいそうに……なってる……。なんか……凄くゾクゾクして……ああ……熱いのがわき上がってくるぅ!!　なんなの……これって……なに？　まさか……はぁあ……ま、まさかぁああ……）

膨れ上がってくる感覚の正体はなんなのか――性に関しては最低限の知識しか持っていないシフォンでもすぐに想像することができた。

（しゃ……せい？　わたし……これ、射精しそうになってるの？　それは……それはダメ！　絶対ダメ！　ショコラの口に射精なんて……しちゃいけない！　やだっ！　やだっ！　やだよぉお！　でも……でもぉおおおっ！）

苦しめたくない。これ以上相棒に酷いことをしたくない。

しかし、気持ちがいい。どうしようもないほどに、わき上がってくる感覚が心地いいのだ。

（止まらない！　止められない！　腰が……腰が……動く！　もっと……もっともっと……動いちゃうぅうっ!!　おおお！　いいっ！　いいっ！　ダメなのに……これ、いいの！　ショコラの口……おちんちんでズボズボするの……よす、ぎ……るのぉおっ!!）

耐えねばという理性までドロドロに蕩けていく。

腰を動かしているのは自分の意思ではない。

しかし、愉悦のままに自分自身がショコラを積極的に犯しているような気分にもなってしまう。

「おっぶ！　ぶぼぅう！　おんっおんっおんっおんっおんっ——おんんんっ!!」

「おっおっおっおっおっおっ！」

喉奥を突くたび、ショコラが苦しそうに呻く。その呻きに合わせてペニスに伝わってくる振動さえも快楽となる。それに後押しされるように、獣のような声を漏らしながら、抽挿速度を更に上げていった。

（あああ……出る！　これ、出るぅううっ!!）

根元から肉先に熱いものがわき上がってくる。それを止めることはできそうにない。

「や……べ……でぇえええっ」

必死にショコラが許しを請うてくる。

（あああ……ごめん。ショコラ……ごめん……したくない。こんなこと本当にしたくないのぉ！　でも……でも……止められない！　わたしじゃどうすることもできないの……だから、ごめん、ごめん……ごめんねぇ！）

そんな相棒に心の中で謝罪しつつ、より抽挿速度を上げ、グラインドも大きなものに変えていった。

仕方ないから。自分ではどうすることもできないから——というのを免罪符にして、ほぼ自分の意思でも腰を振る。

動きに合わせてショコラの喉奥を犯して犯して犯しまくる。

ショコラが分泌させる唾液量が増えていく。増幅する滑りが堪らない。

「おっおっ！　おぉおおおおおっ!!」

どっびゅ！　ぶびゅっ！　どっびゅば！　ぶっびゅる！　どっびゅるるるるるるっ!!

愉悦に抗うことなどできるわけがなかった。流されるがまま、遂に限界に至る。

肉棒を激しく脈動させ、ショコラの喉奥に多量の白濁液を流し込んだ。

「あっぽ！　んぼぉおおおっ‼」

始まった射精に、これまで以上にショコラは目を見開く。瞳孔が開いてしまうのではとさえ思ってしまうほどだ。痛々しい姿である。しかし、そんなショコラを気遣う余裕なんてなかった。

（あああ……こっれ、おしっこ！　わたし……おしっこしてるみたい！　いいっ！　気持ち……いいのっ‼　はぁああ……ショコラに出すなんて絶対ダメ……な、のに……こっれ、射精……気持ち……いいっ！　あおおお！　凄い！　凄い！　こっれ、凄いのぉっ‼）

我慢に我慢を重ねた後にする放尿時に感じる解放感——それを数倍にも数十倍にも増幅させたかのような快感だった。本当に頭のすべてが溶けてしまいそうなくらいに心地いい。

（おおお！　出る！　出る！　まだ……で、るぅう‼）

それが終わることなく延々と続く。


「ふっほぉおおおっ‼」

最後の一滴までショコラの口腔に流し込もうとするかのように、更に奥までペニスを突き入れながら、ドクドクとひたすら屹立を脈動させ続けた。

「はっお、ふぉおお……」

やがて射精が終わる。

（気持ち……よかったぁああ……）

自分のすべてが精液と共に外に出てしまったかのような脱力感を覚え、うっとりとした吐息を漏らした。

「おっぐ……ふぐぅううっ」

それに対し、ショコラはひたすら苦しそうだ。

「ふうっふうっ……ふぅうう……」

そんなショコラの頭をうっとりと撫で回しながら、ペニスを口腔から引き抜く。

「おえっ！　おえぇええ！　うぇええええっ！」

途端にショコラは流し込まれた精液を吐き出した。

「うげっほ！　げほっげほっ！　げほぉおおっ！」

何度も咳き込む。

口周りは白濁液でグチョグチョだ。咳をしたせいか、鼻からも精液が溢れ出しているのがわかる。エクセルショコラの変身服も、精液塗れになった。

普段のおっとりとした優しげな深冬の姿からは想像もできないほど、痛々しい姿である。いや、普段と違うのは見た目だけではない。匂いも異様だった。

噎せ返るような生臭さとでも言うべきだろうか？　そんなものにショコラが包み込まれている。

（なんて匂い……）

嗅いでいるだけで咽せてしまいそうなほどだ。自分の精液の匂いとは思えないくらいに、とても不快な香りだ。

しかし。どうしてだろうか？　そんな匂いにショコラが、大切な相棒が包み込まれているかと思うと――

（なに……熱い……。身体が……おちんちんが……熱いっ）

全身が燃え上がりそうなほどに熱く火照り始めた。身体中を包み込んでいた脱力感が消えていく。代わりに膨れ上がってきたのは、間違いなく劣情だった。

射精を終えたばかりとは思えないほどに肉棒がガチガチに硬くなっていく。亀頭が醜いほどに膨れ上がっていく。

（もう一度……ショコラで……もう一度……）

あの快感を――そんな想いさえ膨れ上がってきた。

（って、ダメ！　ダメっ!!　なにを考えてるの！　そんなの絶対ダメだよ！　これ以上ショコラに酷いことなんてダメっ!!）

が、すぐに理性が蘇ってくる。慌てて自分を叱りつけた。

しかし、そうしたところで意味などない。

一度抱いてしまった思いに反応するかのように、身体は勝手に動き出す。

ショコラの背後に回り込み、その身体を押し倒すと、腰だけを突き上げさせるような体勢を取らせた。

「え？　あ……な、なにをっ⁉︎」

「キイイイッ」

怯えるショコラに対し、奇声を上げる。

それと共に変身衣装のスカートを捲り上げ、容赦なくそれを引き千切った。ショーツを剥き出しにすると、

「えっ！　あっ！　やぁああああっ‼」

ショコラの秘部が露わになる。

（ショコラのあそこ……綺麗……）

僅かに開いた割れ目から覗き見える肉襞は、染み一つない美しいピンク色だった。思わず見惚れてしまう。同時にペニスが更に膨れ上がった。

「キイイイッ」

我慢なんてできない——とでも言うように、そんなペニスを躊躇なくグッチュと膣口に密着させる。

「え？　なにを……まさか……」

（嘘……これ……まさか……嘘でしょ？）

ショコラとシフォンの想像が重なる。

「やめて！　それだけはやめてっ！」

（ダメ……これ以上はダメ！　しちゃいけない！　ショコラにこんなことしちゃダメ……。ダメなのに……ああぁ……）

したい——そんなことを考えてしまった。

刹那、その思いに応えるように、身体は容赦なく腰を突き出す。

どっじゅ！　ずぶっじゅぅううっ！

「あっぎ！　ひぎっ！　んぎぃいいいいいっ‼」

一気に根元まで、肉棒をショコラの蜜壺へと突き込んだ。

ペニスがブチブチとなにかを破る。結合部からは破瓜の血が溢れ出した。自分がショコラの純潔を奪ってしまった証だ。あってはならない事態だ。

だというのに——

（おっおっおっ！　い、いいっ！　これ……気持ちいいっ♥）

最初にシフォンが感じたものは快感だった。

（なにこれ……なにこれっ!?　知らない……こんな……わたし……おっおっ！　こんな気持ちがいいこと……しっら、な……いぃいいっ!!）

キツい締めつけ。それでいて、柔らかく全身を包み込んでくるような感覚――自分の身体すべてがドロドロに蕩けていくような感覚――自分の身体すべてがドロドロに
てしたくないという気さえする。ショコラに酷いことなんてしたくないという思いさえも、すべて消え去ってしまうような肉悦だった。

（こっれ……また……また出そう！　わたし……また、出しちゃいそう！　気持ちいい！　すっごい！　凄すぎて……簡単に……またぁああ）

射精感もこみ上げてくる。口内射精した時以上の快楽だった。本能のまま、劣情の赴くまま、精液を撃ち放ってしまおうか――そんなことだって考えてしまう。

「ぬ……抜いて！　あぐぅ！　お願いです……抜いてくだ、さ……いぃいいっ!!」

けれど、そんなシフォンの耳に、悲痛なショコラの悲鳴が届いた。

（え……あ、だ、ダメっ！　流されちゃ……流されちゃダメ！）

正気に戻される。

快楽に溺れてはいけない。自分が犯しているのはショコラなのだ。

（抜く……これ……抜かないと！　こんなことやめないと！　身体の自由を取り戻さないと！　助ける、助けるの！　ショコラ、ショコラを……みふゆちゃんを助け――おっ！　ふほぉおおおっ!!）

ずっじゅぼ！　どじゅぼっ！　どっじゅうう！　どっじゅどっじゅどっじゅどっじゅ、どっじゅぼぉおおっ！

理性でなにを考えようが、肉体をコントロールすることなど不可能だった。ショコラを助ける――そう頭では考えつつも、身体はピストンを開始してしまう。ガチガチに勃起した肉槍で、破瓜したばかりのショコラの蜜壺

を滅茶苦茶にかき混ぜる。

「はぎぃぃい！　いっぎ！　んぎぃぃい！　いっだ……いだい！　あぎぃ！　そっれ、いだいぃぃい！　やめて……お、ねがい……裂ける！　私のあそこが……裂けちゃいます……からぁあああ！　もう、やめでぇえええ！」

相当痛いのか、ショコラは眦から涙も流していた。

（やだ……やだっ！　こんなことしたくない！　したくないぃ！　でも、でもぉお！　おおお！　いいっ！　気持ち……いいっ！　ショコラの膣中……おちんちんでジュボジュボするの……気持ちよすぎる！　おおお！　こっれ、感じて……わたし……感じすぎて……なにも……な、にも……考えられなく……なっちゃうのぉおっ!!）

愉悦に全身が、思考が、支配されていく。理性が蕩け、本能だけがドンドン肥大化していく。快感に流されるがまま、腰をより激しく、大きく打ち振るってしまう。一突きごとに肉槍を肥大化させ、何度も何度も、パンパンになった亀頭でショコラの子宮を叩きに叩いた。

ショコラの身体が前後に揺さぶられる。腰を打ちつけるたび、パンパンパンという音色が響き渡り、白い尻が赤く染まっていった。

そうした肉体の変化に合わせて「あっぐ……ふぐっ！　うぐぅう」とショコラは苦しげに呻く。そんな相棒の姿に胸が更に痛んだ。

こんなショコラの姿は見たくない。これ以上ショコラに酷いことはしたくない。でも、だけど、身体の自由は取り戻せない。そして——気持ちがいい。

（でっる！　出ちゃう！　おおお！　射精……わたし……また射精しちゃう！　ショコラの膣中に……ドクドクッて出しちゃうのぉお！　した……く、ないっ！　そんなこと……絶対……絶対したく、な……ひのにぃい！　したい！　だし、た……いぃ！　おお！　ふぉお！　んぉおおっ！）

ダメだという思いが、肥大化する欲望によって押し流され、出したい。射精したいという本能に思考が満たされていった。

それでも理性は完全に消えたわけではない。けれど――

「キイッ！　キイッ！　キイイイイッ!!」

よりグラインドを大きなものに変える。まるで自分の意思でそうしてしまっているかのようだった。

「あ、たってる！　ごりごり、わた、しの膣中……削られてるみたい！　無理！　壊れる！　壊れちゃうぅぅう！」

本当にショコラは辛そうだ。もうこれ以上動かないでくれと訴えるように、下腹が強く肉棒を締めつけてくる。それだけ下半身に力を込めているのだろう。

けれど、そうした締めつけによってシフォンが感じるものは、より強い快感だった。

（はぁあ……射精す！　出すっ！　おおお！　ショコラの……みふゆちゃんのな、かに……射精すの！　沢山射精すのぉお！　おっおっおっおっ――んぉおおおっ！）

「はっぎあ！　んぎぃい！　大きくなってる！　わた、しの膣中で……おちんちんが……ジュボジュボするたび、おおぎぐぅう！　まさか……これ、まさかぁ！　やっめ、やめで！　おっね、がひ！　だ、すの……だけは……やめてぇえ！」

ショコラが絶叫する。

（あああ……ごめん……ショコラごめん！　やめたい！　やめたいのぉ！　でも、無理なの！　無理！　身体……勝手に動いちゃうから……。仕方ない……これは、仕方ないの！　どうすることもできないからぁ！　おおおっ！　くっほ！　んほぉっ!!）

口内射精した時と同じだった。

自分ではどうすることもできないということを言い訳にして、より腰を大きく振る。両手でがっちりショコラの尻を掴みつつ、杭打ちのように繰り返しペニスを突き込んだ。

激しすぎる腰振りによって、ブシュッブシュッと圧力で結合部から愛液が外に飛び散る。

「あっづ、あづい！　こっれ、おぢんぢん……あづぐなってるぅ！　おおお！　やめて……やめてぇえ！　ああぁ……シフォン……助け……助けてなっちゃんんんっ！」

遂にショコラがシフォンに救いを求めた。

（ああ……助けてって……ショコラがわたしに助けてって……。そんな……そんなぁ！）

胸の痛みがより大きくなる。

だが、感じるものは苦しみや罪悪感だけではない。

自分を呼んでいる相手を犯すというあまりにも酷すぎる状況に、暗い感情がふつふつとわき上がってくる。これまで感じたことがないほどの強烈な背徳感と言うべきだろうか？　それが興奮へと変換されていく。

（ごめん……ごめん……みふゆちゃん……ごめん）

何度も頭の中で謝罪を繰り返す。

それに比例するようにピストンを大きなものに変え、肉槍をより膨れ上がらせた。

（おおお！　もう……限界！　だっす……射精(だ)すのぉお！　無理！　無理！　我慢とか……できるわけ……ないのぉ！　注ぐ！　みふゆちゃんの膣中(なか)に射精する！　おおお！　ごめんね……なにもできなくて……ごめんねぇえ！）

どっじゅううう！

謝罪と共にこれまで以上に激しく膣奥を突いた。

「おぎぃいいいっ！」

子宮を押し潰さんばかりに奥まで肉槍を突き入れる。

その衝撃にショコラは目を見開き、背筋を反らした。

「あ、たってる！　おぉおお！　子宮に当たって……るぅうう！」

「きっ！　キイイイイッ!!」

苦しげなショコラ――見ているだけで辛い。けれど、キツくなる締めつけや、伝わってくる膣の熱気に抗うことなどできず、流されるがまま射精を開始した。

どっぴゅ！　ぶぴゅるっ！　どっぴゅば！　ぶっぴゅ！　どっぴゅ！　どっぴゅどっぴゅどっぴゅどっぴゅ——どっぴゅるるるるるるるるるるるるぅうう！

肉棒を激しく脈動させ、口内射精時よりも多量の精液をショコラの子宮に注ぎ込む。

「あああ……あぐうう！　でってる！　あづいの……ででりゅぅ！　やっら！　こんにゃ……やらぁあ！　なっちゃん！　なっちゃんんんっ！」

痙攣するペニスにシンクロするように肢体を戦慄(わなな)かせながら、ショコラは何度もシフォンを呼ぶ。あまりに痛々しい姿だ。

しかし、そんな相棒を気遣う余裕などこれっぽっちも存在してはいない。

今のシフォンに考えられることは——

（おおお！　いいいっ！　いいいっ!!　気持ち……いひぃいい♥　膣中(なか)に……みふゆちゃんの膣中(なか)にドクドクせーえき射精(だ)すの、さいっこうに、気持ちいいのぉお♥　口に出すのと全然違う！　こんな気持ちいいこと……初めてぇ！　おおお！　ふほぉおおおおおおっ♥♥♥）

ただただ快感のことだけだった。

気持ちいい。気持ちいい。最高に気持ちいい——そんな想いのまま、ひたすら射精を続ける。いや、ただ精液を撃ち放つだけではない。

（もっと！　もっと！　もっと出すのぉおっ！　ふぉおお！　おほぉおおっ！）

じゅっず！　どじゅっぽ！　ずっじゅぽぉお！

より強い愉悦を求めるように、射精しながら腰を振った。

「あぐうう！　うっぞ……こっれ、出しながら……射精……し、ながら……腰、ふっで……りゅぅう！　やめで……やめでぇええ！　あぐぁぁああ！」

（無理……無理なの！　やめたくても……やめられない

のぉ！　だから……ごめんねみふゆちゃん！　おっおっおっ！　んぉおお！　だっす！　もっと出す！　もっと、みふゆちゃんの膣中に……ドクドクするぅ♥）

ショコラの願いをあっさり切り捨て、更に腰を振る。振る。振る。振る！

膣奥を叩くたび、ギュッギュッギュッと引き締まる蜜壺の感触が最高だった。その快感を貪るように精液を撒き散らしながら、ズドジュッと子宮口を突くと――

どっぴゅる！　ぶぴゅるっ！　どっぴゅるるるるるるぅっ！

射精した。

（イッく！　いぐぅうう！　イキながらイクっ！　おおお！　いい！　頭……バカになりそうなくらい……いひぃ♥　射精凄い！　ドクドクしゅごい！　好き！　好きっ！　わたひこれ……すぎぃい♥　めっちゃ……めっちゃいひぃいいいっ♥）

ショコラを想うこともできない。

身体だけではなく、心まで完全に支配されてしまったかのように、ドックドックと最後の一滴までシフォンは射精を続けるのだった。

（あああ……もう……にゃにも……考えらっれ、にゃひいい♥）

どうすることもできない。

だって、気持ちいいから。気持ちよすぎるから……。

だから仕方ない。仕方ないの……。

頭の中が真っ白に染まっていった。

＊

「あっぐぅうう……」

（まだ……射精てる……ううう……なっちゃん……なっちゃんんん）

ショコラにできることはなにもなかった。ただただ、精液を受け止めるしかない。ドックドックと続く射精

――永遠に続くのではないかと思うほどに長かった。

しかし、それは永遠ではない。

「き……きぃいいい……」

やがて射精が止まる。それに合わせて、女戦闘員は心の底から満足したというように、ぐったりと全身から力を抜いた。

（私……もう……）

それに合わせてショコラも同じように脱力しようとする。

しかし、その刹那、ショコラの脳裏に浮かんだものは、大切な幼馴染みであり、相棒の姿だった。

（だ、ダメっ！　諦めちゃ……ダメっ！　私は負けちゃダメ！　まだ……まだぁあ！）

折れかけた心が戻ってくる。

「うっあ！　うあぁあああ！」

心を震わせ、強い力を爆発させた。

「きっ⁉　キイイイイイッ‼」

ドッガアアアアアアッ！

完全に女戦闘員は油断していたらしい。爆ぜた力の直撃を受け、吹っ飛んだ。

「私は……負けられない。負けちゃいけないのっ！」

ボロボロになりながらもショコラは立ち上がる。

（倒す……あの戦闘員を……）

みんなを守る！　きっとシフォンだってそうするはずだから！

全身に力を漲らせつつ、吹っ飛ばした戦闘員を真っ直ぐ見据えた。

そんなショコラの視線を受けつつ、女戦闘員は立ち上がると――

「キイイイイッ！」

すぐさまショコラに向かって突進してきた。しかし、その動きは見えている。

（さっきは私の動きが読まれた……。多分、今回もそうなる――だったら、それを最初から考慮して動く！　つ

まり——こうっ‼)

ショコラも走り出す。

破瓜の痛みは残っているが、それを力で抑え込み、女戦闘員の至近にまで飛び込むと——

「ダッシュグラップル‼」

女戦闘員の身体を掴もうとした。

それに敵は反応する。

「キイイイイッ!」

それに敵は反応する。最初にやられた時と同じだ。ショコラの伸ばした腕を回避し、懐に飛び込んできた。

「狙い通りですっ‼」

ダッシュグラップルはフェイントだった。

「ブラストアッパーッ‼」

こちらの動きを読んで、飛び込んでくるだろう——そこまで計算した上で、力を込めたアッパーを放つ。

「あぎぃいいいいっ‼」

それは見事に女戦闘員のアゴに突き刺さり、その身体を吹っ飛ばした。


ドシャアアアアッ——と、女戦闘員は頭から地面に落下する。そのまま地面に倒れ、ピクピクと身体を痙攣させた。

「このまま……トドメをっ!」

終わらせる——その思いで倒れた女戦闘員に駆け寄る。

そして——

「……嘘」

ショコラは呆然と立ち尽くした。

倒れた女戦闘員の顔を隠していたサングラスが外れている。それにより露わになったその顔は——

「なっちゃん……⁉」

大切な幼馴染みのものだった。

「そういうこと♪」

「——えっ⁉」

いきなり背後から声が聞こえた。

慌てて振り返る。

「貴女も……相棒と同じ姿に変えてあげる♪」

そこにいたのはにっこりと笑顔を浮かべたレヴィエラだった。

エルゴネア帝国女幹部は楽しそうにパチンッと指を鳴らす。

刹那、ショコラの足下に魔法陣が出現した……。

＊

「キイッ！　キイイイッ!!」

奇声を上げたのはシフォン――ではなく、ショコラだった。

(そうだったんだ……シフォンも……なっちゃんもこんな目に遭わされていたんだね)

状況は相棒と同じだ。

下半身はショートパンツ。上半身は茶色いベルトを着けたのみで、乳房も丸出し。そしてサングラスという状態のエルゴネア帝国戦闘員にショコラも変えられてしまっていた。

身体の自由は利かない。意識はハッキリしているのに、肉体だけ勝手に動いてしまう。

そんな状態でショコラは街を襲わされていた。

いや、ショコラだけではない。隣にはシフォンもいる。

二人揃って「キイイッ」と奇声を上げながら、街の建物を破壊し、見かけた人々を容赦なく襲った。

「助けてぇぇえ」

「もうやめてくれぇ！」

人々が悲鳴を上げ、救いを求める。

(やだ……したくない！　こんなことしたくないっ!!)

胸が引き裂かれそうなほどに痛む。

けれど、心の中でなにを思ったところで、身体の自由を取り戻すことはできない。自分達の力だけではなにもできそうになかった。

(お願い……誰か……誰か私達を止めてぇえっ！)

救いを求めることしかできない。

そんな時だった。

（あれ……戦車……）

ショコラ達の前に現れたのは、自衛隊の戦車だった。

いや、戦車だけではない。何人もの自衛隊員もいる。彼らは容赦なく銃口を向けてきた。

「キイイイイッ!!」

だが、ショコラとシフォンは怯むことなく、奇声を上げながら突撃を開始する。

「う、撃てっ！　撃てぇぇえ！　相手は怪人じゃない！　戦闘員ごときに我らは負けない！　さぁ撃つんだっ!!」

自衛隊はそんな二人に対し、容赦なく銃撃を砲撃を加えてくる。

そして――

ドガアアアアアッ!!

凄まじい爆発音が響き渡り、ショコラとシフォンの二人は容赦なく吹き飛ばされた。

（これで……いい……これで……）

守るべき人々に攻撃される――とても胸が痛い。それでも、誰かを傷つけてしまうよりはいい。

これでもう、苦しまないで済む――そんなことを考えながら、ショコラとシフォンは意識を失った……。

＊

「き……キイイイイッ!?」

唐突にシフォンは意識を取り戻した。

（え？　あ……なに？　ここ、どこ？　なんなの？）

視界に映ったのは、真っ白な部屋だ。一体なにが起きているのか？　キョロキョロと周囲を見回すと、隣に戦闘員姿のショコラがいた。ただし、サングラスは外れているので一目で相棒だと確認することはできる。

「キイッ？」

ショコラも意識を取り戻してはいるらしい。だが、動くことはできない様子だ。何故ならばその身体は拘束されていたからだ。

　両手をあげた状態で、天井から垂れ下がる鎖で手首を固定されている。両脚も同じような状況だ。体勢は腰を突き出すようなものである。

（ショコラッ‼　助けないとっ！）

　咄嗟にそう思い、動こうとした。

　だが、動けない。

　理由は単純だ。シフォンも同じように拘束されてしまっていたからだ。

（なんなのこれ？　なにが起きて……？）

　意味がわからず混乱する。ここはどこなのか？　何故、自分達は拘束されているのか？

「キイッ！　キイッ！　キイイイッ‼」

　理由を誰かに問おうにも、口にできるのは奇声だけだ。けれど、まるでその奇声に応えるかのように、唐突に部屋の自動ドアが開いた。

（えっ……嘘っ⁉）

　室内に入ってきたのは——

「ゴオオオオッ」

　怪人だった。

　見た目は猿のような化け物だ。それが二体……。

（どういうこと？　わたし達、エルゴネア帝国に捕まってるの？）

　自衛隊にやられた後、レヴィエラに改修されたということなのだろうかと考える。

　しかし、その想像は外れだった。

『では、これより実験を開始する』

　室内に男性の声が響き渡る。

（今の声……どこから？）

　慌てて周囲を見回すと、自分達の後方にガラス窓があり、その向こう側に何人もの白衣を着た男女がいた。一目でわかる。彼らはただの人間だ。エルゴネア帝国の者ではない。

「キッ⁉　キイイイッ？」

一体どういうことなのか？　疑問の奇声を上げる。

『どういうことか……疑問に思っているのだろうな。これまでの研究が正しければ、戦闘員に変えられても、意識は残っていることは間違いないからな。とはいえ……どうすることもできない。エルゴネア帝国に戦闘員に変えられた者は、もう元には戻れないのだから。だから、申し訳ないが……キミ達にはこの戦いに勝つための礎となってもらう』

淡々とガラス窓の向こうにいる研究員の一人が語った。

（いし……ずえ？）

『すべてはエルゴネア帝国に勝つためだ。エクセルシフォンやエクセルショコラという存在もいるが、彼女達だけに頼るわけにはいかないのだ。そのために……創り出したのがそこにいる人工怪人だ』

「グオオオオッ」

男の言葉に反応するように、二体の怪人が吠えた。

『これから、キミ達には人工怪人を生み出すための母胎になってもらう。戦闘員の身体はそのために最適なものなんだ』

そんな男の言葉に反応するように、室内にモニターが出現した。

（な……なにこれ……）

映し出されたのは、怪人に犯される女戦闘員達の姿だった。

容赦なく化け物の肉棒を挿入され、膣中出しされている。それだけでは終わらない。映像は次々と進み、戦闘員達が妊娠している姿まで映し出された。もちろん、妊娠だけでは終わらない。彼女達は出産まで行う。女戦闘員達が産み出したものは、まさに、今目の前にいる猿型の怪人だった。

『化け物には化け物をぶつけるのが一番——そのために、我々にも怪人が必要なんだ。だから……皆を救うための犠牲となってもらう。さぁ、開始だ』

白衣の男が告げる。

「ゴアアアアッ!!」

　すると二体の怪人が動き出し、それぞれシフォンとショコラの背後に立った。もちろん、ただ移動するだけではない。ガチガチに勃起した肉棒を剥き出しにもする。その長さは五〇センチ近いだろうか？　しかも、シフォン達の太股より太い。

（な……まさか……まさかっ!?　無理！　こんなの無理！　こんなの、絶対無理だよ！　止めて！　やめて！　お願いだからやめてぇぇぇ！）

　血の気が引く。

　こんな太いものを挿入れられたら、身体が引き裂かれてしまうだろう。しかも、シフォンは初めてだ。初めての肉棒がこんな化け物のものだなんて、絶対に耐えられない。

「キイイイイッ！　キイイイッ!!」

　奇声を上げながら、必死に拘束から逃れようと藻掻く。

　それはショコラも同様だった。

「キッキッ！　キイイイッ!!」

　必死に救いを求めるように暴れる。

　だが、どれだけ藻掻いても拘束から逃れることはできなかった。

　そして――

『始めろ』

　無慈悲な言葉が響き渡り、容赦なくズボンが引き千切られ、グッジュと剥き出しになった秘部に大きすぎるペニスが押し当てられた。

（当たってる！　熱いのが……熱くて大きいのが……ダメ！　ダメ！　こんなの……こんなことって……わたし……わたし達はみんなを守って……だから――）

　やめて――心の中で絶叫する。

　だが、心の声など届くはずもなく――

「ずっどじゅ！　ずじゅっぼぉおおおっ！」

「ぎっひ！　ふぎぃいいいいっ！」

（あぎぃい！　はいってで！　は、いっで……ぎだっ！

はいってぎだぁあ！　あっあっ……あぎぁあああ‼）

　容赦なく肉槍が挿入された。

　大きすぎるペニスがメリメリと膣口を拡張し、ブチブチと処女膜を破り、一気に子宮口にまで到達する。いや、膣奥に当たるだけでは終わらない。

（おっ！　おおお！　は、いる！　ごっれ……挿入る！　わだ……ぢの……子宮！　おぉおお！　し、ぎゅうにまで……おぢんちん……はいって……ぐりゅぅ！　おっおっ……ふぉおおおっ‼）

　子宮口さえも拡張され、子宮内部にまで肉棒が侵入してきた。

　結果、下腹がボコッと内側から膨れ上がる。

（おぉおおお！　やっぶ……おごぉお！　破れる！　子宮……おにゃが……やっぶ、れる！　死ぬ！　ごんな……じぬ！　わだぢ……おぢんぢんでちゅぎごろされるぅ！）

　本気で死さえ意識させられる。

（ぬ……いで……おにぇがい！　死ぬ！　死んじゃうがら抜いでぇええ！）

　心からの願いだった。

「ゴアアアアアッ‼」

　けれど、届きはしない。届くはずもない。

　怪人がビリビリとガラス窓が振動するほどの咆哮と共に、容赦のないピストンを開始した。まるで性玩具でも扱うかのように、シフォンの肉壺をドッジュドッジュドッジュとペニスを扱くための道具のように蹂躙してくる。

「おっぎ！　ひぎっ！　おぎぃいいっ！」

　悲痛な悲鳴が室内に響き渡った。

＊

「おおお！　おぎぉおおおっ！」

　シフォンにシンクロするように、ショコラも絶叫する。

　ショコラの肉壺にも、当然のように怪人のペニスが突き込まれていた。もちろん、ただ挿入れるだけではなく、ピストンだって刻んでくる。ズッジュズッジュズッジュと膣道を削るように擦り上げつつ、子宮壁を何度となく亀頭で叩いてきた。

（おごぉお！　おっぎ……こっれ、おっぎすぎ、るぅう！　なっちゃんの……なっちゃんのおぢんぢんより、ずっど……おごぉお！　じゅっど……おおぎいのぉ！　こっわ、れる！　わだぢの……あぞごが……さげで……死んじゃうぅ！　おうっおうっ……おうぅう！）

痛々しいまでに膣道は拡張されている。子宮奥を叩かれるたび、下腹が何度も膨れ上がる。内臓を押し潰さんばかりの勢いだ。

そんな陵辱――結合部を中心に身体が二つに裂けてしまいそうなほどに苦しい。強すぎる衝撃のせいで、視界にバチッバチッバチッと何度も火花が飛び散るほどだった。本気で死さえ覚悟させられてしまう。

しかし――

（あ、ごっれ……なに？　こっれ……ふぉおおっ！　ど、どういう……どういうごどにゃのぉおお!?　おっおっおっ！　いだ、み……ほぉお！　いだみがきえでぐ……それ、どごろがごれ……おおお！　なんが……なんが……ぎぼぢ……ふぉおお！　ぎっぼぢ、いひ!?）

何度かピストンを刻まれていると、痛みが薄らいでいった。

それでも呼吸が詰まってしまいそうなほどの圧迫感はある。だというのに、痛みだけが薄らいでいくのだ。その上、代わりに膨れ上がってきたものは、明らかに愉悦としか言えないような感覚だった。

全身が熱く火照り、甘さを含んだ刺激が身体中を駆け巡る。

（どういうごどなのぉおっ!?　やっだ……こんにゃ……こんにゃこどで、ぎぼぢよぐなんで……なりだぐない！　なっひ、のに……なじぇなの？　なんで……にゃのぉ!?）

無理矢理の陵辱で感じたくなどない。

けれど、ピストンの激しさに比例するように、愉悦はどんどん膨れ上がる。その心地よさを身体でも訴えるように、秘部からは多量の愛液が溢れ出し、突き込みに合わせてブシュッブシュッと周囲に飛び散った。

「きっひ！　はっひ！　ふひぃいいっ♥」

そうした反応をしているのはショコラだけではない。シフォンも同様だった。

秘部から愛液を飛び散らせつつ、表情を突き込みに合わせて蕩かせていく。シフォンはショコラと違い初めてのはずだ。それでも、痛みよりも愉悦を感じている様子だった。

（怪人……これ……怪人の身体から溢れ出す瘴気が……お、おちんちんを通じて……わた、し達の身体に流れ込んできてる……せ、い……なの!?　やぁああ！　だっめ！　感じるなんてダメ！　そんなことあっちゃいけない！　耐える……耐える！　耐えないとぉお！）

自分に必死に言い聞かせることで、なんとか快感を抑え込もうとする。だが、そんなショコラを嘲笑うように、怪人はよりピストン速度を上げ、ただでさえ大きな肉棒をこれまで以上に膨れ上がらせた。

（あっつ……熱い！　こっれ……おちんちん……凄く……すっごくあづく……なって、るぅう！　それに……ビクビクッて……わた、しの膣中で……震えて……。まさか……これ、ま、さかぁあ！）

シフォンに犯された時の記憶が蘇ってきた。

大きさこそ全然違うけれど、ペニスが見せている反応は、シフォンが射精した時によく似ていた。

（出す？　私の膣中に……だ、す……つもりなの？　むっり！　やめて……射精さないで！　今……いっま、出されたら……私……耐えられない！　耐えられないから……やめて！　お願い！　お願いだからぁあ！）

射精されたら自分の身になにが起きるのか？　わからない。わからないけれど、とても嫌な予感がした。

「ふっぎ！　いぎいいいいいっ！」

心の中だけではなく、やめてと訴える奇声も漏らす。

「ゴオオオオッ!!」

だが、怪人は止まらない。止まるわけがない。それどころか、より抽挿速度を上げてくる。

ぼっ！　どっじゅっぽ！　ぶじゅぼっ！　どっじゅぼ！　ずじゅぼぉお！　どっじゅどっじゅどっじゅどっじゅ——どっじゅぼぉお！

「あおお！　ふっお！　おほっ！　おっおっおっおっおっ——おっほぉおお♥」

（いっい！　こっれ、本当にいひぃいい♥　やっだ……怪人……怪人なんかが相手なのに……わたひ……わたひぃい！　やらぁぁあ！　助け……助けて……シフォン！　なっちゃん助けてぇええ！）

最早誰かに助けてもらうしかない。

けれど、頼りの相棒も自分と同じ状況だ。

「おおお！　おっほ！　んほぉおお♥　おんっおんっ……おんんんん♥」

ショコラ同様、突き込みに合わせて歓喜の呻きを漏らしていた。多分無意識のうちになのだろうが、ピストンに合わせるように腰まで振っている。

ショコラも腰を振るまでには至らないけれど、ギュッギュッギュッと蜜壺を収縮させ、ペニスを引き締めていた。ヒダヒダで竿を絞るように刺激もする。それはまるで、全身で射精してと訴えているかのようだった。

そうした求めに応えるように「ガオオオオッ」怪人は再び吠えたかと思うと、ドッジュウウウッと、これまで以上に深くにまで強烈な一撃を刻み込んできた。

「おひょぉおおおおっ!?」

視界が真っ白に染まる。

背筋をキュウウウッと反らす。

次の刹那、射精が始まった。膣中で肉槍がドクドクと脈動し、ショコラの子宮へと凄まじい量の精液を流し込んでくる。

「おおお！　くっほぉおおおっ♥」

(でってる！　出てる！　ドクドク射精……さっれ、でりゅぅう！　あおおお！　んぉおおおおおっ！)

　ボゴオオッと更に下腹が膨れ上がった。まるで妊娠でもしたかのように、腹が張り詰める。圧迫感が更に強まった。お腹が本気で破れてしまうのではとさえ思ってしまう。しかし、そんな圧迫さえも、身体は快感として受け止めてしまっていた。

(い……いいっ♥　こっれ、いいっ！　おおお！　ダメな、のに……いっひ！　よぐで……よじゅぎで……あぉお！　わだぢ……わっだ、ぢぃい！　いっぐ！　いぐっ！　いっぢゃう！　おっおっおっ！　どぐどぐしゃしぇーで……わだぢ……いぐの！　いぐいぐ――いっぢゃ……う、にょぉおお！　おっおっ！　ふほぉおおお♥♥♥)

　強烈な絶頂感が爆発する。抗うことなどできない。

「おほぉおおお♥」

　全身をペニスにシンクロするようにビクビク震わせながら、歓喜の悲鳴を室内中に響き渡らせた。

＊

「ぐおおおおっ！」

　どっびゅ！　ぶびゅっ！　どっびゅるるるるぅうっ！

　シフォンの肉壺にも凄まじい量の精液が放たれる。

「おぉおおおお♥」

(きた……熱いのが……わたしのな、かに……注がれてるのが……わ、か……るぅう！　染みる！　染みるのが……気持ちいい！　にゃんで……どうじで……こんな……きもぢよぐ……おおお！　だっめ！　いぐっ！　いっぐ！　いっや、なのに、いっぢゃう……いっぢゃうのぉお！　おっおっおっ――んぉおおお♥)

　子宮が一瞬で満たされる。ショコラと同じようにシフォンの下腹も膨れ上がった。胎が破れそうなほどに張り詰める。

だが、その張りさえも心地いい。

「おおお！　んほぉおお♥」

強く肉棒を蜜壺で締めつけながら、ひたすら絶頂の余韻に溺れるように、獣のような嬌声を響かせた。

「あっは……ほぉおおお……」

やがて身体中から力が抜けていく。肉棒を突き込まれたまま、ぐったりとしてしまう。

（も……らめ……）

意識も飛んでしまいそうだった。

だが、それは許さないというように、怪人はドグンッと膣中のペニスを脈動させたかと思うと、休む間もなく、またしても腰を容赦なく振り始めた。

どっじゅぼ！　ずっじゅぼ！　どじゅぼぉお！

「ほひょぉおお！　おっおっおっ！　んぉおおおおっ！」

（またっ！　うっぞ！　いってる！　わだぢ……まだいってるのに、また!?　にゃんで……どうじでぇええ!?）

ピストンを始めたのは、シフォンを犯す怪人だけではない。

「おっ♥　おっ♥　おっ♥　んっほぉおお♥」

ショコラを犯す怪人も同様だった。

相棒も再び蹂躙される。

（こっれ……妊娠……わたし達を確実に……妊娠させる……っ、もり……にゃんだぁ！）

それを見て、怪人の思考を理解した。

（やっだ……にん……じん……じだぐない！　ぞんなのやだ！　やっだ！　やらぁぁ！　だずげ……だじゅげで……おにぇがひ……だじゅげでぇえ！）

「だっじゅ……げ……でぇええ！」

搾り出すように、奇声以外の言葉も口にする。

『おお！　しゃべったぞ！　なにか理由があるのか？これは調べてみないとな』

しかし、誰も救ってはくれない。それどころか、人々は興奮気味だ。シフォン達をただの実験体としてしか見ていないらしい。

みんなを守るために戦い続けてきたのにどうして……。

「にゃ……んでなのぉお⁉」

『すまないな。すべては……エルゴネア帝国に勝つためなのだ。人々のために……犠牲になってくれ』

「や……いやっ！　いやぁあああああああ！」

絶叫する。

だが、どれだけ叫んだところで、誰もシフォン達を救おうとはしてくれなかった……。

＊

そして、数ヶ月後――

「おっ！　おおお！　ふほぉおお！」

「おっおっ……んぉおおおおっ‼」

相変わらず拘束された状態のまま、シフォンとショコラは呻いていた。

二人の下腹は犯され、精液を流し込まれた時以上に膨れ上がっている。怪人の仔を妊娠しているのだ。

（動いてる！　わだぢのながで……あがひゃんが！　ごっれ……うま……おおお！　産まれる！　でっる！　でぢゃう！　ばげものの子が……うまでぢゃうぅう！）

その赤子が胎（はら）の、子宮の中で蠢いていた。内側から子宮口が押し開かれていくのがわかる。

「おっぎ！　ふぎぃいいい」

ショコラも同じ状況なのだろう。苦しげに呻いていた。

『産まれる！　産まれるぞ！　遂に……』

研究者達がその様子を嬉しそうに見つめている。

（おおお！　出てくる！　しぎゅうがら……ぼごっで……ぼごっで……うばれ、ぞうになっで……るぅう！　うみだぐない！　うむなんで、じぇっだいイヤ！　いっや、にゃ……のにぃい！　止められない！　おおお！　どんどん……くる！　どんどんでぐる！　そっれ……じょ

れが……おおお！　ぎぼち！　ぎぼぢ……いっひ……のぉおお♥）

子宮から怪人の仔が這い出てきた。ここ数ヶ月犯され続けた肉体は、僅かな動きにも簡単に反応し、愉悦を覚えてしまう。出産という行為にさえも、どうしようもないレベルの快感を感じてしまう。

（おおお！　むっり！　ごっれ、いぐっ！　あだぢ……いぐっ！　産む……産んで……あがひゃん産んでイグ！　いっぢゃう！　やぁああ！　いぎだぐない！　いっぎ、だぐにゃ……ひのにぃ！　だれが……だれが……だじゅげでぇええ！）

助けて――救いを求める。

しかし、誰も助けてはくれない。

「おおお！　おぎぃいいい♥」

ショコラが啼いた。

それに合わせてボゴッと膣口が内側から開く。

それはシフォンも同様だった。

（出る！　出る！　おまんごあいでる！　おおお！　うっま……れりゅ！　うばれ……りゅのぉお！　おおお！　ふぉおおっ！）

止められない。止められるワケがない。

赤子が外に出てくる。

「おっ！　おおおおおお♥」

そして――

どっじゅぼぉおおおっ！

二人は同時に出産した。バケモノの仔を産み落とす。

瞬間――

（いっぐ！　いぐっ！　いぐいぐいぐっ！　いっぎゅ……のほぉおお♥）

シフォンは当然のように絶頂に至った。

「おっおっ……んぉおおおっ♥♥♥」

ショコラもだ。

ショコラも達している。

じょっぼ！　じょぼろろろろろぉ……。

余程息んだのか、失禁さえしていた。

それを見た途端――

（あ……で、でりゅぅうう……）

じょっろ……じょろろろろろろぉ……。

つられるようにシフォンも失禁してしまう。

（あおおお！　きぼぢいい……おじっごまで……きぼち……いひ……あっ……いっぐ……まら……いぐぅ♥）

途端に再び達してしまった。

小便でも感じてしまう。

（ああ……わらひ……もう……らめだぁああ……）

ただ犯されるだけの肉人形……それが今の自分だという現実を突きつけられる。

『いいぞ！　いいぞぉ！』

そんな有様を見て、研究員達はどこまでも嬉しそうに笑っていた。

（なんで……そんなに笑えるの……。どうして？　わたし達はみんなのために戦ってきたのに……なんで……）

ドス黒い感情がわき上がる。

守るべき人間に対して恨みを抱いてしまう。

すると、それに反応するように――

「ゴオオオオオ！」

「ギオオオオオオッ!!」

シフォンとショコラ――二人が産んだばかりの怪人達が立ち上がった。

二体はゆっくりとガラス窓に近づいて行くと、それを容赦なく割る。

「な！　なぁ！　どういうことだ!?　対怪人用の強化ガラスだぞ！　いや、それより……止まれ！　止まれっ!!」

驚きつつ、研究員は停止命令を怪人に下す。

「ゴオオオオッ！」

だが、怪人は止まらなかった。

「何故だ？　人工怪人には我々の命令を聞くように遺伝子操作がされているはずなのに……。何故？　ま、まさか……お前達のせいなのか？」

研究員達が驚きの表情をシフォン達へと向けてきた。

だが、そんなことをいわれてもわからない。わかるわけがない。

第一そんな疑問に応えるよりも先にすべきことがある。

それは――

「きっひ……きひひひ」

「ひひっ……ひひひひひ」

笑いだ。

二人は揃って笑う。怪人に襲われ、怯える研究員達を……。

何故ならば、笑わずにはいられないからだ。

(報い……報いだよ。これは報い……わたし達に酷いことをしたことへの……)

「天罰……きひひ……天罰っ」

ショコラが呟く。

そうだ。天罰だ。


「ゴアアアアァッ!!」

咆哮と共に怪人が腕を振り上げ――研究員達を容赦なく惨殺した。

「あっは……あはは……はははは」

「ひっひひひひひ」

二人はそれを見て笑い続ける。

そんなシフォンとショコラに、研究員達を殺した怪人達が――自分達の仔が、ゆっくりと近づいてきた。ガチガチに肉棒を勃起させながら……。

(ああ……いい……いいよ。していいよ。わたし達の願いを叶えてくれた……ご褒美……ご褒美をあげないとね)

そんな勃起を見つめながら、クパアッと膣口を開いていく。

血に塗れた研究所に――

「きっひ……ふひぃいいい♥」

女戦闘員達の歓喜の悲鳴が響き渡った……。

あとがき　～悪夢のその後～

夢……そう、全部夢だ。わたしとみふゆちゃんがうんちになって、永遠にオナホール扱いされながら生きていくなんてあり得ない。あれは全部夢。目を覚ませば元の生活が待ってる。お父さんとお母さん、学校の友達——みんながニコニコ笑っている世界が……。

そうじゃないとおかしい。絶対おかしい。だってそうでしょ？　わたし達は悪いことなんて何もしてないんだから。わたし達はみんなを守ってきたんだから……。

そのわたし達がこんな目に遭わされるなんてあり得ない。そうだよ。だから、だから、これは全部夢！　夢なの！

起きて！　起きるの!!　目を覚まして！　こんな悪夢……もう終わりにしよう！　……

……………………。

あっ！　ほら、目が醒めた。見える。見えるよ青空が……。

臭い部屋じゃない。汚い部屋じゃない。青い空、青い空だ！　やっぱりあれは夢……。

でも、あれ？　なんで？　身体……動かない？　どうして？　え？　ここ？　ここって……ゴミ捨て場？　嘘……嘘でしょ？　ゴミに出された？　それじゃあ？　夢じゃなかったってこと？

やだ……やだ！　やだ！　助けて！　助けてぇえええええええ!!

どんな叫びも誰にも届かない。わたしはそのままゴミ処理——

燦然可憐エクセルシフォン
闇に堕ちるW変身ヒロイン

2024年6月1日　初版発行

【著者】
上田ながの

【原作】
ミルフィーユ

【発行人】
岡田英健

【編集】
藤本佳正

【装丁】
マイクロハウス

【印刷所】
図書印刷株式会社

【発行】
株式会社キルタイムコミュニケーション
〒104-0041　東京都中央区新富1-3-7ヨドコウビル
編集部　TEL03-3551-6147／FAX03-3551-6146
営業部　TEL03-3555-3431／FAX03-3551-6146

禁無断転載 ISBN978-4-7992-1909-6　C0293

本書は『二次元ドリームマガジン』Vol.121～125掲載分に、書き下ろしを加えて書籍化したものです。